RIVIERA

EIGHTY DAYS BLUE

VINA JACKSON

エイティ・デイズ・ブルー

ヴィーナ・ジャクソン
木村浩美訳

早川書房

HAYAKAWA
PUBLISHING CORPORATION

エイティ・デイズ・ブルー

EIGHTY DAYS BLUE
by
Vina Jackson

Translated by
Hiromi Kimura
First published 2013 in Japan by
Hayakawa Publishing, Inc.
This book is published in Japan by
arrangement with
Sarah Such Literary Agency
through The English Agency (Japan) Ltd.

装幀　ハヤカワ・デザイン
表紙写真　©Sasha Radosavljevic/Getty Images

目次

1　生牡蠣の夕食

ニューヨークのグランド・セントラル駅の真ん中で、彼がわたしにキスをした。

それは恋人のキスだった——短く、やさしく、愛がこもり、ときのたつのも忘れて過ごした一日の名残惜しい思い出にあふれ、今夜がニューヨークで一緒に過ごす最後の夜になると念を押すものだった。わたしたちはまだ先のことを話し合っていない。過ぎたことも。怖くて口に出せなかった。まるで、ここ数日の昼と夜はこのふたつの不安が忍び寄ってくる合間のような感じだ。避けようもなく過ぎていく時間にこれを突きつけられるまで、この日々はなかったことにしたほうがいい。

これから二十四時間、わたしたちは恋人同士に、ごくふつうのカップルになる。ほかの人たちのように。

もう一夜、もう一日をニューヨークで過ごす。今後のことはあとまわしだ。

別れる前に、わたしの大好きなグランド・セントラル駅でしばらく過ごしたのはぴったりだという気がした。ここは過去と未来が出会う場所。そして、ニューヨークの百八十度ちがう人々が混じり——金持ちと貧乏人、与太者とウォール街のビジネスマン、観光客と通勤者——それぞれが別々の人生へ向かう途中ですれちがい、小走りするほんのつかの間だけ、一時的に駆け込み乗車という同じ経験をしては意気投合する。

わたしたちはメインコンコースにいた。あの有名な四面時計のそばだ。キスをしてから、わたしは顔を上げてあたりを見た。ここに立っているときはかならずこうする。大理石の柱とアーチ形の天井を見上げるのが好きだ。そこには逆さまになった地中海の空がある。昔の地図製作者が天使や宇宙人はこんなふうに天から地球を見下ろしているであろうと想像した天体図だ。

駅の建物は教会を思わせるけれど、わたしは昔から宗教にはどっちつかずの気持ちでいたので、深い敬意を抱いたのは鉄道の力、つまり人類のどこかへ行きたいというあくなき欲望の証《あかし》のほうだった。ロンドンにいる親友のクリスは口癖のように、公共交通機関に乗ってみるまではその街のことが本当の意味ではわからないという。これが全世界共通の真理なら、ニューヨークの場合にも当てはまる。グランド・セントラル駅にはわたしがマンハッタンで好きなところがぎゅっと詰まっている。ここは希望にあふれ、駆け足で行き交う人々のエネルギーでにぎわう、活動している体のるつぼにほかならない。天井から豪華な金色のシャンデリアが下がっているのは、十セント硬貨一枚だけをポケットに入れて通り過ぎるすべての人に、頭上のどこかで、チャンスが待っている裏付けだ。

ニューヨークではいいことが起こる。これがグランド・セントラル駅のメッセージ。必死に努力したら、夢をかなえると名乗りをあげたら、いつか運がめぐってきて、街が目の前にチャンスを与えてくれる。

ドミニクがわたしの手を取って人ごみのなかを引っ張り、スロープを通って地下一階にあるささやきの回廊へ連れて行った。わたしはロンドンにあるセントポール大聖堂のささやきの回廊にも行ったことがなかったので、どちらも、行きたい場所と見たいもののはてしないリストに載っていた。

ドミニクはわたしを隅に立たせると、低いアーチにつながっている柱の一本のほうを向かせ、それから反対側に走っていった。

「サマー」ドミニクが言った。静かな声が柱を通してはっきりと聞こえた。まるで壁が話しかけてきたようだ。もちろん、これは建築上の現象だ――音波が一本の柱からドーム天井越しに反対側の柱へ伝わる感じがするのは、音響の不思議にすぎない――けれど、気味が悪いのに変わりはない。ドミニクは三メートル以上離れた場所で、こちらに背中を向けているのに、耳打ちされたみたいだった。

「なあに？」わたしは壁にささやいた。

「あとでまた愛し合うからね」

わたしは笑い出して振り向いた。ドミニクが向こう側でみだらな笑みを浮かべていた。

ドミニクが戻ってきてわたしの手を取り、もう一度抱き締めた。彼は上半身が心地よくがっしりしていて、おまけにわたしより三十センチほど背が高いので、わたしがハイヒールをはいていても彼の肩に頭をもたせかけられる。ドミニクは大柄ではない――彼はジムでトレーニングをしない。しているとは聞いていない――ものの、やせて引き締まった体格で、自分の体が気に入っている人にふさわしくしなやかな身のこなしをする。今日は暑かった。ニューヨークは晩夏に近づき、日中の日差しが焼けつくようで、舗道で目玉焼きができそうだった。まだ蒸し暑い。ふたりともドミニクが泊まっていたホテルを出る前にシャワーを浴びてきたのに、彼のシャツ越しに熱気が伝わってきた。抱き締められると、暖かい雲に包み込まれているようだった。

「でも、とりあえず」ドミニクがささやきかけた。今度はじかにわたしの耳に。「なにか食べよう」

わたしたちは〈オイスター・バー〉のすぐ外に立っていた。生魚が大好物だとドミニクに言った覚えはない。これもわたしの変わった好みで、みごとに当てられてしまった。あなたがいつも正しいわけじゃないとわからせたいばかりに、牡蠣には吐き気がすると言ってみようかと思った。でも、ニューヨークに着いたときから〈オイスター・バー〉に行きたかったので、この機会をふいにする気はなかった。だいいち、牡蠣がきらいな人がいるだろうか。ドミニクもそう思ったのかもしれない。彼にあとで裏目に出そうな嘘をつきたくなかった。

ここは人気のある店で、ドミニクが急に予約を取れたのは意外だったけれど、彼のことだから、予約しておいて、それをわたしには黙っていたのだろう。案内されるまで二十分ほど待たされたが、ウエイターがすぐにメニューを持ってきて飲み物の注文を取った。

「シャンパンは？」ドミニクが自分にはペプシコーラを頼んだ。

「瓶入りのアサヒビールを」わたしはウエイターに言った。ドミニクの提案を無視したので、彼の口元をかすかな笑みがよぎった。

「ここの料理は食べ切れないほど出てくるんだ」ドミニクが言った。「まず、牡蠣を分け合おうか」

「わたしを媚薬漬けにしようっていうの？」

「この世に媚薬が必要ない女性がいるとしたら、サマー、それはきみだよ」

「ほめ言葉ととっておくわね」

「よかった。そのつもりだからね。ところで、特にこれが好きだという牡蠣はある？」

担当のウエイターがわたしたちの飲み物を持って戻ってきた。差し出されたグラスをわたしは手を振って断った。ビールは瓶からじかに飲むものだ。冷えたビールをひと口飲んでメニューを眺めた。

この店はなんとニュージーランドの、ハウラキ湾で採れた牡蠣まで揃えていた。わたしの故郷のすぐ近くにある海だ。ふと胸がうずき、かすかなホームシックを覚え、疲れ果てた旅人の災いに襲われた。たまたま住んでいる新しい街がどんなに気に入っても、やはりときどきニュージーランドの記憶にさいなまれる。シーフードは故郷を思い出すもののひとつだ。暖かい日中と涼しい夕方を過ごした海辺、半潮時に濡れたやわらかい砂にかかとをめりこませて、浅瀬に住むトゥアトゥアとピピという貝を採ったこと。または、金曜の夜に地元のフィッシュ・アンド・チップスの店に寄り、牡蠣フライを六個ほど注文したら、塩を振られて大きなレモンの薄切りが添えられ、白い紙袋で出されたこと。

わたしはこのあたりで採れた牡蠣を六個ほど、ウエイターのおすすめを注文した。ドミニクも同じだった。ホームシックであろうとなかろうと、わたしがはるばるニューヨークまで来たのはハウラキ湾で採れたシーフードを食べるためじゃない。

ウエイターが厨房に姿を消すと、ドミニクがテーブルに腕を伸ばしてわたしの手に手を重ねた。

体がほてっているわりに、手は意外とひんやりしている。思わず身震いした。その手でずっとグラスを握っていたのね、と気づいた。彼はいつも氷を少なめにしたペプシを注文するのに、グラス自体が冷えていたにちがいない。

「なつかしいのかい？　ニュージーランドが？」

「ええ。いつもじゃないけれど、故郷を思わせるものが、言葉や匂いや風景があると、なつかしくなるの。友だちや家族のことはそれほど恋しくないわ。電話やメールでやりとりしているから。でも、あの土地が、海がすごくなつかしい。ロンドンは平坦だから住みにくくて。前に住んでいたオーストラリアの地方ほど平坦じゃなくても、やっぱり平坦なのよ。ニュージーランドには山が多いもの」

「その顔を見るのは、本を読むようなものだ。自分で思っているより本音が出ているよ。演奏にはぜんぜん表れないいんだね」

　ドミニクはがっかりしていた。わたしがバイオリンをアパートメントに置いてから、通りを二本だけ歩いてホテルの部屋に戻ってきたためだ。彼が帰国する前にバイオリンを取ってきて弾くと約束した。ドミニクは夜行便を予約していて、明日の午後四時ごろタクシーに乗って、ロンドンに、大学での仕事に、ハムステッド・ヒースに近い本だらけの家に戻っていく。わたしのほうは思いがけない一週間の休暇が終わりに近づき、オーケストラに合流して、月曜日に新しいコンサートのリハーサルをすることになっていた。

　わたしたちはこれからどうするのか話し合っていなかった。ロンドンでは、わたしがニューヨークに発つ直前に、あいまいな取決めをしておいた。いちおう恋愛関係と呼べるけれどもゆるやかなつながりだ。彼は自由に探索していいとわたしに言った。あとで詳しく教えればいい、楽しんできた内容を伝えればいいという。わたしは自分がしていたことをドミニクに話すのが楽しくて、あとで打ち明けたいばかりに、なにかをしたりやめたりしたときもあった。それをドミニクには内緒にしていた。彼はわたしにはついぞいなかった司祭のような存在だ。これまでは、わたしの冒険談を聞いて面白がったり興奮したりしたようだったけれど、わたしがジャスパーと一緒にいたところを見た夜、なにもかもうまくいかなくなった。

ドミニクにはヴィクターのことも話していない。ニューヨークでたまたま出会った男性だが、どう切り出したものだろう。ヴィクターがプレイしたゲームはドミニクの趣味よりはるかに倒錯していた。ヴィクターはなんとわたしを売り、知人たちに譲って好きなようにさせた。わたしはそのすべてを受け入れ、ほとんどの行為を楽しんだ。それをドミニクに教えたほうがいいかしら？　よくわからない。ヴィクターのパーティを出てから四十八時間しかたっていない。彼がわたしをずっと奴隷に、自分の所有物にしておきたがったので、きっぱり断ったのだ。一生消えない奴隷のしるしをつけるというのは、ちょっぴりやりすぎだった。あれからすでに何十年もたったような気がする。ドミニクのそばにいたおかげで、ヴィクターの毒が消されていた。とにかく、いまのところは。ドミニクがロンドンでヴィクターと知り合いだったこともまちがいないし、それもあって、どうしても事情を話しにくかった。

「ロンドンはどう？」話題を変えてみた。

すぐに前菜が運ばれてきた。この店のレビューにはサービスが遅いと書いてあったのに。白い大皿に十二個の生牡蠣が宝石のように広げられ、その真ん中に半分に切られたレモンが置かれていた。レモンを包んである白い布はてっぺんできつく結ばれていて、種を閉じこめてある。種がひと粒でも飛び出したら、料理そのものが台無しになるといわんばかりに。

ドミニクが肩をすくめた。「特に変わったことはないね。わたしはずっと働いていた――講義をして、空いた時間に論文に取り組んで、執筆に励んで」ドミニクが上目づかいにわたしを見て、目を合わせ、ちょっとためらってから話を続けた。「会いたかったよ。そのうち話し合うほうがいいことも起こったが、さしあたり、今夜を楽しもう。牡蠣を食べるといい」

ドミニクが牡蠣を持ち上げ、片手に貝殻をのせて、ウエイターが運んできた華奢な銀のフォークで肉厚の貝を口に放り込んだ。レモンの絞り方がどことなく野蛮だった。力の入れ過ぎで、絞っているというより潰しているみたいだ。それから、律儀に守られている作法の次のステップとして、こしょうひきを二回勢いよく回して皿全体に黒こしょうをかけた。彼は牡蠣を手際よく、器用に刺して、小さなかけらも汁も逃がさなかった。

わたしはフォークを使わずに貝殻からじかに貝を吸うのが好きだ。つるつるした感じを味わい、食器に邪魔されず、新鮮な肉に舌を打たれ、塩からい汁に唇を包まれる。

顔を上げると、ドミニクがこちらを見ていた。

「猛獣みたいな食べ方だな」

「ほかのことだって、わたしは猛獣みたいになるわよ」わたしはいわくありげな笑みを浮かべようとして言った。

「たしかにそうだね。そこもきみが好きなところなんだ。きみは欲望に身を任せる。それがどんなものだろうと」

「ニュージーランドでは、これが上品なシーフードの食べ方なの。地元では、浅瀬で採れるピピの舌を嚙み切っていた人もいたし。その貝を採ると、貝殻から舌がピュッと出てね、大のシーフード好きはそれを嚙み切って、生きたまま食べてしまうのよ」

ドミニクがほほえんだ。「きみもその仲間だった？　海の生き物を生きたまま食べていたのかい？」

「まさか、そんな度胸はなかった。残酷だと思ったわ」

「でも、ほかの人たちがするぶんには感心したんだね？」

「ええ。ええ、そうだった」

生まれつきひねくれて、反抗的だからかもしれないが、好ききらいが分かれやすい食べ物ほど、わたしはそれをおいしく食べたり、おいしく食べる人たちをすごいと思ったりする。

「散歩しようか？」ドミニクがわたしに訊き、見送りに出た店員をねぎらった。

店員たちが丁寧に挨拶をした。ドミニクは気前よくチップを渡す人だ。どこかで読んだけれど、男性が動物と母親とウエイターにどう接するかをつねに注目するべきだというので、今夜のちょっとした事実を、頭のなかに作っているドミニクの長所ファイルに保存しておいた。

わたしは自分の靴を見下ろした。黒のエナメルのピンヒール。手持ちのなかでいちばん小さくて、いちばん華やかなバッグしか持ってこなかったので、フラットシューズを入れる余裕はなかった。

「足が痛いならタクシーを拾ってもいい」ドミニクが言った。

「そうね、このヒールじゃ散歩には向かないわ」

ドミニクは大通りへタクシーを拾いに行くのかと思ったら、そうではなく、わたしの手首をつかんで道端へ引っ張った。レストランの外の、東四十三丁目の出口へ続く階段のそばの壁にわたしを押しつけ、体の脇を撫で下ろしてからお尻をさすったのだ。ドミニクのパンツの前のふくらみがわたしの太腿に当たる。どうやら彼は興奮してきたらしいけれど、はっきりしないので、確かめようと片手を下ろした。すると、まさぐる手はぴしゃりと叩かれた。まったくもう。いつもわたしをすっかり燃え上がらせてから宙ぶらりんにするなんて腹が立つ。早く帰るに越したことはない。

「すぐに脱がせるからね」ドミニクがこう言いながらわたしを下ろした。声を落としもしなかった。

〈オイスター・バー〉の前にいつの間にか長蛇の列ができていて、そこにひとりの中年女性が立っていた。クリーム色のパンツと人造の蛇革の靴をはき、この暑いのにピンクのカーディガンをはおっている。彼女がこちらに向かって舌打ちした。

ドミニクがわたしと腕を組んだ。わたしたちは四十二番街を西に歩いてパーク・アヴェニューへ向かい、土曜の夜の人ごみにもまれた。パーティに繰り出す大勢の人や観光客、コーラスガール、見物人が、すっかり盛り上がって行動を起こすきっかけを探している。週末のお楽しみはほとんど始まったばかりで、そのエネルギーは熱狂的ともいえる感じを帯びてきた。まばゆい明かりと輝く広告看板、うなりをあげて通り過ぎる車、タイムズ・スクエア・タワーが原動力になっている。頭上にそびえ立つタワーは、高級な地域に軽蔑のしぐさを示している派手な中指に見える。

「やっぱりミュージカルを見たい？」わたしはこう訊きながら、答えがノーでありますようにと願っていた。観光客の真似をしてブロードウェイのショーでも見ようかと、さっきはふたりで考えていたのだ。たしかに、ほぼ一日中ベッドで過ごしたけれど、わたしとしては疲れていないし、ふたりの最後の夜を無駄にしたくなかった。

「きみを見ていたいな」ドミニクが目を輝かせて答えると、わたしの胸が高鳴った。そういえば、彼は見ているのが好きで、みずから手配した秘密のコンサートでも、わたしが服を着ていたりいなかったりとさまざまな姿で彼のためにバイオリンを弾くたびに興奮したものだった。わたしはあの高価なバイイのことを考えた。愛用していた一丁が壊れたあと、ドミニクが買ってくれたものだ。彼のためにヴィヴァルディを――裸で――弾くのと引き換えに。ロンドンの地下納骨堂で初めてソロコンサートをしたあと、彼はわたしを壁に押しつけてその場で奪い、それからハムステッドの自宅に連れ帰り、わたしにひとりでオーガズムに達するよう求め、自分はデスクの椅子に座って眺めていた。

交差点に立っていると、この世のすべてが勢いよく走り過ぎていく。きっと、この一瞬が撮影されたら、写真に写るのはドミニクとわたしだけになり、ふたりの体は色の渦のなかでくっきりと浮かび上がりそうだ。まるで、わたしたちふたりしかニューヨークの通りにそのままの姿で存在しないように、ほかの人たちの姿は区別できず、ひとつになってぼやけ、各人が隣の人と同じくらい特色がないだろう。

ゆっくりと時間をかけて、ブロードウェイからユニオン・スクエアを通り過ぎ、ユニヴァーシティ・プレイス方面へ向きを変え、きらびやかな魅力があせた五番街を迂回した。わたしのアパートメントに着いたころには足が痛くてたまらなかった。でも、それを感じなかったのは、夕食のときに飲んだ二本のビールと、ドミニクと腕を組んで歩いて、晴れやかな気分になったおかげだ。悩みがきれいに消えてしまったようだ。少なくとも、もうひと晩と次の日の昼間だけは。

ドミニクはそうとは知らないけれど、いま立っている目の前の建物で、わたしはクロアチア人のカップル、マリヤとバルドとルームシェアをしている。ふたりはわたしと同じオーケストラの金管楽器セクションで演奏していて、夜はたいてい出かけている。部屋にいるときは、セックスしている音、荒い息づかいやベッドのヘッドボードに頭がゴツンと当たる音をアパートメント中に響かせる。マリヤが大声をあげるので、うらやましいくらいだ。そりゃあ、演技していたのかもしれないけれど。ふたりの関係はよくわからない。夫婦か、ルームメイトか、不倫の関係なのかもしれない。どちらも伴侶から逃げているとしたら、ふたりの欲望の炎が消えそうにないのもうなずける。

「バイオリンがなかにあるの」わたしは切り出した。「ほら、最後にもう一度弾くと約束したでしょう」

ドミニクが一歩近づいたので、彼の引き締まった体が背中に押しつけられたのがわかり、続いて彼の片手で腿の内側をさっと撫で上げられた。

「覚えているとも。なんなら、ここで待っているよ」ドミニクがわたしの耳にやさしくささやきかけた。

その口調はいかにもさりげなく、どこか愉快そうだった。どうやらドミニクは、自分がいるせいでわたしの調子が狂っているのを面白がっているらしい。わたしは必死になって鍵をいじり、アパートメントのなかへ続く正面入口をあけようとしていた。手の震えようときたら、ルービック・キューブを完成させようとしていたみたいだった。

「だめよ」わたしは言った。「入って。土曜の夜だもの、ルームメイトたちは出かけているだろうし、もしいたら、あなたを紹介する――ふたりとも気さくで、お客が来てもいやがらないのよ」

この前男性を家に招き入れたのはいつだったか覚えていない。ドミニクも、彼に出会う前にロンドンで半年ほどつきあっていたダレンも、わたしのフラットを訪ねたことは一度もなかった。ひとりで過ごした数カ月間にときどき一夜かぎりの関係を持ったけれど、そのときでさえ、いつも相手の家へ行くと言って譲らなかった。

人を招かないのはこれといった理由がない。他人とあまり近づきたくないだけだ。それにだらしないし、通勤が大きらいなので、街のなかで家賃が高めの地域でも、わりと安くて狭い部屋に住むことになる。物価が安い郊外で広い部屋を借りて、毎日地下鉄で通うはめになるよりましだ。イーストヴィレッジのアパートメントにあるわたしの部屋はとても狭い。もっと広い部屋に住みたかったら、ブルックリンに引っ越すしかないだろう。マリヤとバルドがほとんどのスペースを占めているため、ふたりで家賃の三分の二を負担している。わたしの小部屋にあるのは、シングルベッド、手持ちの服と靴を全部飾ってあるハンガーレール、故郷から持参した数枚の写真、あちらこちらに散らばっている本だ。デスクはないし、ひとつの家具もなく、あるのはベッドとハンガーレールだけ。ニュージーランドを発ってからずっと、身軽に旅行するようにしている。それなら、どこに行き着いても、あまり手間をかけずにまた荷造りして旅立てる。一個のスーツケースに入りきらないほど持ち物が増えると、いらいらしてくる。

アパートメントの玄関ドアを押しあけて、壁を手さぐりして明かりのスイッチをつけると、キッチンのカウンターにハンドバッグをそっと置いた。

「ただいま」わたしは声をかけながら、ドミニクの手を引いて招き入れた。

ドミニクがキッチンに立ってあたりを見回しているあいだ、わたしはクロアチア人カップルのベッドルームのドアをノックして、ふたりがいるかどうか確かめた。返事がなかった。

「出かけているみたい」

「そうこなくちゃ」ドミニクがつかつかと歩み寄り、わたしの髪を持ち上げてからそっと引っ張った。

突然くるりと回されたので、リビングルームの出窓を向いて立ち、このブロックの住民が共同利用する小さな中庭を眺める格好になった。もう外は暗く、この部屋は明かりがついてブラインドがあいている。だれかが小さな庭に座って煙草を吸っていたり、自宅の窓辺に立ってこちらを向いていたりしたら、すべてではないにしても、わたしたちのシルエットくらいは見えていただろう。黒のミニのワンピースを着たわたしと、襟のついたシャツとネクタイを身につけたドミニク。ふたりともデートのためにドレスアップしてきた。ニューヨークでも指折りの高級なバーに落ち着くかもしれないからだ。ドミニクはスーツが似合う。通勤にはこれほどフォーマルな服を着ないだろうに、窮屈ではなさそうだ。同じ服を十年間も捨てず、年に一、二回の冠婚葬祭のたびにたんすから取り出す男性とはちがう。ドミニクにはいつもくだけた雰囲気がある。自分は正しいとわかっている人間の自信を備え、なにを着ていてもすてきに見える。彼にはくつろいだスタイルがある。

ところが、その揺るぎない、丁重な態度の陰に、途方もなくみだらな心が潜んでいて、そのあらゆる社交上の常識に隠されたみだらな部分があるからこそ、わたしはドミニクに退屈して離れていくことがない。どんな相手でも何カ月かつきあったら熱が冷めるのに。

ドミニクはこれからどうするつもり？ わたしは考えながらちっぽけな庭を見つめた。隣人が庭を華やかにするためにつけた豆電球がホタルみたいにちかちか光っている。わたしを窓に押しつける気？ ワンピースの裾をウエストまで上げさせてから、うしろへ下がってお尻を眺めるの？ 近所の人たちに丸見えの場所でわたしを抱くとか？ ドミニクはまだワンピースの下に手を潜らせていない。さっきキスしていたとき、わたしの服越しに体を愛撫しながら下着の線がないとわかったのではないかぎり、気づかないはずだ。わたしがパンティを家に置いてくることにして、今夜はたまに脚のあいだを冷たい風が吹き抜けるのを楽しんでいたと。

「ストッキングを脱ぐんだ」ドミニクが言った。「ただし、膝を曲げないで。それから、振り返ってもいけない」

その声でドミニクがにやにやしているのがわかった。彼はこうするのを楽しんでいる、わたしを昂ぶらせる自信のある新しいゲームを思いついたのだ。変化、そして驚きこそ、わたしをいっきに興奮させる。次はどうなるのかわからないかぎり、わくわくする。わたしの頭は働くのをやめてくつろぎ、ありったけの力でドミニクの次の指図に従おうと努める。しなければならない洗濯のことも、来週のリハーサルも、次の給料を受け取る日はいつか、まずなんの支払いをすませなくてはいけないかも考えられなくなった。ドミニクの声がほかのあらゆる考えをわたしの頭から追い払う。考えていないときには、感じて埋め合わせている。いまは体の感覚が過敏になり、ほんの軽く触れられ、肌にそよ風が当たっただけで、欲望でどうにかなりそうになる。

膝を曲げずにストッキングを脱ぐなんて、言うほど簡単なことじゃない。わたしはワンピースをたくしあげ、ドミニクに肌をちらりと見せてから、親指をゴムに、ストッキング部分と太腿を分けているレースの縁に引っかけて下ろしていった。脚を大きく開いて、まっすぐ伸ばしたまま、腰を曲げてつま先に触れられるようにした。次に全体重を片足にかけて、一瞬だけ、そっとピンヒールを脱いでストッキングをかかととつま先に引っかけ、再び靴をはいた。もう片方も同じことをした。

「それをこちらに渡してくれ」

わたしはストッキングを背後に渡した。相変わらず、ガラス越しに前を見据えている。ドミニクは次にどうするつもりかしら。

「両手を出して」

背中で手を組めとは言われなかった。でも、そうしたのは、ドミニクはいつだって本気で言っているからだ。わたしを振り向かせたかったら、そう指図するか、自分で手をかけただろう。だから、わたしは脚を開いたまま、窓に向かって立っていた。肩は関節でねじれ、胸が突き出し、両腕が伸びてこわばり、両手は祈るように握られて親指がお尻に向いていた。

ストッキングは薄手の布地でよく伸びるのに、驚くほど役に立つ手錠になった。ドミニクがこれを二本とも使い、わたしの両手をふたつの複雑な輪で縛り、手首で血が止まらないようゆるめに合わせた。でも、いくらもがいてもストッキングを解《ほど》けなかった。本気を出せばなんとかなりそうだけれど、逃げる気になれない。ドミニクの意志に左右されていて、彼のしたいようにするという自分の選択にとらわれているアイデアが気に入った。

ドミニクが両手をわたしの肩に置いて、自分のほうを向かせた。ピンヒールの靴でえんえんとダウンタウンまで歩いたあとで始まった足の痛みが、いまでは心地よくなってきて、鋭く、爽快なうずきが語りかける。わたしがドミニクに体を与えて使わせたので、どんな快感を覚えたのも彼がそれを望んだからだと。

以前にも思いついたが、もしこの考え方が人生のほかの場面にも当てはまるなら、やりとげられないことなどなさそうだ。いったん始めたら、わたしは線路を走る列車のように、どんな結果が待ち受けていてもまっしぐらに進み、道のりが不快でもまったく気にしない。とはいえ、服従はいつでもどこでもその気があればできることではない。きっかけが必要だ。子ども時代には、バイオリンを教えてくれたファン・デル・フリート先生がいた。先生は教師が生徒に触れる形でしかわたしに手を触れなかったのに、どういうわけか、わたしは先生を喜ばせたくなり、人並み外れて練習に励んだ。いまではドミニクが同じ力をわたしに振るっている。わたしが彼にその力を与えたからだが。

ドミニクがかがみこみ、わたしの目を見つめて、むき出しになった肌に手を滑らせた。まず片足からもう片方の足へ、足首から腿へ向かって撫で上げて、パンティをはいていたとしたら線があったはずの手前で止めた。ドミニクの目は花崗岩を思わせる。この表情を見せるのは、いつしか彼自身の欲望の道へ、意識的な思考を越えた場所へはまっていくときだ。そこでは体にあとをゆだねるだけで、それが主導権を握る。

わたしの息づかいが荒くなってきた。ドミニクにこうされるのが大好きで、本当に好きなのに、ああ、彼の手が近づくたびに、指を差し入れてくれないかと思ってしまう。昔から辛抱するのは苦手だった。

ドミニクが背中を伸ばしてわたしの背後に回り、ストッキングがちょうどいい取っ手だといわんばかりに手首の拘束をつかんだ。わたしはなんとか彼についていこうと、磨かれた板張りの床でヒールをかたかた鳴らしてあとずさりした。

ドミニクがわたしをまず顔からベッドに押しつけた。両手は背中でしっかり縛ったままだ。息ができるよう、彼が見えるように横を向いたところ、片目の隅で姿をとらえた。ドミニクは枕の端にひざまずいてベッドの下を手探りしながら、ほくそえんでいった。そこにしまってあった潤滑剤の瓶と箱入りのコンドームを見つけたのだ。隠し場所にならなかったわね、とつくづく考えた。わたしもほかの女性とたいしてちがわないんだろう。それとも、ドミニクはいつも似たようなタイプとつきあっているのかも。

ワンピースがさらにまくりあげられ、生地がウエストに集まり、むき出しのお尻が丸見えになった。彼は息を吸った。今度こそ、わたしがパンティをつけずにこの黒のミニのワンピースで彼とひと晩過ごしたことがわかったにちがいない。

ベルトが抜かれる音がして、わたしはびくっとした。ドミニクはわたしを革のベルトで叩く気か、それとも奪えるようパンツを脱いでいるだけだろうか。どちらでも楽しめそうだった。最後は奪ってもらえるならば。わたしは身じろぎもせず、ドミニクの次の行為を待ち、早くしてくればいいのにと思っていた。早くしてくれないと、爆発してしまいそうだ。

せがむ姿を見せてドミニクに満足感を与えたくなかったけれど、彼にわたしのなかに入ってほしくてたまらず、時間がたつのが遅くなったような気がした。彼がそばに立っているのに触れない一秒一秒は、一時間に相当する。

まるでナイフの刃に立っているように、たえず欲望と充足感の狭い隙間にとらわれている。こうしているのが大好きでありながら、大きらいでもある。ドミニクが離れていくたびに欲望が募るのに、彼がわたしに触れるたびに満足感に近づき、どこもかしこも満ち足りていく。

ドミニクにもこれがわかっている。わたしがプライドから反応を抑えようとしても、彼はこれまで行為の最中に注目していたらしく、わたしを楽器のように弾きこなすこつを心得ていた。わたしのすべてがドミニクのものではなく、けっしてそうはならない。でも、ふたりでベッドにいるかぎり、わたしが望んでも望まなくても、この体は彼のもの。

わたしは完全にドミニクの思いのままだ。

包みを破る音がして、はっとした。続いて、潤滑剤の蓋をあけるぱちっという音もした。

すると、やっとのことでドミニクの指が入ってきて、なかを探り、まさぐっている。最初は一本だけ、それからもう一本、もう一本、さらにもう一本と差し入れられ、もうそれ以上入らないとわたしは思った。とりあえず、ドミニクの手に自分を押しつけられるよう、もぞもぞと身じろぎして、膝を曲げてベッドカバーに足をつこうとした。でも、手首を縛られてベッドに腹這いにされていては、昆虫学者の実験台にのせられた芋虫みたいに情けない格好でのたくることしかできない。それとも、解剖台にピンで留められた蝶だろうか。

　ドミニクは背後で驚くほどじっとしている。わたしが苦境を抜け出そうとしている姿を眺めるのが楽しいようだ。半裸でいるほうが、全裸になるよりむき出しにされた気がする。なんとなく、上半身が覆われていて、下半身がヌードというのはポルノっぽい。まるで、お尻と性器がむき出しになれば、胸まであらわにならなくても衝撃的だというようだ。半裸は変質者のポーズであって、バス停でシャツを着たままズボンを下ろしてコートの前をあけている老人の姿だ。他人の希望で半裸になるのは屈辱的なところがあり、支配されている感覚がある。

「脚を大きく広げて」ドミニクが言った。

　わたしはそうした。

「もっと大きく」

　開脚をさせられているも同然で、太腿の筋肉が痛んできた。ひざまずいたままでベッドに胸を押しつけられ、両手を背中に回されて、かろうじてバランスを取っていた。ドミニクがかがみこみ、わたしの膝から内腿の上のほうまでずっと、舌を軽く這わせた。まず片側を、それから反対側の脚を。あそこを舐める直前で舌を止めたけれど、肌に口をつけているので、熱い吐息がわたしの下の唇にかかった。

　ドミニクの舌が触れたらいいと思って、わたしは心もち体を押し戻した。

「ああ、だめだめ。じっとしているんだ」

　余裕のあるふりをしようとがんばったのに、わたしは声を漏らし、わずかに体を前後に揺すり出していた。

「わたしが欲しいんだね？」ドミニクがからかった。

なぶるような口調だ。ほかのときだったらドミニクを叩きたくなったかもしれないが、いまは体が燃えている感じがして、彼に触れてもらうためならなんでもしかねない。たとえそれが、部屋を這いずりながら懇願することであっても。

「そうよ」

「そうよ？　なんともあやふやだ。はっきりするまで、わたしはこの部屋を出たほうがいい」ドミニクが立ち上がって一歩下がった。

「いや、お願いだから行かないで。わたしはなによりもあなたが欲しいの」

「なによりも欲しい――なら、いいだろう。それで、きみが望むものを与えたら、なにをしてくれる？」

「なんでも。お望みのままになんでもするわ。どうかファックしてちょうだい。もう我慢できない」

「お望みのままなんでも、だって？　約束するときは気をつけたほうがいい。わたしはそれを守らせるかもしれないよ」

「かまわないわ。触れてちょうだい」わたしは駄々をこねた。強烈な性欲にさらされて、プライドは忘れられていた。

ドミニクが近づいて、わたしのなかにペニスの先端を押し込んだけれど、ほんの数センチだった。そこで彼はようすをうかがった。

わたしはいらいらしてベッドカバーに爪を立てた。

「頼むんだ」ドミニクがやさしい声で言った。

「どうしてほしいか言ってくれ」

「ファックしてちょうだい。お願いだから」

やっとのことでドミニクが奥まで押し入り、わたしはいっぱいに満たされた。体のなかにある熱いペニスにひと突きされただけで、もう限界を越えそうになった。

ドミニクがわたしの手首をきつく握って抜き差しするたび、わたしは彼に体を押しつけた。

ドミニクはわたしが痛みを覚えるようになるまで満たし、それから果てた。

ふたりとも動きを止め、あえいでいた。ドミニクがかがみこみ、わたしの手首の結び目を丁寧に解いてくれた。恐る恐る腕を伸ばしてみると、血がどっと手首に戻ってきた。

「ここにいて」ドミニクが言った。彼をおさめたまま、わたしがどこかへ行けるというのだろうか。

ドミニクが体を離して横になり、片手でわたしの髪を撫でながら、もう片方の手で脚のあいだをまさぐって敏感な場所を見つけた。わたしは今度も声を漏らし始めた。まさかこの姿勢で、うつぶせで達することはないと思うけれど、ドミニクに試してみてほしい。

「向きを変えて」ドミニクがささやいた。わたしの顔に自信のなさそうな表情が浮かんだのだろう。わたしはぱっと仰向けになった。

ドミニクは片手でリズミカルに愛撫を続け、自分がしていることが見えるように体を起こした。わたしはこちらを見ている彼を見ていた。彼は指先のたどる道をじっと見つめている。ドミニクが彼を見ているわたしを見下ろしてほほえんだ。のぞき魔が別ののぞき魔に気づいたところ。それから、彼が空いている手でわたしの上半身と胸の谷間を撫で上げ、その途中で左右の乳首のまわりに円を描いた。彼はその手をわたしの喉にそっと置いた。

「目を閉じて」

ドミニクはのみこみが早い。わたしは目を閉じて、ほかにも気を散らすものをさえぎった。彼のもう片方の手にせっせともてあそばれ、まもなくオーガズムのまっただなかにあった。痛いほどの歓びの波が脚のあいだから脳まで届いたと思うと、ふっつりと消えていった。

目をあけると、ドミニクがこちらを見下ろしていた。いかにも悦に入っている。わたしはなかなかオーガズムに達しない。ドミニク以外に、手助けしないでのぼりつめることができた相手はひとりかふたりしかいなかった。

「いい子だ」ドミニクが言った。くだらないかもしれないけれど、この言葉を聞くとわたしはかならず熱くなってしまう。


わたしたちはドミニクのホテルの部屋に移って夜を明かすことにした。ホテルのダブルベッドのほうが、わたしのシングルベッドより断然寝心地がいいし、窓からワシントン・スクエア・パークが見えるからだ。

朝方にもう一度愛し合った。どちらも寝ぼけまなこで、二本のスプーンみたいに横向きに体を重ねて。ドミニクに寄り添うと、彼の屹立したものがわたしのお尻の割れ目に押しつけられていて、やがてなかに入った。わたしたちは並んで寝た。ドミニクの腕に守られるように包まれ、彼の片手を片方の乳房にのせられながら、わたしは彼をそっと押した。わたしたちの愛の行為にはどこかやさしくてノスタルジックなところがある。別れというつらい現実のせいで前夜の炎が消え、あとには欲望と切望だけが残った。

わたしは窓辺に立ち、裸で、最後にもう一度ドミニクのためにバイオリンを弾いた。『メッセージ・トゥー・マイ・ガール』は、ニュージーランド交響楽団とスプリット・エンズがコラボレーションした、大好きな曲だ。たしかに、フルオーケストラで、フルートやピアノも演奏するのとは勝手がちがい、ニール・フィンの歌声もないけれど。わたしが彼のために正当なクラシック以外の曲を弾くのはこれが初めてだ。

ドミニクは歌詞を知らないいし、わたしがこの歌を弾くときに感じる郷愁を共有するわけではなく、わたしの心の目に広がるアオテアロア（マオリ語でニュージーランドのこと）の光景も見えない。それでも、せめてちょっとした魔法とわたしの故郷への思いがバイオリンから流れ出てほしかった。

わたしはバイイを片づけて、ベッドでドミニクの隣に腰かけた。

「朝食にしましょうか？」

レストランに入ったころにはすでにブランチの時間だった。わたしはドミニクをジョーンズ通りにある〈カフェ・ヴィヴァルディ〉に連れて行った。ホテルから西にほんの二、三ブロックのところにある店だ。わたしがヴィレッジに引っ越した理由のひとつはこの店だった。ちょっぴり感傷的なたちなので、このカフェの名前はいいしるしだという気がした。特に、ここはステージを開放する晩があり、あらゆる種類のミュージシャンを受け入れると聞いただけに。演奏したいとオーナーに申し出たことはなくても、テーブルについて店の雰囲気に浸っているのは好きだ。

この地域は昔の面影を失ったという評判だ——ボヘミアンは物価の安い界隈へ移り、入れ替わりに住みついた豊かな中流階級は、コミュニティの感覚と、おしゃれなコーヒーショップ、近所の公園が気に入ったという。どうりでわたしの部屋は狭いわりに家賃が高いわけだ――が、魔法の片鱗《へんりん》がうかがえる。わたしの前にここの椅子に座ったすべてのミュージシャンが残したエネルギーを少し吸収できそうだと思わずにいられない。

それに、この店の料理はとびきりおいしいし、ブラディ・メアリーにちょうどいい量のスパイスを入れて出してくれる。アルコールが入るお祝いにますますなじんできたわたしは、このカクテルを注文して、ドミニクはいつもエスプレッソかペプシを飲む。

ひょっとすると、わたしはお酒の力で大胆になったのかもしれない。ふだんは感情をあらわにするほうではないし、とりわけ恋人には見せないのに、刻一刻とドミニクが発つ時間が迫り、近くの壁にかかった時計の針があっという間に一周するのを見て、思い切った行動に出た。

「あなたが恋しくなるわ、ドミニク」

ドミニクがフォークを置いてわたしを見た。「わたしもきみが恋しくなるよ」

わたしはひと息ついて、考えをまとめた。「来てくれてありがとう。ほんの少しのあいだでも、あなたといられて本当に助かった。今後は万事が順調に進みそう。でも、わたしはニューヨークを離れられないの。音楽が……落ち着くまでがひと苦労だったけど、いまではうまくいってるわ。オーケストラとね」

「それはよかった。だったら離れないほうがいい――ここにいて、その時間をフルに活用することだ。そう言うわたしもロンドンを離れられない。いくつかのプロジェクトに自主的に取り組んでいるんだが、学期末までは契約が残っている」

わたしはうなずいた。

「しかし、それほど遠くじゃない」ドミニクが考え込んだ。「せいぜい飛行機で七時間。週末があるし、もうすぐ中間休暇もあるし、実を言うと……」

「ずっと一緒にいてもうまくいかないと思う」わたしはあとを引き取った。

「そうじゃない。まだ話し合っていないことがたくさんある。きみがニューヨークでずっとひとりで夜を過ごしていたはずがないし、わたしもロンドンでそうはしていなかった。それをいまさら変えないほうがいいと思う。わたしたちは……」

「つきあってはいない？」

ドミニクが笑った。「そう、つきあってはいない。それほど単純な話じゃないと思うよ」

「でも、ほかの人にはこういう気持ちを抱かないの。のめりこんでいるみたいな。こんなふうに感じる相手はあなただけ」

わたしはまだドミニクにヴィクターの話をしていなかった。でも、あれは話が別だ。ヴィクターには数々の行為をされるがままになったけれど、彼にはドミニクに求めるようなやり方ではしてほしくなかった。

少し前なら、ドミニクの表情は謎めいていると考えた時期があった。でも、いまは彼のことがよくわかり、あの目の表情を理解できる。性欲。興奮。同意。

「よかった」ドミニクが言った。「きみと同じ気持ちだ。わたしはこの手のことをだれとでもするわけじゃないからね」

今度はわたしが笑う番だった。いまのせりふはテレビのコメディドラマで女性が言いそうではないか。ゆきずりの関係を結んだ翌朝に。

「本気だよ」ドミニクが続け、テーブル越しにわたしの手を取った。「自分のことは完全に理解していないが、この気持ちならわかる。きみには……あれこれしたい気にさせられるんだ」

「あなたには、あれこれしてほしい気分にさせられるの」

「それなら」ドミニクがほほえんだ。「とりあえず、意見が合ったね」

「じゃあ、これで決まりでしょ?」

「つまり、なにも決めないことに決まったと?」

「ええ」

「また会いに来る。コンサートを聴いて、ニューヨークを思い切り楽しむ。それは――どんな形でもきみの望みのまま、この街を楽しむことだ。だが、話を決めたとおり、きみはこちらの生活をどんどん報告してくれ」

ドミニクはエスプレッソのお代りを注文して、わたしもブラディ・メアリーをもう一杯頼んだ。彼の前で酔っ払うつもりはないが、スパイスとウォッカの力で、別れのときが近づくにつれて押し寄せてきた悲しみの波が静まった。

わたしたちは午後の残りの時間を〈カフェ・ヴィヴァルディ〉で過ごし、コーヒーを飲みながらしゃべったり笑ったり、控えめにビリー・ジョエルを弾いているピアニストの演奏に耳を澄ませたりしていた。ドミニクはもうホテルをチェックアウトして、機内に持ち込むオーバーナイト・バッグを一個持っているだけだった。身軽に旅する人なのだ。わたしのように。

ドミニクが出発する時間になり、わたしがウェイヴァリー・プレイスにあるホテルの階段まで彼を送ると、そこには彼が頼んだ空港行きのリムジンがすでに待ち構えていた。

ドミニクの別れのキスは短く、やさしく、愛がこもっていた。
恋人のキスだった。

2　夏《サマー》が去り、秋が来て

ドミニクはノース・ロンドンの自宅の玄関ポーチの前でタクシーを降りた。ニューヨークからの夜間飛行便の機内ではあまり眠れなかった。さまざまな思いが頭のなかでふくれあがり、記憶が感情の波となって渦巻いていた。

まだ早朝だった。小雨が風に運ばれてきて、近くで揺れているヒースの木にぱらぱらと振りかかった。

ドミニクはドアの鍵をあけ、玄関ホールに入り、警報装置を切った。

オーバーナイト・バッグとパソコンバッグを床に下ろし、靴を蹴るようにして脱ぐと、静けさに包まれていることに驚いた。ドアが閉まると、外の物音がかき消された——鳥の鳴き声、木の葉が雨を歓迎してさらさら立てる音、丘を走るわずかな自動車、そして日常生活の証のいっさいが。

途方もない重荷が肩にかかっている感じがした。

ドミニクはそれが孤独のひどい重圧だとわかった。ひとりになり、自宅で、本棚と見慣れた光景に囲まれているのに、喪失感を覚えている。マンハッタンでサマーと別れた瞬間から、リムジンが迎えに来て、空港までの車中とあわただしいチェックイン、セキュリティチェック、出国審査で並んでいるあいだはつねに他人がそばにいたため、考えないようにしていられたが、彼女をひとりで残してきたのだ。もうひとつの都会に。無力ではないが、置き去りにして。サマーのゆがんだ感情、矛盾した言動とともに、あのすばらしい欲求をドミニクは切望し、恐れてもいた。

サマーがあれほど変わっていて、欠点が多くて、知り合うには危険な相手ではなかったら、はたして彼女に夢中になったり、ロマンチックな気持ちを抱いてときめいたりしただろうか。サマーがおとなしくて分別があり、これまでつきあった数え切れないほどの女性たちに似ていたら、彼女に恋しただろうか。

いいや、これが愛なら、いわゆる無条件の愛というものだ。サマーの倒錯したところを受け入れるしかない。むしろ、彼女には自由奔放に、セックスの冒険をしてほしい。

この五日間で初めて、ドミニクによく考える時間ができた。

だからといって、現状とその矛盾をちっともいいとは思えない。

ドミニクは手帳をめくった。次の講義は明日だ。あれほど衝動的にニューヨークへ飛んだのに、授業を二回休んだだけだった。講義の予定を組み直すのは問題ないだろう。最終試験まではまだ日数がたっぷりある。

シャワーを浴びなくては。機内で着ていた衣類を脱ぎ捨てながら、階段を上って長い廊下の突き当たりにあるバスルームに向かい、頭をすっきりさせようとした。

湯のしぶきの下でじっと立ち、目立たない汗の玉が体をずっと流れて足まで落ちるのを眺めていた。自分の努力とまだわかっていない罪をきれいに忘れて、あえて世界を空白にした。意識を向けたのは、わずか三十六時間前にニューヨークでついにサマーの手首を解いたとき、ストッキングで青白い肌にピンクの輪が残っていたようすだ。ふたりでグランド・セントラル駅からのんびり歩いた道中、サマーを縛ろうと思いついたが、意外にもストッキングとその淡いベージュの色合いが太腿の乳白色の眺めと美しい対照をなして、彼女の下半身をむき出しにしてからも、見とれるとともに軽い驚きを覚えた。

ドミニクはサマーがときどき行為の最中に息を止めるようすを思い出そうとした。みずからの欲望の高まりで、彼が突き入れるリズムに変化を加えようとしたのか。彼はそれを以前にも、ロンドンで過ごした最初のころにも気づいていたが、あれはサマーのセクシャルな性分になくてはならない部分だといまになって実感した。無意識に、自分をパートナーと同じ波長に落ち着かせる働きだ。きっと、ほかの男が相手のときにもそうしているのだろう。これまで何度も経験したのだ。

ドミニクはシャワーヘッドから流れ落ちる湯に打たれている体を見下ろした。サマーと彼女が呼び起こす甘い記憶に敬意を表して、ペニスが半立ちになっている。先端の下をぐるりと回る突起部がふだんより赤くなり、最近ふたりが我を忘れたように戯れ合ったことを物語っている。

サマーにはあれこれしたい気にさせられると言ったのは、ドミニクの本心だった。ひどいと同時にすてきなこと、大胆でみだらなこと、肌をあらわにして痛みをともなうこと、多くの女性が抵抗すること。だが、サマーは多くの女性ではない。ドミニクのペニスが硬くなり、シャワーの滝を突き破った。

一昨日、ふたりが腕を組んで四十二丁目を歩いていたとき、ブロードウェイを南へ向かうところでポルノショップを通りかかった。近年の都市浄化運動の結果、わずかに残ったうちの一店だ。サマーは気づかなかったが、ドミニクは店に目を留め、一瞬、なかに入って彼女に使える物——手錠、ある種の拘束具——を買いたくなった。それはほんの出来心だったが、店の汚れた窓と怪しげな品揃えにいかがわしい雰囲気が漂い、女性に手錠をかけるのはどこか下劣な感じがしたのだ。ドミニクは衝動を抑えて店に寄り道するのはやめたものの、サマーを縛るという考えが頭に種をまかれた。そのうえ、あとで脱がせたストッキングがあまりにも申し分なくて、ドミニクの想像力の闇にどんな要求をされても、サマーは彼の心を読んで準備万端になった彼女自身を見せたかのようだった。

キャスリンとの場合もそうだった。あの若い既婚女性はもう何年も前、ドミニクと関係を持った短期間に、彼には相手を支配したい気持ちがあると気づかせてくれた。

キャスリンのようにサマーにも力があり、ドミニクの秘密の亡霊を呼び覚まし、おびき出し、数々の恥ずかしい行為を彼にささやいてから、自分は気にしない、ショックを受けもしないしあきれもしないと請け合う。サマーはドミニクの人格に潜む支配者の面を目覚めさせ、それを思いどおりにできると百も承知したうえで彼の最悪の部分を引き出す。本当にリードしているのはどちらだろうと彼が疑問に思うほどに。

ドミニクの頭がめまぐるしく働き、たくさんのことが脳裏に浮かんだ。

もちろん、サマーとつきあいたい——妙に遠回しな言い方だ——だけではなく、寝たいだけでもない。彼女がまるごと、身も心も欲しいが、所有物としてではない。いくら彼女がジャスパーと一緒にいる姿を見たり、ほかの男たちといるところを想像したりして、あの驚くほど鋭い嫉妬を覚えたといっても。これは所有権の問題ではなかった。ドミニクに潜んでいる力強いものが、どこまでサマーを、自分自身を導けるか見届けたいと願っていた。たとえ、つらさと複雑な気持ちが明るみに出てもかまわなかった。サマーは彼に支配されたくてたまらない。それはひと目でわかる。

ということは、今後もサマーにはそのとおりに振る舞えばいい。ドミニクは彼女を思いどおりにでき、セックスを探求するうえで彼女をリードできる人間になれるはずだ。だいいち、その過程で気持ちを切り離さなくてもいい。

そう、ドミニクはサマーを愛しているとすでに彼なりに自覚していたが、これはすべてを包み込む愛、恐ろしい愛だ。つまり、サマーがまたほかの男と一緒にいるところをいつか見たくなるかもしれないが、次回ははっきりと彼に指示された結果であり、ただの気まぐれでも偶然でもない。

そう考えると、ドミニクはいてもたってもいられなくなった。

突然、どうしてもバスルームを飛び出して、手近な電話に歩み寄ってサマーに電話をかけたくなった。電話口で彼女に叫び、一緒にしたい、彼女にしたいありとあらゆるいけないことを教え、受け入れられて慰められたかった。マンハッタンはまだ深夜だが、ここ数日ふたりでいやおうなく体を酷使しただけに、サマーは子どものようにすやすや眠っているだろう。それに、ドミニクはテレフォン・セックスを楽しいと思ったためしがなかった。言葉で生計を立てている男として、それには熱を込められない。あまりにたわいもないからだ！

ドミニクは手を伸ばして石けんを取り、体を洗い始めた。

日々がぼんやりと過ぎていった。

講義、個人指導、採点、リサーチ、講義と論文の原稿作りで生活が自動的になりたった。ドミニクは時間がたつのに気づかないくらい、日常の問題に追われ、私生活の用件を片づけるので手一杯だった。

サマーとのやりとりは数えるほどだ。ドミニクと同じく、彼女も長電話で駆け引きするのは気づまりで、連絡にはたいていパソコンと携帯電話のメールを使っていた。そっけなく、ドライだといえるほどに。

それは残酷なゲームだった。サマーがやさしくしてほしいと思うと、ドミニクはよそよそしくなったり厳しくなったりする。彼女が指図してほしいとせがむと、彼はどっちつかずの態度を取る。ドミニクはサマーをぴりぴりさせておきたかった。つねにリードしていたい。支配者でいたい。だんだんなじんできた役割だ。

数日後、ドミニクが大学を出て地下鉄の駅に向かう途中、取るに足りないことばかりの空想にふけっていると、彼の名前が呼ばれた。

「ドミニク?」

ローラリンだ。もう何カ月も前に、サマーと地下納骨堂で共演させるために雇ったブロンドのチェロ奏者。ローラリンとの短い電話のやりとりがニューヨークへ向かうきっかけになったが、あれ以来、彼女のことをすっかり忘れていた。

ローラリンはドミニクの講義が終わるのを待っていたようだ。グレイの煉瓦造りの建物の外の通りに立っている。ウエストが締まった、なまめかしい曲線を引き立てる黒の細身のスカート、ハイヒール、白のブラウス。生地が過激なほどに張っていて、下に赤のブラをつけているのが見え見えだ。まちがいなく、計算ずくで罪作りな女に扮している。黄金色の巻き毛は肩に落ち、卵形の顔を念入りに二分して、昔のグラマー女優ヴェロニカ・レイク風のスタイルだった。

ドミニクは日課を邪魔されてむっとした。頭はすでに、自宅のデスクについたとたんに取りかかるつもりでいた論文に熱中している。

「ニューヨークから戻ったみたいね」ローラリンが言った。

「そうだよ」ドミニクは答えた。彼女にニューヨークに行くと話したかどうかをよく覚えていないが、かまうものか。

「この前、あなたはあたしにいらいらしてた。あれはよくなかったね」

ドミニクはローラリンの目を見つめて強いいたずら心を見抜いた。それなら出たとこ勝負で、これからどうなるのか確かめてみよう。

「ニューヨークで彼女に会ったんでしょ?」

「だれに?」

「あたしたちのバイオリニストのお友だちよ、決まってるじゃない」ローラリンが言った。「いまでもあなたのおもちゃ?」

「わたしはそんなふうに言わないが」ドミニクはやや面食らった。

「どんな言い方をするのか聞かせてほしいな、ドミニク」ローラリンが言った。

ドミニクは立ち去ろうとした。ローラリンのなれなれしさと憶測が腹立たしかった。自分とサマーのあいだにあるものを、ローラリンに少しでもわかるはずがない。そのときドミニクは、彼女はヴィクターと関係があることを思い出した。彼女は地下納骨堂の件にいやに積極的にかかわった。それもいまではヴィクターの差し金だったとわかっている。ドミニクはマンハッタンでサマーにこの話題を持ち出さなかったが、ある程度の隠しごとをされているとにらんでいた。ヴィクターもニューヨークにいたという事実が、偶然のわけがない。あの男はいかさま師で狡猾だ。サマーなら、彼の誘惑に負けたりしなかったはずだが。

ドミニクは短気をこらえてローラリンに尋ねた。「きみの望みはなんだ?」

「おしゃべりしたいだけ。ほかにはない」ローラリンがいたずらっぽくほほえんだ。「ご心配なく、男に興味はないから」

ドミニクはうなずいて、ふたりは近くのワインバーに向かった。その店には二階があり、ちょうどこの時間ならまだ静かに会話を楽しめ、そばで盗み聞きする多くの客に話の腰を折られる心配もなかった。

「それで、どういうことなんだい、ローラリン?」

「あなたのやり方が気に入ったの。地下納骨堂で」

「なにもかも見えた?」

「全部じゃないけど。目隠しの生地は目が粗かったから」

「なるほど」

「ヴィクターは知り合いなの。あの人、あなたがサマーのために立てた計画に感づいて仕組んだのよ。あたしとほかのふたりの四重奏団のメンバーがあなたに雇われるようにね」

「すると、きみたち全員が知っていた？」

「ううん。あたしだけ。あとはヴィクター……。あたしは彼に報告しなきゃいけなかった」ローラリンが内幕を明かし、ばつの悪そうな笑みが彼女の唇に広がった。

「あいつめ」

「そんなことない」ローラリンがはっきり言った。「ヴィクターもただのプレイヤー。あなたみたいに。あたしみたいにね」

「仲間に入れてもいいと思ってもらえて光栄だよ」

ローラリンがグラスからボジョレーをひと口飲んだ。赤ワインの湿り気で、ふっくらした唇が隅々まで輝いた。

「あら、だってそうでしょ、ドミニク——あなたは仲間よ。自覚してる以上に。それが自然にわかる人もいれば、ふと気がつく人もいる。初めのうちに気づくとはかぎらないだけ。支配者《ドム》も従《サ》属《ブ》者も、だんだんそうなるの。自分ではほとんど意識しないうちにね。とうとうその日が来て、それは本当だと思い込み、受け入れたら、心のなかから疑いが消えるの。これは生まれつきで、仕込めるわけじゃないってこと」

「面白いものの見方だね」ドミニクはうなずき、ローラリンの狙いはなんだろうと相変わらず考えていた。「ところで、ひょっとして、きみの背後にいるヴィクターが今度はわたしと連絡を取ろうとしているのかな？」

「ううん、まさか」ローラリンが答えた。「今回はあたしが探りを入れてるだけ。実は、ヴィクターとはずいぶん連絡を取ってない。あたしが単独ミッションをしてるってとこ」

「続けてくれ」

ローラリンがもぞもぞと動き、茶色の革張りの肘掛け椅子に深く座ると、ドミニクに向けた美しい顔に誘うような表情を浮かべ、目にかかったブロンドの髪をえらそうなしぐさで払った。

「だめ、そっちこそ話してよ、ドミニク。女に命令してると、一般人がいやがるようなことをさせると、どんな気分がする？　興奮するか、歓びを感じるか、それとも冷めた感じがして、見物人みたいになる？　あたしははっきり知りたいし、判断したい。あなたがどんな人か。ていうか、どんな人になれるのか」

「それはよく考えてみないと」ドミニクはそう言って、一階のバーから飲み物のお代りを買ってこようと立ち上がった。


「あたしは他人を使うのが好き」ローラリンが言ったのは、その日のあとになってから、チャイナタウンで夕食をとりながら話を続けたときだった。「生き生きする感じがするな」

ローラリンはいいわけを並べようとしなかった。自慢をしているのでもなければ、相手の身になって楽しんでもいないという、率直な意見だった。説明だ。

ドミニクは、最初は否定しようとした。その話が自分に当てはまるはずがない。自分は女性が大好きだ。むごい仕打ちをできっこない。そうだろう？　誘惑している最中、プレイに、裸である歓びの追求にセクシーな楽しさがあるだけでなく、親密さ、共感を求める深い欲望と、特定の女性がどうしたらその気になるかを理解しようとする決意もある。彼女がどう感じるかを知りたいとまで思う。

　その夜、ドミニクはベッドで寝がえりを打ちながら、ローラリンが持ち出した厄介な問題に興奮したのと同じくらい関心を引かれ、キャスリンと彼女に触発された新たな渇望を思い返さずにいられなかった。

　それに、とドミニクはよく考えた。キャスリン自身の内側にもその渇望が生まれたのだ。彼女はショックを受けたあまり、彼と別れてから、結婚生活を続けたばかりか、まったく新しい人生に踏み出した情事への反動で、引っ越して二年後には体外受精で双子を出産した。キャスリンはずっと、ドミニクの前では子どもを持つことを心から軽蔑していた。自分には従順なところがあるとわかり、そのせいで別人になると気づき、危険も明らかになったため、彼から逃げ出したのだろうか？　彼の束縛から？

　たぶんそうだろう、とドミニクは考え、ため息をついた。

　だが、彼のせいではなかったはずだ。支配と服従の核心はもともとそこにあり、ドミニクとキャスリンが出会うずっと前からふたりの心の奥に潜んでいたのだ。残り火が、見知らぬ神のやわらかい吐息でよみがえって再び燃えるのを待っているように。

　ふたりが出会わなかったら、十中八九、彼らの人生は引き続き穏やかに、もっと……正常な道をたどっただろう。ありきたり《バニラ》な道だ、とドミニクは気がついた。

　しかし、いったん秘密が漏れると、こうした感情を抑えてはいられない。少なくとも、ドミニクの側はそうだ。彼には見当もつかないが、キャスリンはどれほどの自制力と胸が張り裂けるような思いで誘惑の声を断ち切り、彼にきっぱり背を向けて正道に戻っていったことか。克己心の塊だ。

ドミニクは眠れなかった。ベッドルームの窓の外の庭で鳥がまばらにさえずる声がして、音が増幅し、静けさのなかで耳をつんざいた。こうして振り返ると、彼はキャスリンの決意に、自分を犠牲にするやり方に感心した。残念ながら、自分にはそんな不屈の精神がないとわかっている。ドミニクが嚙まれ、永遠に汚されたのは、いわばセックスの一形態という吸血行為だった。彼はなんのためらいもなく肉欲の亡霊たちの抱擁に身をゆだねたのだった。その亡霊たちに再び火をつけられたと気づいたのは、サマーに出会ったときだ。

今度こそ、ドミニクはきちんと決着をつけようとしていた。サマーが彼に服従したいと心から望んでいるなら、そのとおりにさせてやるつもりだった。

愛のこもった支配をするテクニックを身につけ、サマーをセックス遍歴に連れ出せば、ふたりとも生まれ変わるだろう。冷たいけれどもやさしく、微妙なバランスを取りながら、驚くほど生き生きとして。

ドミニクはキャスリンと別れてからサマーに会うまでの年月を思い返した。さんざん遊んでいた悲惨な時期だ。無茶なことをした記憶がよみがえり、胃が締めつけられた。

インターネット上の暗く、うさんくさい通りを探検しながら、ドミニクは数々のチャットルームとフォーラムに立ち寄っては、自分と欲求が一致する多くの女性と知り合った。そこで、秘密の出会いの斬新《ざんしん》な言い方とパターンを覚え、型にはまらない性衝動の興味深いエチケットを学んだ。結果的に自由をもたらしてくれた出会いもあれば、気まずくてうまくいかなかった出会いもあり、皮肉を敏感に感じるドミニクに言わせれば喜劇だと呼べるものまであった。

大の読書家であり、すでにＢＤＳＭの行為とその方法を知っていたが、驚いたのはそれが一般に広まっていることだ。世間体という日常に隠れて。世界中の人間がこの行為にかかわっているような気がした。彼がこれまでおめでたくも気づかなかった、完全な異世界だ。小説ならけっこうだが、現実となると話がちがう。しかも、無数の驚きに満ちていた。

荒れ放題の年月。ドミニクは目を閉じた。


〈グルーチョ・クラブ〉で会った男は、友人の友人の友人だった。ドミニクはなんとかして保証人になってもらった。

「まだあとふたりに身元を調べてもらわなきゃならない」その男が言った。

「わかってるよ」ドミニクは答えた。

知らない男が電話をかけ、彼らは一時間後にふたりの男と合流した。どちらも身なりのよいビジネスマンで、スーツを着てネクタイを締めていた。何杯か飲んだあと、ドミニクは正式に承認された。

「どうやって相手を見つけるんだ?」ドミニクが訊いた。

「チャットルーム、広告、口コミ……」

「口コミだって?」

「驚くぞ」

「やれやれ……」

「ごくふつうの女ばかりだ。金銭ずくで引き受けるわけじゃない。ぜったいに」

三人の代表は五十代前半だった。会話が始まったころ、数週間前に休暇から戻ったばかりだと言っていた。自分の船でトルコの海岸沿いを航行したという。ふたり目は外科医で、ガーナ出身の堂々とした黒人だ。三人目はシティで詳細不明の責任の重い仕事についていた。

ドミニクは次回の集まりに加わることが認められた。

待ち合わせたのは、ヴィクトリア駅にごく近い冷たい感じのする大型ホテルのセラーバーだった。三人組のうちふたりはすでに来ていて、ビールをちびちび飲んでいるところへドミニクがやってきた。自己紹介はしなかった。

その十分後に若い女性が、グループのリーダーに伴われてバーに入ってきた。二十歳になったばかりに見えるが、計算された薄暗い照明の下で目を凝らすと、彼女の淡いグレイの目の下に隈があり、首には細い皺が寄っていた。女性は最初こそためらいがちで、恥ずかしそうなようすさえあったが、何杯か飲んでからはリラックスして打ち解けた。自分は看護学生だ、と彼女は明かした。その後の集まりには、かなり年上の銀行の副支店長で、わざわざ南海岸から来た女性が参加した。また別の回には、作家志望のシングルマザーが来た。彼女はドミニクの学術書以外の著書を見つけると、あとから執筆中の短篇を何篇か郵送してきたが、意外にも出来がよかった。グループはときどきヴィクトリアのホテルを予約したが、そのほかはオールド通りに近いホテルを使うか、一度はオールド・コンプトン通りにある空き店舗の地下室を使った。男のひとりが仕事の関係でこの店に自由に出入りできるのだ。ホテルを選んだもっぱらの理由は、利用客が多く、五、六人の男がひとりの女性と一緒にエレベーターで上階まで行ってもむやみに注意を引かないからだった。

「初めて?」ドミニクは看護学生に訊いた。あの初めての夜のことだ。まだバーで話をしていた。ほかのふたりの男は酒のお代りをもらおうとカウンターに向かっていた。

「ええ」彼女が答えた。

「わたしもだ」ドミニクはほほえもうとした。

「よかった」

「どうしてこんなことをしているんだい?」ドミニクはこれが訊きたかったわけではないが、なぜかちょうどいい言葉が出てこなかった。彼女は疲れ切っているとしても、とても若く見える。

「ほら、ファンタジーよ。女はみんなファンタジーに浸ってるんじゃないかしら。どんな感じがするか知りたいだけ。ばかみたいでしょ?」

「いいや、ちっとも」男たちが戻ってきて、一対一の会話が急に途切れた。

全員が客室に入ると、若い看護学生が即座に服を脱いだ。きれいな、丸みを帯びた乳房だ。位置が高くて引き締まっている。彼女は下半身を剃っておくよう命令されていて、その指示をしっかり守っていた。下着をはかず、ゴムで留める黒いストッキングだけをつけている。

リーダーがパンツのジッパーを下ろして彼女にペニスを見せ、膝をつかせた。彼女はペニスを口に含んだ。これはほかの男たちが服を脱ぐ合図だった。ドミニクは押し寄せてくる男たちの裸体を見た。さまざまな形と大きさがあるなかで、嬉しいことに自分はいちばんちびでもでぶでもない。いつもは、自分の体に自信があって安心しているのに、他人に囲まれていると、ある感情を抱いてしまう。

若い女が今夜の一本目のペニスをむさぼるように吸うあいだ、ほかの男たちは彼女に触り始め、貪欲にまさぐり、性器をこじあけ、肉の最高の部位のように撫で回した。何本ものペニスが硬くなり、突き出された。ドミニクは室内を食い入るように見た。行為の現場を。窓の外に広がるのは、シティの建物の屋根が連なる退屈な景色だった。ベッドサイドのテーブルには、コンドームと各種のクリームと潤滑剤のチューブが何本か置かれている。冷蔵庫のそばのデスクには、だれかがワインを、どちらも赤を二本とグラス三個とマグカップ一個をのせていた。大人のおもちゃがいくつか散らばっていた。ヘッドをふたつ備えた超特大のディルドもあるが、どんな女性の入口にもおさまるはずがなく、彼女を引き裂いてしまうだろう、とドミニクは思った。

ところが、きちんとおさまった。一時間あまりたち、彼女が部屋にいるどの男にも相次いで、あるときは共同で使われてから、ふたりの男が例の二機能の黒いディルドを彼女のヴァギナにせっせと押し込むと同時に、もうひとつの先端を少しずつ、彼女の肛門に無理やり差し入れたのだ。若い看護学生は苦しそうに息をしながら「手術」を受けた。ベッドに四つんばいになり、ずんぐりした赤毛の男の太いペニスに口を貫かれて。

「よーし、いい子だ」だれかが言った。

そのころには、ドミニクはもうへとへとになっていた。思いつくかぎりのやり方で彼女を犯して、一度などは硬いペニスで喉を突いて息を詰まらせてしまった。彼女が背後から黒人の医者に突き入れられ、思っていた以上の勢いで押し出されたせいだ。

ほかの男たちはせわしなく動いた。行為の合間に、グラスに注いだワインを彼女に渡し、あとで本人が希望する水を渡した。彼女の熱っぽい額から汗が落ちてくると、そっと拭う者もいた。彼女は文句を言ったり休ませてほしいと頼んだりしなかった。ドミニクはこの光景を見て、公平な観察者の立場になりきろうとした。彼女のストッキングの片方はずたずたに破れ、もう片方は足首で重なっていた。彼女はぼろぼろだが、それでもかなり美しく、グループの男たちがベッドを囲み、順番に彼女とプレイしようと動いていた。

ドミニクは征服した女を取り囲む男たちを見つめた。ペニスをくわえるのはどんな気分がするのだろう。どんな味がするのか。自分のものはどんな具合に口のなかを満たすのか。女性になったらどんな感じがするだろう。彼がすっかり魅了されたのは、服従の真の美しさと、それが女性の肌と心に浮かび上がらせる、隠れた美しさと自己決断だった。

その場ですぐに、初めて加わった乱交の最中に、ドミニクはサブミッシブになったらどんな感じがするかを理解して、もし自分が女だったら、自分自身を男に、見知らぬ相手に与える女になることもわかった。

ドミニクが畏敬の念を抱いたのは、サブミッシブの女たちがそのセックスの能力で、こうしたまともでない状況を思いどおりにできることだった。

若い看護学生が金切り声をあげた。だれかが奥まで押し込み過ぎたのだ。「もうだめ」彼女が訴えた。

それでも、紅潮した顔は輝き、恍惚とした表情さえ浮かんでいる。

男たちはうやうやしく彼女から離れた。彼女はベッドを滑り落ち、絡み合っていた体からするりと抜けた。

使用済みのコンドームがカーペットに散らかっていた。

「わたし、シャワーを浴びなくちゃ」彼女が言い、ベッドを囲んでいる裸体の輪を見回した。

「まあ！　ほんとにすごいパーティだったわね」彼女が笑って、バスルームへ向かった。

男たちは全員着替えてひとりずつ客室を出て行き、あとに残した彼女をグループのリーダーだけに任せた。最初に彼女と連絡を取り、ここまで連れて来た男だ。

ドミニクはさらに五回、タイプのちがう人々のグループが企画した乱交パーティに参加した。参加した男は全員が互いの名前を知らず、彼もじきにこのゲームにおけるほかの暗黙のルールを理解できるようになった。これがゲームだから、合意が成り立ち、みだらで、官能的なのだ。このグループが必要なものを提供すると、意外にも、一部の女性はたまの集まりに再び現れたりする。

毎回、ドミニクは次こそ参加しないと自分に言い聞かせていた。恥ずかしくて、うしろめたくて、抑えがたい欲望に怒りを覚えて。だが、どんな男もペニスの言いなりだ。たとえ彼が土壇場になってから出席の返事をしても、また別の新顔の女性が紹介されるパブかバーに現れただろう。

ドミニクが最後に参加した乱交パーティの場所は、ヴィクトリア駅に近いホテルの奥だった。オールド通りのホテルとオールド・コンプトン通りの地下室で経験した略奪に続き、彼は驚くほど邪悪な面に自分を支配させてしまった。

女性はハイウィカムから来た司書で、グループが文字どおり彼女と肉欲にふけっていると、メンバーのひとりが追加の酒を買いに階下のバーに行って、もうひとりの女性を連れて戻ってきた。男はどうにかして彼女を猛スピードでくどいたか、とにかく客室で仲間に入る気にさせたのだ。新入りはこの光景を見てもひるまなかった。自分より年下の女性の青白い体のまわりで六人の裸の男が身もだえしながら、ペニスをぴんと立て、髪を乱している。女性は加わるより見ているだけのほうがいいと言った。

ちょうどそのとき、その夜の目玉である女性がベッドの端で四つんばいになり、ドミニクのペニスをむさぼった。彼は脚を大きく広げて座っている。もう疲れていて、こわばりをなくしかけていた。バーから来た女性がふたりを眺めながら、ジンの入ったグラスをもてあそび、熱心な目つきで、唇を湿して彼らの動きを追った。ドミニクは女性の視線を避け、司書の髪をつかんで彼女の顔を自分の股間からどけて、ほんの少し体を起こした。

「舐めろ」ドミニクは自分でも驚いた口調で若い女性に命じた。彼はベルトを手に取った。これもひとつの性行為として早々に放り出され、ただベッドに置かれていたものだ。彼はベルトを首輪のように彼女の首に巻いた。

彼女が従った。そして一瞬、ドミニクは自分の体を離れてこの場の観察者になり、ずっと遠くから、公平に見つめた。

これはもっとも基本的なセックスだ。

ラテックスもおもちゃも必要なければ、言葉も必要なく、〝ご主人さま〟とか呼ばれなくてもいい。

湧き上がる快感は目もくらむほどだった。

脚のあいだにひとりの女。こちらを見ているもうひとり。

十分後、ドミニクは着替え、ホテルのロビーを駆け抜けて、手を上げてタクシーを拾った。

「ハムステッドまで」彼は運転手に告げた。

「ハムステッドのどのへん?」運転手が訊いた。「広いとこですよ。ハムステッドはさ」

「着いたら教える」

その夜は交通量が少なく、タクシーは間もなくメリルボーン・ロードを渡り、リージェンツ・パークを通ってカムデン・タウンからベルサイズ・パークに着いた。

「病院を通り過ぎたら右に曲がってくれ」ドミニクは言った。

「仰せのとおりに」

ドミニクがタクシーを止めたのは、〈ジャック・ストローズ・キャッスル〉というパブのそばにある池に着いたときだった。

頭はすっかり混乱していた。

彼は自分の行動にひどく衝撃を受けた。無分別なセックス、冷淡な態度、むなしい気持ちに。女たち、男たち、数々のペニスのイメージ、思いやりのかけらもない性行為がもたらす動物じみた音に。そのいっぽうで、人を支配する興奮が、ドラッグが常用者の血管で暴れまくるように全身を駆けめぐるのを感じた。

一瞬、ドミニクはパブの駐車場の近くにある森に入ろうかと思った。ここはゲイが相手をあさっていることで有名だ。貫かれ、使われるのはどういうことなのか試してみたいと、見境なく望んでいた。そうすれば、ものにする女性たちをもっとよく理解できるという気さえした。どうかしている！　ドミニクは一歩、また一歩下がり、立ち止まってからようやく自宅に向かってゆっくりと歩き出した。

ドミニクが玄関ドアに続く石段に着いたころには、午前零時をとっくに過ぎていた。またタクシーを拾ってもよかったが、歩いていると神経が落ち着いたのだ。

一週間後、ドミニクは元教え子のクラウディアとつきあうようになり、グループとの接触を完全に断った。あるいはその逆で、先方がもはや彼を自分たちのやや独特なイベントに誘わないのかもしれなかった。

クラウディアとのセックスはよかった。複雑ではなく、精力的という意味で健全だった。彼女はドミニクの欲求を、彼が求める支配権を受け入れ、いろいろなセックス、変態行為を歓迎して、なぜか疑問を唱えようとしなかった。そこでしばらくのあいだドミニクは、自分の邪悪な面を克服したと、心の奥のわけのわからない渇望に歯止めをかけたと思っていた。だが、彼にはわかっていた。まだどこか物足りないと……。サマーが地下鉄の駅で使い古したバイオリンを弾いているところを見て、胸の炎が再び燃え上がった。

「ところで、きみはサマーとはどの程度の知り合いなんだ？　ヴィクターとは？」ドミニクは尋ねながら、ローラリンが家から持ってきてリージェンツ・パークの芝生に広げた毛布に腰を下ろした。

ローラリンがピクニックをしようと言い出した。天気も、予報によれば、今週末は暖かくなりそうだ。穏やかな日差しが秋の気配を見せる前の最後のひと休みだ。季節のめぐるのはなんと早いことか。ドミニクはふとヴィヴァルディの曲を思い浮かべた。あの運命の午後から一年あまりが過ぎた。あのときトテナム・コート・ロード駅に足を踏み入れると、バイオリンのうっとりさせる調べが通路を流れてきて、たちまちサマーと彼女のバイオリン演奏、演奏するようすのまばゆい魅力にとらえられた。

「ヴィクターは何年か前からの知り合い、というか悪友かな。パーティで知り合って、向こうが集まりのお膳立てをしようと申し出た。あたしに攻撃的なところがあると見抜いたのね。わかってるでしょうけど、彼は危険な男よ。人を利用する。根がすごく執念深くて……。ただし、コネに恵まれてる。経験も豊かだし」

「サマーのほうは?」

「あなたが彼女を裸で演奏させた、地下納骨堂の特別コンサートのあとは一度会っただけ。あの子って――なんて言えばいい?――面白いね」

「きみと彼女が?」ドミニクは確かめた。「なにかあったのか?」

「残念ながら、なんにも」ローラリンが言った。「あの子、そっちの気はないみたい。条件なしのプレイならよくても、真剣なのはだめかも。でも、ああいうタイプは知ってる。飛んで火にいる夏の虫。危険でもあるな。彼女は自制してると思ってるけど、ときどきひどい勘ちがいをしてる。木を見て森を見ずで、自分がどうしてやる気になってるのか気づかないんだから。まだ自分の渇望とちゃんと折り合いをつけてないのね。本人は現代的で自己主張できる女のつもりでも、自分にはあっさり嘘をつけるものだし。そうでしょ、ドミニク?」

今度もローラリンの目にあからさまに、わけ知り顔に悪意が浮かんだ。

ローラリンはプラスチックのカップを二個取って、魔法瓶からそっとコーヒーを注いだ。彼女が柳細工のバスケットに入れてきたものだ。ドミニクはサンドイッチを持ってきた。ふたりが座っている場所からすぐ近くの、公園を横切る道路沿いを、騒がしい子どもの一団が動物園へ引率されて行った。

「なにがあった？　きみたちが出会ったときに？」

「プレイをしたの。あたしのおもちゃのひとりを、サブミッシブの、男を呼び出して。サマーはあれを楽しんで、あんな新鮮な行為もできるとわかったみたい」

「なるほど」

「でも、さっきも言ったけど、あたしはあのタイプを知ってる。前にも彼女みたいな子たちとつきあったから。あの子たちの最大の敵は自分自身よ。自由気ままに、ありとあらゆる誘惑に引き込まれる才能があるの。あのプライドにいいように操られてるわけ」

「そうかな？」ドミニクはローラリンのずけずけしたものの言い方にいくぶん腹を立てた。指摘されたサマーの心理構造については、彼は相変わらず混乱をきたすほど本気で理解しようとしていた。

　ローラリンはマヨネーズであえた卵とカラシナのサンドイッチをかじった。

「そんなにあの子が好きなら」ローラリンが言った。「あたしだったら、ニューヨークで野放しにしないけどな。それを言うなら、どこの街でも。あなた、捨てられちゃうよ」

「ヴィクターのせいで？」

「かもね。だけど、危険な男は彼だけじゃない。サマーみたいなタイプのサブこそあたしたちの仲間が気に入って、壊したくなるの」

「壊す？」

「気力をくじくってこと。彼女は強い、それはそうだけど、ある種のプレッシャーに動じない人はいない。サマーはすごくリラックスして自分の体を使ったり使わせたりするから、優位の男たちはいきなり彼女の心を狙うはず。そこで彼女を自分たちの意志に従わせようとするの。いったん壊れたら、ぜったい元どおりにできない。サマーは気がついてないと思うけど、一線を越えると、二度と戻れないの」

「実に大げさな話だね、ローラリン」

「そうかも……。でも、支配にもいろんな形があるんだよ、ドミニク。ある人にとっては、権力を振るうこと。またある人には、ただのゲームで――」

ドミニクは自分の言い分を聞かせたくなり、ローラリンをさえぎった。「わたしは権力なんかどうでもいい。サマーのことをただのゲームとは思っていないんだ。彼女には強くあってほしい。きみの言い方を借りれば、壊したいなどと思わない。彼女が成長するのを、本来の姿を認めるのを見届けたい。それでこそわたしは嬉しくなるんだ。支配することじゃない。サマーが感情を受け入れれば……」

「危険な立場だね、ドミニク。そのへんの事情に卑猥な言葉を使う人もいそう」

「じゃあ、きみは?」ドミニクが尋ねた。「プレイ中に、支配権なりなんなりを振るう相手に、なにを求める?」

「あれは意志のゲーム。ときどき残酷なゲームになっても、しょせんはゲームよ。ねえ、あたしたちは同じ側だと思ってたけど、あなたにはやさしいところがあるね、ドミニク。やっとわかった。すごくすてき。ペニスの言うなりになってるだけじゃないんだ」

「そうでなければいいと思っているんだ。もっとも、あっちをあまりないがしろにしたくもないが」ドミニクはほほえんだ。

「なにがあっても友だちでいたいな、ドミニク」

「それはいいね」

「ヴィクターとは、次のターゲットの相談ばかりしてて、彼は容赦なかった。初めは面白かったけど、彼にはたちの悪い面があって、自分のサブミッシブや奴隷を屈服させようという執念を持ってた。気をつけて」

「わかった」

ドミニクは数日前からニューヨークのサマーと連絡を取ろうとしていたが、マンハッタンの現地時間の何時に電話をかけても留守番電話に回され、少し心配になってきたところだ。サマーはどんな体験をしても伝えると約束したが、これまでの報告は退屈で興味を引かれなかった。物足りないからだろうか？

「明日はふたりのおもちゃとちょっとしたパーティを開くんだけど、お客を呼ぼうと思って。あなたも来ない？　見に来るのは、どう？」ローラリンが誘った。

「きみの……従者はその場によそ者がいたらいやがらないかな？」

「ぜんぜん。仕え方を心得てるし、ちゃんと言いつけどおりにする。もっとも、あなたは男を使う気がしないのね？　やりすぎだった？」

「そうだよ」ドミニクは認め、先ほど考えていたことをローラリンには秘密にした。立場を交代して受け手に回るのは、サブミッシブになったらどんな気持ちになるかをもっと理解するためであって、好みの問題ではなかった。ＢＤＳＭの世界では、多くのドミナントがサブミッシブになった経験があるとされている。そうすれば、力関係をよく理解できる。問題は、彼が男に魅力を感じないことだ。たしかに、彼らのペニスには興味を引かれるが、顔や性格には惹かれない。だから、見ていれば面白いだろうし、ためにもなりそうだが、まだそこまでの覚悟ができていなかった。

「また今度にするよ」ドミニクは言い、今後の誘いまで断らないように注意した。いまは、頭のなかがサマーと、彼女のせいで浮かんできた、勢いよく渦巻くみだらな計画でいっぱいだった。

「残念」ローラリンが言った。「新しい仲間がいたら楽しかったのに。あなたにいろいろと教えてあげたけどな」彼女が続ける。

「そうだろうね」

「なんとなく、あなたは男をおもちゃにするのがあんまり好きじゃない気がする。そうでしょ？」

「冴えてるじゃないか」ドミニクは言った。

「ヴィクターは好きね」ローラリンが話し出した。「どうかしてるほど。スプレッダー・バーが大好きで。あれは女にはうまくいくけど、男はどうしてもけいれんを起こしちゃう。つまり、たいていの男は。一部の、特にゲイの男は、なんでもかんでも受け入れるけど。でも、あたしはあんまりゲイの男とかかわってない。あの人たちはつきあいを避けて、自分たちのルールを守ってるんだね。たぶん」ローラリンが思いついたように付け足した。そう漏らした彼女の声にドミニクは残念そうな響きを聞き取った。

真昼の太陽がふたりの頭上に上っていき、かすかなそよ風が周囲の木々の葉を踊らせるばかりだった。ローラリンが口の隅についたパンくずを払った。

「今日はいい天気じゃない？」ローラリンが太陽を見上げ、ドミニクに話しかけた。彼はリネンのジャケットを脱いでいた。「今年最後の暖かい日になりそう。ロンドンのね。あたし、太陽が大好き」

ドミニクはローラリンにほほえみかけた。

ローラリンのブロンドの髪は肩いっぱいに広がっている。彼女は背伸びをして、一瞬姿勢を正すと、ぴったりしたプリント地のブラウスをいっきに脱いだ。服の下はノーブラだった。ドミニクの目は吸い寄せられた。巧みにピアスをつけてある両の乳首と、それが奔放に見せつけているピンクの色合い、左肩に入れられた青い漢字のタトゥー。ローラリンはうつぶせになり、はいていた色あせたデニムのショートパンツを蹴るようにして脱ぎ、Tバックだけの格好で日光浴を始めた。尻の山は幾何学的な交響曲のようで、きわめて正確に完璧な曲線を描いている。下着のゴムの線はかなりゆがんでいて、きれいに日焼けしているのはふだんから全裸で日光浴していることを物語っている。

男の通行人たちが草地にいちばん近い小道をのんびり歩いていたところ、歩調をゆるめてローラリンをしげしげ眺めるようになり、芝生に散っていた家族連れは彼らをにらみつけた。彼女がそこに寝そべり、むき出しの背中と尻が太陽に焼かれる姿には大いにそそられるところがあるのだ。

ローラリンは恥知らずだ。自分でもそれがわかっている。

公園で、こんなふうに体を伸ばし、脚をわざとらしく広げ、遠くから見ている見物人に全裸だと思い込ませている。

ローラリンがうつぶせになる前に、Tバックの薄い生地が肌に張りついて深い割れ目が透けて見えることに、ドミニクは気がついていた。

彼はローラリンが好きで、機会があれば、本当にいい友人になれるだろうと思った。

ドミニクはシャツを脱いだ。今度は自分が今年最後の日光を浴びる番だ。

そのうち、ふたりともけだるい秋の日差しに抱かれてまどろんでいた。

だが、ドミニクはサマーの夢を見ていた。ローラリンではなかった。

3　ロープのロマンス

　イーストヴィレッジのわたしのアパートメントのちっぽけな窓の外にある、塀をめぐらした小さな庭は陰になり始めていて、残った光が、コルセットをつけて鏡に映したわたしの体をかろうじて照らした。わたしはミイラになる一歩手前というありさまで、ヴィクトリア朝のキャバレーで余興を演じる奇妙な女みたいだ。

　鋼の骨は硬くて快適だけれど、コルセットが肌に食い込んだ。

　わたしはコルセットの背後の紐をゆるめてかがみこみ、前の部分を留めている金属のホックをスタッズのところからそっと外していった。骨は上半身に面白い跡をつけた。アールデコ調の左右対称の溝がウエストの周囲から乳房へ並行して走っている。青白い肌にあざやかな赤で。

　ルームメイトたちとわたしは、ユニオン・スクエアで開かれた無料の青空コンサートで演奏して戻って来たばかりだ。これは一カ月間行われる気楽なイベントのひとつで、来るべき感謝祭の祝いに先立って、アメリカ人の作曲家を称えようというのだ。十一月初旬のことで、太陽が早めに空から消えるようになり、薄暗さが秋の厳しい寒さの到来を告げていた。わたしたちは間もなくミッドタウンにある屋上バーの一軒に向かって、夕方の外気を思い切り楽しもうとしていた。やがて冬が冷たい手で街にさっと触れて、筋金入りの愛煙家以外の人間を室内に追いやってしまう。

わたしはこの黒のアンダーバストのコルセットをきつく締め上げて演奏した。ロンドンにいたころにドミニクが買って、シャーロットのパーティで着るよう言いつけた品で、薄手のゆるやかなニットのワンピースの下で胸を、そのほかの部分も、暖かくしてくれた。

あれはもう恐ろしく昔のように思える。まだ性倒錯行為の世界に入りたてのころ、ひと晩メイドの格好で奉仕をして、ドミニク以外の人たちの命令に従うのはどんな気分がするかを知ろうとした。

その出来事の直後は自分の行動に説明がつかなかった。なぜなら、このコルセットを身につけて、ドミニクが客にわたしを呼ばせるために用意したベルの音に耳を澄ませていたら、デザートの追加や酒のお代りを注文する客ではなく、彼の言いつけに従っているような気がしたからだ。

ドミニクが恋しくてたまらない。想像以上に、彼の前ではぜったい認めたくないほどに。別れてからは、たまに短いやりとりをしただけだ。彼の声の響きを聞くと全身に恋しさがあふれるので、電話はたいてい留守番電話に切り替えてある。じかに話さなくてすむように。

ドミニクはこの日の午後の演奏に服の下にコルセットをつけろと命令してはいない。わたしが自分でそうすると決めた。ひどくなつかしい、支配される快感を再現するためだ。

わたしはドミニクと離れたために湧き上がった余分な感情を生かそうとして、音楽に打ち込み、悲しみといらだちをバイオリンに向けて避雷針にしたけれど、いやおうなく、一抹のさびしさが残った。頭のなかにあふれているのは、ドミニクがロンドンで作り出した数々の場面の思い出と、彼にしてほしいすべての行為のファンタジーだ。自分自身の感情の激しさに悩まされ、わたしは怒りっぽく、内気になった。

シャーロットにメールを出して助言してもらおうとしたのに、彼女は謎の失踪を遂げたのか、わたしを無視しているかのどちらかだった。クリスはアメリカのバンドと組んだ短期間のツアーを終えてロンドンに戻っていた。近いうちにニューヨークを訪れる予定はないらしい。そのうえ、クリスはドミニクがあまり好きではないので、彼には打ち明けなかった。ニュージーランドにいる旧友たちとスカイプを使って話したものの、みんなは会社の仕事と長年のパートナーを手に入れて腰を落ち着けようとしていた。わたしの人生は、オーケストラ、ニューヨーク、ドミニクのせいで、ひどく変わっていて、友人たちとも意見が合わなかった。

人づきあいの面はちょっと低調だけれど、音楽の面だけは努力が見過ごされることはなかった。シモンという、昨シーズンにオーケストラが共演していたベネズエラ人の客演指揮者が常任指揮者のポストを手に入れた。彼はわたしを気に入ったようで、たまにウインクしたり、指揮台から長々と視線を送ってきたりして、それとなく演奏をほめる。わたしがようやくシモンの好意に気づくようになったのは、感謝祭向けコンサートのリハーサルが始まってからだ。たぶん、わたしがアメリカ音楽のスタイルに親しみを抱いているせいだろう。それは遠方の音楽に影響を受け、新天地を求めてアメリカに移住した作曲家たちのありとあらゆる文化的背景に彩られ、楽観主義に満ち、さまざまな新しい都市のリズムを集めてきて、ジャズとフォークのサウンドが古いヨーロッパの伝統と調和している。

以前の指揮者が去るのを見ても残念ではなかった。彼は理論的に取り組む人で、ニュアンスに欠けている気がした。彼の指揮では、弦楽器セクションにちょっぴり活気がなかった。シモンは前任者より若く、その手法はわたしたちが慣れていたものとは根本的にちがっていた。オーケストラではそれがもっぱらの噂話になっている。

シモンの外見にはどこか自由奔放な、ボヘミアン風のところがあって、少なくともリハーサルではロックバンドのリードギターと言っても通りそうな、ジーンズとだぶだぶのTシャツという格好だ。彼は全身に生気がみなぎっている。はきやすいコンバースからつま先のとがった、ぴかぴかに磨き上げられた蛇革のアンクルブーツまでいろいろある靴から、もじゃもじゃ生えた黒い巻き毛が、熱狂的な動きに合わせて華々しく跳ねる髪にいたるまで。シモンがオーケストラを指導する姿はまるで音楽に取りつかれているようで、両手を鰐《わに》の顎みたいにぱちんと閉じながら拍子を取った。顔の筋肉のあらゆる調節機能が自動的に体内の合図に応えるようだ。片方の眉が吊り上がったり、唇がすぼんだりして、気分やテンポをほんのわずか変えるよう指示している。

シモンの指導で、この弦楽器セクションがもっと情熱を見せるよう促されるといいのに。ここ数回のコンサートで判断すれば、彼の影響力はまさに必要なものだから。

バルドとマリヤ、わたしのクロアチア人のルームメイトは、まずまずの腕でトランペットとサクソフォンを吹いていて、今回の指揮者交代にあいまいな態度を取った。最近ふたりは婚約して、お互いに見つけた幸せが生活のどんな面にもかかわるため、思いがけない不吉な知らせを受けて、落ち込んだのかもしれない。

ロマンスを実らせたマリヤは、わたしのお見合いをお膳立てしようとやっきになり、たびたびわたしとドミニクとの関係を私立探偵並みの厳しさと抜け目のなさで聞き出した。

その日の朝、わたしはマリヤに一から十まで話した。わたしがアパートメントではとても怒りっぽい理由を説明するためだけだとしても。

「男を忘れるには、ほかの男に夢中になるのがいちばんでしょ」マリヤが淡々と言った。わたしたちはキッチンで遅い朝食を囲んでいた。これから楽器を持ってきてコンサートに向かうところだ。

マリヤはまっすぐな黒髪の前髪をカットしたばかりで、額を走るきりっとしたラインが彼女の言葉に有無を言わせぬ調子を与えていた。

「でも、彼を忘れなくてもいいのよ。わたしたち、まだつきあっているんだもの」

「そうは言えないんじゃない？　あなたはここを動けないし、彼はずっと向こうにいるんだから」

「恋愛関係というわけでもないの。友だちね。特典つきの」

「でも、あなたのほうはなんの特典も手に入れてないわ」

わたしたちの数あるすばらしい行為を詳しく教えなかったけれど、これはマリヤに話した。わたしたちは自分たちの性分とお互いをへだてる距離を考えて、どちらもほかの人と気楽な関係を求めてかまわないと合意したことを。

「そりゃそうよね」マリヤがこの話を聞いて言った。「彼がそばにいないのは、向こうの問題だし。女にも欲求があるわ」

マリヤはバルドと三人でその夜〈230フィフス〉で一杯飲もうと誘ってくれた。この店はいわばありふれたハントバーで、週末にはナンパをしているマンハッタンの若い住人であふれかえる。わたしはあまり乗り気ではないが、いちおう行くと返事をした。まさか、ひと晩中ベッドルームに閉じこもって、ドミニクのコルセットの紐を締め上げているわけにもいかない。たとえ、あの恋人たちとは長時間一緒にいたくないし、あのバーはいかにもわたしが避けている割高な場所だとしても。

店に着くと、マリヤたちは金管楽器セクションのメンバーをもうひとり誘っていたとわかった。アレックスというトロンボーン奏者だ。彼はウィスコンシン州でついていた離婚専門弁護士の仕事をやめ、ニューヨークに移って音楽で生活する夢を追い、一年前にグラマシー・シンフォニアに入った。マリヤはダブルデートを用意してくれたわけだ。でも、わたしとしては嬉しくない。

アレックスは感じのいい人だが、退屈で、そのうえ紫色のシャツを着ていた。もっと背が高くて、あまり太っていない男性なら似合うだろうに、彼が身につけ、こうしてバーの藤色のスエードのソファに寝そべっていると、ブルーベリー・パイが思い浮かぶ。

わたしは三人をこのソファに残して――マリヤは長い脚をパイプ掃除用のワイヤのようにバルドの短い脚に絡め、アレックスはときどき物欲しげにわたしを見上げている――お酒を持って屋上庭園のカウンターに向かった。

カクテルの味は月並みで、音楽は趣味に合わないけれど、ミッドタウンの眺めがすばらしい。エンパイア・ステート・ビルが間近に迫り、手を伸ばしたら届きそうで、ビルに飛び移って空まで登れそうな気がする。キングコングか、豆の木に登ったジャックの現代版みたいに。

「きれいだね」左手で声がした。南部なまりがある話し方だ。

声の主は、紺色のピンストライプのスーツと細身のネクタイを身につけたブロンドの男性で、片手にタンブラーを持ち、もう片方の手に太い葉巻を持っていた。彼はテーブルの一台をカウンターの脇に引き寄せていて、そこに立って、全体重を手すりにかけて自信たっぷりに夜景を眺めている。人がベランダの両脇から落ちて死ぬという、たまに起こる事故が自分にはありえないと思い込んでいるか、自分には重力が働かないと思っているかのどちらかだ。

「ええ、ほんとう」わたしは答え、男性のまわりを漂っている葉巻の煙を少しだけ吸った。

彼は驚くほど優雅に見晴らし台から飛び下りて、わたしの隣に立った。

「どこから来たんだい？」

「出身はニュージーランドで、ロンドンに渡ったの。その前にオーストラリアでも暮らしたわ」

「経験豊富なんだね？」

「そういうことかしら」

この返事を聞いた男性の目がきらめいたのを見て、わたしはほんの少しだけ彼に身を寄せた。いまの言葉に込めた誘いでは、わかってもらえないかもしれないからだ。

「お代りを買ってこようか？」

わたしは標準以下の味のモヒートの残りを見下ろした。

「ほかのお店でね。ここを出ない？」

男性はあっさり同意した。四十五分後、わたしたちはアッパー・イーストサイドにある男性のアパートメントにいた。おしゃれで、最低限の家具が置かれた部屋だ。以前はドミニクがこういう家を好みそうだと思っていた。彼のことをよく知らず、豊かさが洗練を指すとはかぎらないと気づかなかったころの話だ。もっとも、彼が裕福かそうでないのか、いまでもよくわからない。ドミニクはわたしにバイイを買い与えて貯金を使い果たし、これからずっと大学教授の平凡な給与で暮らすのかもしれなかった。

わたしが誘った男性はデレクと名乗った。生粋のニューヨーカーで、保険会社に勤めているそうだ。わたしは、ヘレンという弁護士秘書だと話した。経験上、おおかたの男性は秘書と看護師に好感を示したし、こう名乗っておけば、彼らがわたしの音楽界での勤め口を突き止めてコンサートに現れる心配をしなくてすむ。

デレクは本当にデレクというのね。わたしはキッチンのカウンターに積まれた郵便物をちらりと見た。

このアパートメントには見るからにお金がかかっているのに、少し前に揚げたサーモンとニコチンが混じり合った匂いがする。ほとんどの窓があかないようだ。彼は室内で煙草を吸って、わざわざバルコニーに出ないようにしているのだろう。

「どう？」彼が訊いた。

最初は飲み物を勧められているのかと思ったら、そうではなかった。彼はやかんをかけようとも、冷蔵庫から瓶を取り出そうともせず、セックスをしないかと訊いている。わたしは露骨な訊き方をされてうろたえた。

「ええと……」

デレクが近づき、キスをして緊張をほぐした。彼はけっこうキスが上手なのに、どうしても夕食の魚料理の匂いがする。

もう帰ろうかと考えたけれど、根っから楽天家なので、本腰を入れてかかればなんとかなると思った。それに、年内に旅行できるようタクシー代を節約して貯金している。ここに泊まれば、朝になってから地下鉄に乗るか、歩いて帰れそうだ。

わたしはひるみそうになるのをかろうじてこらえ、デレクの舌に口のなかを探られていた。奥深くへまさぐる巧みな動きは、ずっと下の部分に使ったほうがよさそうだ。

こんなことを考えているとドミニクを思い出した。彼はあれの達人だった。ドミニクがニューヨークを発って以来、あのテクニックは眠っているのかしら。それとも、彼にはロンドンにもお相手がいるのかしら。ドミニクがほかの女性と一緒にいると思うと、弾みがついた。わたしはデレクをキッチンから押し出してリビングルームへ追いやった。こちらのほうがまだ空気がいい。

「おおっと」デレクが言った。「主導権を握りたいタイプの女性か。気に入った」

わたしの意図とはぜんぜんちがうとらえ方をされている。

デレクがわたしの肩からワンピースの極細のストラップを下ろして、指先を肌に滑らせた。まるで子猫を撫でているようだ。手つきはそっと、やさしい。女を歓ばせるこつが書かれた本を山ほど読んだおかげだろう。前戯をたっぷりして、理想を言えば、チョコレートに浸して、それからお風呂に入れるといいとか、あらゆるメディアに永久保存された数々のくだらないことを。男性はみんな、ポルノ映画とフェラチオと温かい夕食を欲しがると決めつけるくらいばかげている。

わたしはデレクが服を引き裂いて脱がせてくれたらいいのにと思っていた。ハリウッド映画に出てくる大金持ちのやり方で、窓ガラスに押しつけて背後から奪ってほしかったのに、現実ははるかに刺激が少なかった。しばらくもみ合いが続き、わたしがなんとかデレクのベルトを外すと、彼のパンツが足首のまわりにみっともなくたまった。まず靴を脱がせればよかった。彼は脚の自由がきかなくなり、膝から下がほとんど動かなくなった。

ふたりでもたもたとうしろ向きにベッドルームに入った。デレクがそっとわたしをベッドに寝かせ、首からおへそへキスでたどっていき、目を上げてにやっとしてからわたしの脚のあいだに顔を埋めた。オーラルセックスはお得意らしい。いいところを見せたい女にだけ披露する出し物のようだ。デレクは熱心でいながらやさしい。ドミニクが同じことをしている姿を思い浮かべようとしたけれど、デレクは舌を使いながら、同時にわたしのなかに指を四本入れて荒っぽくまさぐり、ときどき肛門のあたりに差し入れて、ご丁寧にもじきにペニスを入れますと告げている。ドミニクとはまだアナルセックスをしていない。どうして彼はしないのだろう。わたしが感づいていやがるわけじゃないのに。ドミニクはアナルセックスをベッドルームのメニューでも指折りの倒錯行為だと考えているようだ。いっぽう、わたしはアナルセックスを二度目のデートに取っておくものだと思う。この件ではドミニクの考え方をなんとも古風だと思いながら、彼がそろそろ潮時だと心を決めるのを楽しみにしている。

とりとめのない思いはデレクに戻り、わたしは目の前の相手に注意を向けようとした。失礼にならないように。デレクが口での奉仕を終えていたので、わたしは体を起こし、彼のものをくわえようとして前に出た。ところが、デレクに止められてベッドに押しつけられた。

「だめだめ、ベイビー、これは全部きみにするんだから」

わたしはため息をついた。気持ちよくしてあげるのにという表情だ。

デレクのペニスが大きくて硬いのはたしかで、わたしの胸に当たる上半身は心地よく引き締まっている。ただ、やさしい愛撫をいつまでも続けないで、乳首を引っ張ったり軽く喉を締めたりしてほしい。もしかして、彼を正しい方向へ向けるきっかけを与えればいいのかも。

デレクの手を取って自分の喉に近づけてみた。

「おいおい。きみって、その手の子なんだね？　ぼくにはそういうヘンタイ趣味はないよ」

デレクのペニスがわたしのなかで萎えていくのがわかった。

わたしはデレクを引き寄せてキスをした。話題を変えるのに等しい行為だったのに、肝心のひとときは過ぎた。彼がわたしの腕を離れ、バスルームに姿を消した。シャワーの湯が流れる音がして、しばらくたつと、彼は二杯のホットココアを持って戻ってきた。

「今日はもう遅い」デレクが湯気の立っているマグカップを渡してくれた。「遠慮なく泊まっていいよ」

デレクは、なにはともあれ親切で、ゆきずりのセックスのエチケットを心得ている。いくらわたしのタイプじゃなくても。

わたしはぎこちなくデレクの隣で横になり、朝早いうちに逃げ出した。ぐずぐずしていたら電話番号を訊かれたとは思わないけれど。

屋台の売り子がセントラルパークの周辺に大挙して現れ、ケチャップにするかトマトソースにするか、ほんのちょっと迷い過ぎた観光客をからかっている。わたしは七十八丁目と五番街の角でベーグルとコーヒーを買い、午前中の休みを利用してメトロポリタン美術館に寄った。せっかく近くまで来たのだ。

ところが、頭がひどく混乱して美術を鑑賞するどころではなかった。結局、ずらりと並んだ展示物のどれを見るか絞り込むのをあきらめ、アジア美術のコーナーで一時間過ごし、五千年前のアフガニスタンの仏像の頭を見つめていた。だらりと垂れた耳と間隔の広い眠たそうな目をした石の顔にうかがえる穏やかさを、多少でも吸収したいと考えて。仏像の左右対称を描く眉から骨ばった鼻が伸び、その下の、ふっくらした官能的な口元にやわらかそうな唇がある。おかげで、この神々しい創造物もかすかに人間らしさを備えている。

いろいろなことに思いをはせた。デレクと過ごした昨夜、ドミニクと過ごした先週の週末、その前の何週間かをヴィクターと過ごしたこと、ロンドンのフェチ・クラブにひとりで出かけて知らない人にぶたれて楽しんだこと。よく考えると、こうしたすべてのことに、世界の半数の人が異常だと思うにちがいない行為に、わたしはとてつもなく興奮するのに、デレクみたいな、いい人で、世間的な意味でも条件のいい相手との一夜では、ちっとも刺激を感じなかった。

それってこうなったってこと？　わたしは縛られるか、驚かされるか、小突きまわされないとセックスを楽しめないの？　わたしは本当にありのままのドミニクを求めているのか、彼がベッドで感じさせてくれるやり方が好きなだけなのかしら？

蒸し暑くて汚い地下鉄に乗らずに長時間歩くことにしたら、ついきのうまで壮大で活気に満ちているように思えた街の風景と騒音が、今日はちがっていた。自分が隠遁して、きっちり区分けされたまっすぐな大通りと真四角なブロックに囲まれ、とらわれていると思い知らされたのだ。周囲にはガラスとコンクリートの巨大なビルがたくさんの歩哨のようにそびえたち、屋上と屋上の合間に見えるひと切れの青空は彼方のきらめきにすぎず、頭上にギロチンの刃が浮かんでいるくらい恐ろしい。

ロンドンがなつかしい。地下の隠れ場所、狭く、曲がりくねった通り、薄暗い路地。丸石で舗装された小道には一物小路《コック・レーン》や娼館横町《クリッター・ハウス・レーン》といった古風な名前がつき、ある時代をあからさまに連想させる。当時はこうした通りのあちらこちらでみだらな行為が行われ、売春宿にはペチコートをつけた高級娼婦、好きものの娼婦、変態の政治家、夜の商売をする男女があふれ、あらゆるタイプの欲望を満たしてくれる相手を意気盛んに探していた。

その後、もっと堅苦しい時代になり、一部の猥褻な地名は現代の道徳観を表すものに変えられたけれど、ロンドンはまさしくその通りに欲望が染みついた都市であり続けている。石に口がきけたなら、通り過ぎる退廃の景色に声援を送るのではないだろうか。ロンドンはわたしの味方だ。

その日、ニューヨークは小うるさい姉の仲間みたいな感じがした。


わたしは夕方のリハーサルに何分か遅れ、シモンの探るような視線を浴びてすばやく椅子に座った。なにも考えずに演奏して、いつもの派手な身ぶりをせず、気もそぞろで弓を握る手を機械的に動かしていることがあまり目立たなければいいと思っていた。

その夜はしょんぼりして眠った。


午前三時に目が覚めた。悩みがねぐらに帰る早朝だ。携帯でドミニクにメールを送った。

〝会いたい〟

うしろめたく思いながら眠りについた。彼に会いたいのかどうか、よくわからないからだ。

翌日、自分でことを運ぼうと決め、ニューヨークでなんらかの性倒錯行為のされる場所を探してみた。やっぱり、どんな都会にもあるものだ。きのうは一時落ち込んだけれど、ロンドンでの体験を通して、わたしと同じように考えて行動する人たちがほかにもいるとわかっている。その人たちを探せばいいだけだ。

グーグルでざっと検索したところ、あまりヒットしなかった。ここはフェチが暮らしにくい街のようだ。聞いた話では、人前で裸になることや合意のうえでの暴力を警察が快く思わない土地もあるという。それとも、ひょっとするとこれはあくまでニューヨーカーの流儀なのかもしれない。自分たちの性癖については人一倍口が堅くて、知り合いにならなければ行為が行われる場所を教えないのだろう。いくつかの場所がイベントの開催を告知していても、どれにも目を引かれなかった。キャバレー・ナイトが二カ所、足フェチのパーティ、男性だけのスパンキング・クラブ。

やがて、ロープ・ボンデージの入門クラスが見つかった。今度の土曜日の正午と告知されている。わたしはあまりロープを使った経験がないけれど、写真にはたしかに興味をそそられた。コルセットやドミニクに手首を縛られたストッキングの締めつけで判断できるなら、これこそわたしにうってつけだ。入門クラスに参加すれば、ヴィクターや彼の仲間に出くわす危険はゼロに近くなる。イベントが開かれる夜は確実に顔を合わせそうだ。

プライバシーを守るために個人のアドレスは出ていない。サイト上の問い合わせ先に、わたしはこの街に来たばかりの者でイベントに参加したいと書いたメールを送った。

たちまち返信が届いた。送信者はチェリー・バングズ。つまり、処女と一発。これは〝芸名〟にちがいない。そのメールによれば、彼女はイベントの世話人で、わたしも〝ロープ・バニー〟の役になっていいという。これはシバリのテクニックを学ぶ参加者たちに縛られるボランティアで、もしいやならロープを使わなくてもいいらしい。わたしはニューヨークの集まりでは新顔なので、チェリーにコーヒーでも飲もうと誘われ、土曜日の午前中に会うことにした。クラスが始まる二時間前だ。

性倒錯趣味を楽しめそうな場を週末に用意して、その日はうきうきして足取りも軽くリハーサルに向かった。機嫌のよさは音楽にもてきめんに表れ、演奏が終わるころには爽快な気分だった。まだドミニクが恋しいけれど、彼がいなくてもやっていけるようになってきた。すべてがしっくりといくようになった。

「今夜の演奏はよかったよ」シモンが言った。ほめ言葉ではなく事実だが、それでもわたしは鼻高々だった。シモンの茶色の目はまだ今夜の指揮で噴き出したアドレナリンがみなぎり、明かりを浴びて輝いた。

「ありがとう」わたしはお礼を言った。「あなたもすばらしかったわ」

「そう聞いてほっとしたよ。あとを引き継ぐのは苦しいものだ。特に、前任者が自分より経験豊かな場合にはね。団員にやさしくすればいいのか厳しくすればいいのかわからないし、どうすれば悪者にならずに敬意を得られるかもわからない」

「あら、わたしはあなたが来てくれて嬉しいけど」

今夜の演奏で興奮していたせいか、わたしはしゃべり続けた。

「どこかで一杯やらない？」

シモンがわたしを見つめて迷っていた。わたしはこれまで組んだどの指揮者とも――みんなかなり年配だった――デートしようと考えたことがないので、職業倫理とはどんなものかわからなかった。そもそも、これはデートにならない。ふたりの旅行者が一緒にお酒を飲むだけだ。シモンのほうもニューヨークに来たばかりにちがいない。

「いいよ」シモンがにっこりして答えた。


わたしたちはレキシントン街のイタリアン・カフェに行った。わたしはアッフォガートを注文した。バニラアイスクリームに少量のコアントロー入りコーヒーを添えたものだ。担当のウエイターはアメリカ生まれのイタリア人で、よく響く声をして、あざやかな青のエプロンをかけ、デザートをトレイにのせて運んできた。アイスクリームが盛られた、足のないマティーニ用のグラスが白い皿に置かれ、そばに赤いナプキンと柄の長い銀のスプーン、そして熱々のエスプレッソとお酒がショットグラスのうしろに並べられている。ウエイターがアイスクリームのてっぺんから仰々しくコーヒーをかけてから、ビスコッティを二個のせた皿を持って戻ってきた。

シモンがわたしの手の込んだ飲み物を見て、次に自分の飾り気のない赤ワインを見た。

「なんだかうらやましいな」

わたしはシモンにスプーンを渡した。「さあどうぞ」

シモンはちょっとためらってから、この親しみを示すしぐさを受け入れ、アイスクリームをひと口食べた。「うーん、うまい」

わたしはスプーンを返してもらった。柄はシモンの手のぬくもりでまだ温かいのに、すくったアイスクリームはひんやり冷たかった。

「ベネズエラでは」シモンが話し出した。「デザートにココナツとキャラメルを食べるんだよ」

シモンはどちらの言葉でもCをはっきり発音して、なにかほかの、ココナツやキャラメルよりセクシーなことを考えていると匂わせるが、彼の目の表情は温かく人なつこいものでしかなかった。彼がくどいているとしても、はっきりわからない。

「すばらしい組み合わせね。ところで、いつからニューヨークに住んでいるの？」

「ここで生まれたんだよ。母はウォール街で働いていた。休暇中に父に出会ったんだ。父はバンドで演奏していた。母と暮らすためにこっちに移住したんだが、どうしてもなじめなくて、ぼくが子どものころに一家で南米に戻った。両親はいまも向こうにいる。ぼくは子ども時代の大半をふたつの街を往復しながら過ごした。カラカスで音楽を勉強したのさ。まずバイオリンのレッスンを受けて……」

「ほんと？　どうしてやめてしまったの？」

「あまり上手じゃなかったから。バイオリンを弾いていても、オーケストラのほかの音に気を取られてしまってね。ぼくはなにもかもコントロールしたかった」

わたしは笑い出した。「だったら、生まれつきの指揮者ね」

「たぶん。きみはとてもいい演奏をするよね。ラテン民族みたいな弾き方で。きみには燃えるものがある」

「それほどでも」わたしは恐縮した。

「なにも、おだてているだけじゃない。だけど、いまはオーケストラという制約に取り囲まれている。きみの演奏はひとりで弾いたほうが引き立つ。ソロで」

「そう言ってもらえると嬉しいけど、わたしにできるかどうか。ひとりでステージに立ったら怯えてしまうわ」

「そのうち慣れるよ。きっと楽しむんじゃないかな」

シモンが手を伸ばして、一瞬わたしの手を握るのかと思ったら、スプーンを取ってアイスクリームをもうひと口食べた。

さっきは本気で言ったのかしら？　わたしが謙遜したのはある程度しか正しくない。ぜひ観客の前でソロ演奏してみたいくせに、その結果に胸が高鳴るのと同じくらい怯えている。

わたしたちは黙って座ったまま気まずい数分間を過ごした。わたしはデザートの残ったしずくを指でこすり取った。溶けていくアイスクリームに集中していれば、急に居心地が悪くなった雰囲気を忘れていられた。

「ここ二、三週間は楽しんだのよ」わたしは静けさを破ろうと口を開いた。「わたし、アメリカの作曲家が好きなの。特に、フィリップ・グラスが」

「それはよかった」シモンが笑った。「みんながみんな、きみに同感しないと思うけど。グラスの曲は繰り返しが多くてくどいという人もいる」

「ご家族は感謝祭のパーティをするの？」

「しない。以前は母がしたけど、いまではもうベネズエラの生活になじんでしまった。実は、木曜日にささやかな夜会を開くんだ。ほかにも少しだけ、家族とごちそうを囲めないこの街の〝みなしご〟が来る。ぜひきみにも来てほしい。紹介したい人間がいるんだ」

「喜んでうかがうわ」わたしはどうしても消えない不安を気にせずに答えた。頭の奥では、そうやってシモンに気を持たせるのは彼かドミニクに対してフェアではない、という声がしていた。


数日後、わたしは同じカフェで、ロープの入門クラスの問い合わせに応えた女性に会った。

チェリーの外見は名前とぴったり合っていた。髪はあざやかなピンクに染められ、完璧に滑らかなボウル形に刈り込まれていた。彼女は小柄で、胸が大きくて、全身をピンクでまとめていた。例外は黒のボマー・ジャケットで、ともすれば少女趣味になりそうな服装にラフな感じを与えている。厚い唇にはグロスがたっぷり塗られ、指はさまざまな大ぶりの指輪がつけられている。それはチェリーが手ぶりを交えて話すたびに明かりを受けて輝いた。チェリーはシモンに負けないくらい両手を使って話す。

「じゃあ、ここは初めてなのね？」チェリーが訊いた。ずっと北のほうの出身だろうとうかがわせる話し方だ。もともとはアルバータという、カルガリーに近い町で生まれたそうで、だからわざわざほかの新参者にも手を貸してくれるのだろう。

「そうでもないわ」わたしは言った。「もう何カ月か住んでいるの。初めてなのは……集まりのほう」

「心配しないで。みんな親切だから。前にも縛られたことはある？」

「ロープで縛られたことはないけど」

「まあ、こういうところで習っておくほうがいいわ。パーティで出くわした巻き上げ係が自分の仕事をわかってないとか、あなたを吊るしておいて放り出すとか、そうなるよりましでしょ。あたしが見ててあげる」

チェリーの両手がトッピングを全種類のせたアイスコーヒーの大型カップをそっと撫でるのをわたしは見ていた。指輪のひとつは大きな蜘蛛の形だった。厚みのある胴体は細長い黒の石でできていて、八本の銀の足が鉄格子のように彼女の指を囲っている。もうひとつの指輪は髑髏《どくろ》形で、きらきら光る人造ダイヤの目がついている。チェリーはやさしい人ではなさそうだけど、かならずしも外見ではわからないものだ。だれでも、人前での言動がベッドルームでの態度を正確に映し出すならば、わたしははるかにいい恋人を見つけていただろう。

入門クラスが開かれた場所は、ミッドタウンとその名もぴったりな精肉地区《ミートパッキング・ディストリクト》のあいだだった。部屋はだれかのアパートメントの一室だ。ただし、ベッドルームに続く廊下はついたてで仕切られ、リビングルームは〝プレイエリア〟に改装されていた。そこは明るくて風通しがよく、地下牢《ダンジョン》というよりヨガスタジオを思わせた。部屋中にクッションが置かれ、年齢や性別を問わず集まった参加者たちが座っていた。

若いカップルが人工牛革を張ったクッション椅子で抱き合い、いかにもおどおどしている初心者のように見えた。ほかの人たちはくつろいで、楽しそうにしゃべっている。絶えず沸騰しているやかんの音が部屋に家庭的な感じを与え、キッチンは紅茶かコーヒーのマグカップに湯を注ごうとしている人たちで満杯だった。片側のテーブルには、各種類のハーブティ、くだものとオーガニック・チョコレートが盛られた皿が並んでいた。その近くに、連れのいない、擦り切れたレザージャケットを着た長髪の男性がいて、ふんぞりかえってポテトチップをボウルごと抱えて食べていた。

チェリーが何人かの人に紹介してくれたので、わたしは前のほうにいる彼女の隣に、タビサと並んで座った。タビサはこのクラスを運営している、異教の女神みたいな人だ。長い黒髪が川のように背中まで流れ、裾が床まで届く深紅のドレスにはあざやかな青い花模様がついていた。彼女は裸足で、背が高くないのに、高いと思わせるやり方でみんなに指図している。

タビサはロープによる緊縛行為の安全をめぐる話題から切り出した。神経の損傷と窒息を避けるこつ（けっして首にハーネスを巻かないこと）などなど。

タビサが刃先が丸いロープ用のハサミを持ち上げた。「これをかならず手元に用意しましょう」彼女が助言した。「パートナーをすばやく解放しなくてはならない場合に便利です。火事になったとき、けがをしたとき、義母にアポなし訪問されたとき」

室内に忍び笑いが広がった。

タビサが床にロープを置いてゆっくりと結び目を作り、基本の縛り方を何種類か実演した。わたしも見よう見まねでやってみて、チェリーの手首に正しく一重の縦結びができると、驚くほど満足感を味わった。

チェリーがにっこりした。「ほら、楽しいでしょ。ね？」

クラスの後半の時間は応用編だった。楽しみにしていた部分だ。

タビサがわたしに彼女のいわゆる〝バニー〟になるよう促した。まず初めに、と彼女が言った。

体を固定するハーネスにはたいてい使う、基本のこま結びをしてみせましょう。

「背中で腕を組んで」

タビサの声は静かだけれどきっぱりしていて、わたしは思ったとおり膝ががくがくした。

タビサがわたしの腕をしかるべき位置に動かした。ドミニクにゴムつきストッキングで手首を縛られたときの、祈るように手を合わせる格好ではなく、両方の肘から手首を押しつけ合う形で、片手の指先が反対側の手の肘をかすめている。

タビサがわたしの腕を縛り始めた。両の手首と肘の真ん中あたりに一重にしたロープを通し、それから胸の上側に巻き、次に下側に巻いて、乳房に縞模様を描いて両腕を脇にしっかり留める。さらにわたしの両腕に手を巧みに滑らせてから結び目をぐっと引っ張り、ロープが安全にかけられ、神経を押さえていないことを確かめた。

部屋中がしんとして、いまでは参加者全員が静かに、タビサの説明に耳を傾けている。彼女はもうわたしにどちらを向くかを指示しなくなっていて、わたしを人形のように動かしていた。それぞれの結び目がきついかという質問に答えるとき以外は、命がないというように。わたしはリラックスしてタビサの体にもたれていき、手足の力を抜いて肩を引き、彼女の思うままに束縛させた。参加者たちに見られていることを意識して、わたしは目を閉じた。

タビサはハーネスをつけ終わると、わたしを部屋の真ん中に立たせておき、参加者たちのまわりを歩きながらロープの結び方を確認した。みんな、見本どおりのやり方でパートナーを縛ってみたのだ。やがて彼女がわたしのところに戻ってきて、背中に回した両手を握って血のめぐりを調べ、感覚がなくなっていないことを確かめた。わたしは立ったままゆらゆらと揺れ始めていた。

マッサージを受けてから急に立ち上がったときのようだ。

指導を終えたタビサが戻ってきてロープを解き始めたころ、わたしはぼうっとしていた。ロープがしゅっと肌をかすめて、結び目がゆるめられた。ロープを解かれるのは縛られるのと同じくらい気持ちがいい。束縛を解かれ、わたしは両腕を伸ばして指を振り、血が流れるようにした。

腕をよく見ると、ロープが肌に残した模様が目についた。わずかにくぼんだ、細い線のついた印。ロープが押しつけられて白くなったのは、血液が流れなくなっていた部分で、そのまわりは赤い。妙に家庭的な跡で、イタリアン・レストランでよく見かけるチェックのテーブルクロスを連想させる。

チェリーがこの跡は数時間で消えると請け合った。その晩はまたリハーサルがあったので、助かった。わたしたちは、近いうちに連絡を取って、ニューヨークのフェチの世界をさらに探検する機会を作ろうと約束した。


その日、わたしはうまくやり、何人か新しい友だちができて満足した。

腕の跡はあっという間に消えてしまい、楽しい午後のようすがとして、戻ってほしくなるほどだったけれど、あとでじっくり考えるべき経験をした記憶以外はなにも残っていない。縛られたあいだはずっと服を着ていた。クラスの条件として、見習い索具装着者が裸の体に気を取られて授業に集中できない事態を避けているのだ。次のときは、とわたしは思った。裸でやってみたい。そうすれば、腕ばかりじゃなく、体中でロープを感じられるはず。

「今夜はよかったよ」シモンが声をかけたとき、わたしはバイイをケースにしまっていた。シモンはトロンボーン奏者のアレックスと話し込んでいる。

あれからわたしたちは再びあのイタリアン・カフェを訪れていて、急速に気楽な友人同士になろうとしていた。シモンをよく知ったおかげで、わたしは演奏が上達した。彼が自分では意識しているかどうか怪しいほどかすかな動きについていけるようになり、まったく同じように音楽を解釈していた。きみは成長を続けていると言われ、温かいほめ言葉に溺れた。

「また木曜日に」わたしは挨拶しながら出ていった。


この状況に安心しきっていたわけではない。話のなかでさりげなくドミニクの名前を出して、わたしはフリーではないとシモンにわからせるタイミングを逃してしまった。シモンはどんな形でもくどいたりしなかったけれど、彼を誘惑しているというやましい気持ちを拭えなかった。

もう手遅れだわ。わたしはたったいま、シモンのアパートメントの玄関ベルを押したところだ。ここはリンカーン・センターのすぐ近くの、アッパー・ウエストサイドでも超人気の界隈だ。さらに、わたしはほかほかのパンプキン・パイを抱えて石段に立っている。マリヤはわたしが指揮者と〝デート〟すると聞いたとたん、いらないと言ったのに、このパイを焼いてくれた。

シモンがドアをあけてパイを受け取った。今夜はゴールドのベストを着て、それに合うゴールドのカフスボタンをつけ、いつものつま先のとがった蛇革のアンクルブーツをはいている。一九三〇年代の映画に出てくるギャングという感じ。ぴったりだ、と思った。シモンはときどき指揮棒をマシンガンみたいに振り回すから。わたしももっとおしゃれしてくればよかった。なにを着ようかとくよくよ考えたあげく、カジュアルな服装を選んだ。やわらかい黒のレギンスとＪ・クルーのロングカーディガンとローヒールのサンダル。シモンがこれをデートだと思わないように。わたしはチャンスをとらえてバスルームにすばやく入り、真珠のイヤリングと揃いのネックレスをつけた。予想以上にかしこまった夜になるといけないので、ハンドバッグに忍ばせておいたのだ。

ほかの客はいろいろなタイプの人がいた。この時期、アメリカ人の大半が帰郷して家族と過ごしているので、シモンは行く場所がない知り合いを全員呼び寄せたのだ。アルは中東の事務所から出向している建築士で、マディソン街に建設する豪華ホテルの計画を手がけている。スティーヴはイングランドから来ている、演じる詩人で、ユニオン・スクエアのコンサートではわたしたちの演奏の直前に詩を演じていた。アリスとダイアンは、ノリータでアートとパフォーマンスに使うスペースを経営するカップルだ。そしてスーザンは、目が鋭くてよく笑う女性で、夕食のときシモンはわたしを彼女の隣に座らせた。スーザンはエージェントであり、多くのソロ奏者と契約しているとわかった。

シモンはほとんど詩人のスティーヴとしゃべっていて、わたしにスーザンと世間話をさせていた。

パーティがお開きになるころ、スーザンがわたしにそっと名刺を手渡した。「連絡してちょうだいね」と言って。「シモンがあなたのことをとても高く買っているの。彼は目が肥えているのよ」

わたしは最後に帰った客だった。シモンが玄関ドアまで送ってくれた。打ち解けていてもプロらしい距離を保ったままで。

「本当にお招きありがとうございました」わたしは丁重に言った。

「どういたしまして」シモンが深々と頭を下げた。「スーザンと話す機会があってよかったね」

彼の目は鋭く、瞬きひとつしない。

「とても親切な《ベリー・ナイス》人みたいね」

「そのとおり。手ごわい《ベリー・グッド》人でもあるよ」


帰宅すると、バルドとマリヤがまだ起きていて、リビングルームのソファで手足を絡ませていた。ふたりだけの感謝祭を祝うことができてごきげんだ。

「さあさあ」とマリヤ。「なにもかも教えて」

「あなたのパイは好評だった」

「好評だったのはそれだけじゃないといいんだけど」マリヤがにやにやした。

「彼とはそんなんじゃないのよ。一緒に仕事をしてるんだもの」

「はいはい、そうよねえ。そうでしょうとも」

わたしはマリヤをにらみつけて自分のベッドルームに続くドアをあけた。

たぶんマリヤの言うとおりだけど。わたしはそう思い、ため息をついてベッドに倒れ込んだ。コルセットが見捨てられ、ハンガーレールにだらんと掛かっている。シルバーの留め金がベッドサイドのスタンドの明かりを浴びてきらきら光り、小さな月が並んでいるようだ。

4　バーボン通り

ドミニクはそれを縁起がいいことだと受け取った。彼が『ブック・フォーラム』誌に寄せたエッセイ集の書評のそばに、ニューヨーク市立図書館で大型の研究奨励金を十件ほど出すという広告が出ていた。研究目的の学者か作家に与えられ、ドミニクが聞いたことのない一家の信託金で運営される。オンラインで出願フォームを調べたところ、出版物と学問分野での実績にかんしては、列記された基準をすべて満たしているようだ。

ドミニクはしばらく前からある本を執筆するアイデアを温めていた。その後、サマーが彼の人生に現れて気もそぞろになってしまったが、本来ならロンドン図書館か大英図書館で充分なリサーチをするはずだった。ドミニクはとっさに考えた。ニューヨーク市立図書館は自分専用のオフィスを持つにはうってつけの場所だ。しかも、もっとサマーに近いマンハッタンで九カ月過ごす絶好の口実ではないか。奨励金には講義を開く義務がともなうが、最低限できる範囲であり、多額の給付金がつく。ニューヨークの家賃の高さを知っていても、金のことは彼にとってなんら問題にならなかったが。

ドミニクが出願すると、書類選考を通過したという返信メールが届いた。面接はクリスマスの一週間前に行われる。

すべて順調に運んでいる。

サマーが最近ニューヨークで一夜かぎりの関係を持ったことを知らせてきた。ドミニクは嫉妬しなかった。彼女が相手のアパートメントの家具や配色を愉快そうに教え、そこには本が一冊もなかったと明かして笑っている話の行間を読み取れば、嫉妬するまでもなかった。それはどう考えても真剣なつきあいではなく、欲望を満たしただけだ。ビッグ・アップルのような街で、サマーに尼僧のように暮らしてもらえるわけがない。いやむしろ、彼女がささやかな火遊びの顛末《てんまつ》を報告するほど信用してくれたことが嬉しかった。

サマーは来週ロープ・ボンデージのクラスに出るとも書いていて、かなりわくわくしているようだ。ドミニクはクラスの報告を読むのが楽しみになり、積極的に参加するよう促した。

いっぽう、ドミニクはサマーをアメリカでいつまでも放っておけないと思った。

ふたりは結びつきを取り戻したが、それはまだ危うく、距離とめぐりあわせでどうとでも変わるものだ。またサマーに会いたい、一緒に過ごしたいとドミニクは思った。サマーも同じ気持ちだとわかっていた。もう名前も思い出せないゆきずりの男との、比較的無害な情事は、心理学で言う置き換え行動にすぎない。ふたりが再びひとつになれるまでの応急処置だ。譲歩の一部であって、自分たちの関係をうまくいかせようとしたらそうするしかないだろう。

サマーに電話をかけると、今回はうまくつながった。留守番電話にくどい伝言を残したり、あとでじかに話すためにかける時間を決めたりする必要はなかった。

「わたしだ」

「もしもし、あなたね」サマーの心から嬉しそうな声が聞こえた。「そろそろかかってくるような気がしたの」

「本当に？」

「ええ。なんとなく《イン・マイ・ボーンズ》感じた」

「骨《ボーンズ》で感じただけかい？」

「たぶん、ほかのところでもね」サマーは気を引くように言った。

「ところで、三週間後にそちらへ行く手配をしたんだ」

「すごいじゃないの」

「ある施設が提供する奨励金を受けられるかどうか、先方と面接があって、合格したらまる九カ月間ニューヨークに住めるんだよ。どう思う？」

一瞬、サマーがためらった。これをきっかけにふたりの関係が大きく一歩進む可能性があると気づいたにちがいない。

「うーん……すばらしいわね」

「そちらに着いたら詳しく話すが、面白いことになりそうだ」

「そうね」電話の向こうでサマーが殻に閉じこもっていくのがドミニクにはわかった。

ドミニクはサマーに持ちかけようとしていた。奨励金を取れたら、自分がニューヨークで働きながら執筆する本のリサーチを行う期間に同居する家を探そうと。だが、サマーのためらう声を聞いて、なにも言わなかった。そうとも、これは大きな一歩になる。どちらにとっても。ある実験。ふたりとも、まだする気になれないかもしれない。

「それから……」

「それから？」

「ちょっと思いついたんだ。面接が終わったら、あわててロンドンに戻る必要はない。次の講義があるのは一月中旬ごろだ。わたしはしばらくアメリカにいられるから、年末の休暇は一緒にどこかへ出かけよう。きみは旅行が大好きで、アメリカには前から行ってみたかった場所がたくさんあるといつも言っているじゃないか」

「クリスマス・イブはコンサートが予定に組まれてるのよ」

「かまわない」ドミニクは言った。「次の日の便で発《た》とう。もっと暖かいところがいいかな？」

ドミニクの予想どおり、サマーはどこがいいとも答えなかった。「年末年始といえば、オーケストラはくだらないコンサートを押しつけられるのよ」彼女が言った。「あの手の曲目、お客がなぜか期待してる二流の音楽は大きらい。あげくの果てに、はるばるウィーンから飛んでくる客演指揮者と組むなんて。ヨハン・シュトラウスのワルツ集は仰々しくてものものしくて、という感じ。シモンはかかわらずにすんでよかったと言ってるわ」

「シモンというのは？」

「うちの指揮者よ。常任指揮者」

「なるほど。彼がいまはシンフォニアにいるとは知らなかった。記事を読んだことがあるよ。たしか南米出身だったね？」

「ええ。いい仕事をしてるわ。すごく激しく音楽を生きてるの」

「きみのように？」

「そうだと思う。だから、彼と組んでいると楽しいんじゃないかしら」

「よかった」

ふと、間があいた。ドミニクはサマーのいらだちが募っているのがわかった。彼女は長電話がきらいだ。

「それで、クリスマス・イブのあとはどれくらい休みを取れる？」ドミニクは訊いた。

サマーが狭いベッドルームを歩いて卓上カレンダーを見にいく音がした。

「次のリハーサルは一月四日まで始まらないわ」

「言うことなしだ」ドミニクが言った。「その期間を空けておいてくれ」

サマーのため息が聞こえた。

「わたしが手配をしておく」ドミニクは言った。サマーは彼にきっぱりした態度を取ってほしいのだろう。以前の自分に戻らねばならないし、そうあろうと彼は固く心に決めていた。


ふたりはニューヨークのホテルの客室でまる三日過ごした。中断したのは、クリスマス・コンサートの前に四時間の最終リハーサルが二度あったときだけだった。このコンサートでオーケストラは今シーズンを締めくくる。サマーは怖いような気もした。ロンドンのプロムナード・コンサートと同様に、演奏家はおかしなお祭り用の帽子をかぶったり、サンタクロースの髭をつけたり、ほかにもばかげた扮装をしてイベントを祝えと言われるかもしれない。だが、こちらの経営陣は服装にこだわらないのか、掲示板に貼られた唯一の提案は、なるべくヒイラギの枝を襟の折り返しかドレスのストラップに留めること、というものだが、それさえも強制ではない。コンサートの曲目がもっぱらＢＧＭ風で、郊外に住む中流階級ばかりの客をごまかす作品であるだけでうんざりする。彼らは街に華やかな明かりが灯る年の瀬しか音楽を聴きにこないので、真剣に耳を傾ける者はいない。ロングアイランドやニュージャージーからニューヨークへ通勤する人々が、デパートの〈メイシーズ〉か玩具店の〈ＦＡＯ・シュワルツ〉でプレゼントを買いあさってから、ひと晩楽しく過ごそうというわけだ。

ドミニクとサマーが愛を交わしたのは、若き日のイングリッド・バーグマンとマレーネ・ディートリッヒの額入り写真の下だった。これは、ベッドを見下ろす壁に掛けられていた。ドミニクは直前に予約したため、キングサイズのベッドがあるデラックスルームに泊まれず、この部屋のダブルベッドはやや狭いので、ふたりはスプーンのように体を重ねて眠るしかなかった。太り過ぎの人には向かないベッドね、とサマーは考えた。

アパートメントのほうが狭いとはいえ、ドミニクを泊めてもよかったが、彼女はそれを考えただけで緊張した。自宅で生まれる親密さのほうが、体がひりひりするまで何時間も続けるセックスより意味があるというように。

サマーはぼんやりしたままリハーサルを終えた。頭のなかは真っ白で、音楽を意に介さず、機械的に演奏した。退屈な仕事を終えて、温かく居心地のいいドミニクのベッドに戻りたくてしかたなかった。

ドミニクの客室は、彼が前回ニューヨークに来て〈ワシントン・スクエア・ホテル〉に泊まったときとはちがう階にあるが、作りは同じだった。たしかピンクの部屋だったのに、ブラインドが上がっていると明るい紫に見える、とサマーは気がついた。不思議なものだ。知らないうちに、記憶が虹の七色と感情の奇妙なフィルターをでたらめに行き来しているとは。その客室はすでになじみ深い、やさしい繭《まゆ》となり、そこでサマーはドミニクの腕となだめるような言葉に進んで身を任せていた。

ドミニクの体はサマーが以前にもたどったことのある地図だ。探っていない部分を残し、鼓動をひどく乱して。サマーの五感は、肌にかかるドミニクの息の音や、愛撫する指に気づいていた。ひょっとしたら――セックスの最中にこんな大げさな考えがしきりに頭をよぎっていた――現実にはふたりのサマーがこのゲームをしているのかもしれなかった。ひとりは彼女が知っている女で、なぜこれでは物足りないのか、なぜ自分はこの抑えがたい欲求を抱き、もっと欲しがっているのかと考えている。いっぽう、分身のほうは小悪魔めいて、挑発的で、彼女の耳元で不誠実にささやきかける。人生にはこれよりもっとすてきなことがあるにちがいないと。

しかし、そんな考えは長続きしなかった。サマーはドミニクの力強い抱擁に身を任せたのだ。ドミニクはサマーの男だった。いまのところは。ドミニクの両腕は、サマーが自分を好きにしてほしいと男に望む形で彼女をベッドに押さえつけ、ペニスは荒々しく彼女を満たす。彼が彼女のなかで立てる音は愛情とけだものめいた欲望がちょうどいい具合に混じり合っている。これで充分だ。この瞬間を生きるしかないとサマーはわかっていた。こうした特別なひとときはけっしていつまでも続かないからだ。

「教えて、わたしにしたいことをなにもかも教えて」サマーはかすれた声で言った。激しくもうひと突きされて体内の炎がまた少し燃え上がり、一瞬めまいがした。

「ああ、いろいろあるよ、サマー。実にいろいろね。いけないこと、すばらしいこと、みだらなこと、危険なこと」ドミニクの言葉が途切れがちになった。彼の体の重みがサマーの肋骨に押しつけられ、彼女の呼吸を妨げた。

ドミニクは組み敷いたサマーを見つめた。目はきつく閉じ、肌はやわらかくしなやかで、彼女のあふれる欲望になじんでいる。ドミニクは気がついた。かすかな寛容の波が心を駆けめぐり、サマーの体の奥深くに埋まったペニスの横暴な命令を制していると。こんなとき、彼はこの場で、このホテルの部屋で、幸せに死ねると思う。下ろしたブラインドの隙間越しにほの暗く見える、近所のワシントン・スクエア・アーチに明かりが灯っている。

ドミニクは目を上げた。一瞬、サマーの顔を見るのが耐えられないほどだった。バーグマンとディートリッヒが謎めいた笑みを浮かべて彼を見下ろしていた。

ドミニクはペースを落とし、ほとんど動きを止めた。するとサマーが目を半開きにして、なぜリズムを変えたのかと訊いた。彼はまだいきたくなかった。できればこれをずっと続け、サマーのなかにいて、彼女の一部になり、彼女が屈服する容赦ない力を感じたかった。愛の力を？

ドミニクの指は繊細な気づかいをしながらサマーの温かい体をまさぐった。ふたりの体の下で、シーツがくしゃくしゃになって汗で湿っていた。ドミニクはつかの間サマーから離れて姿勢を変え、体勢を整えてからあらためて彼女を貫いた。サマーがドミニクの肩から背中へ両手を下ろすあいだ、マッサージを真似て彼の肌にそっと爪を立てた。

ああ、そうとも。やりたいことはいろいろある。いまではない。いつかそのうち。サマーを相手に。痛みに襲われる不快感に始まり、つらさが歓びに変わるところを受け入れる姿を観察しよう。締め付け金具や洗濯バサミをいつか彼女の濃い色の乳首に飾らずにいられない。サマーの荒い息づかいを測りながら優美な喉を押さえつければ、全身が激しくけいれんするはずだ。おい、ドミニク、それは危ない思いつきだ、と彼は自分に言い聞かせた。サマーの肛門をおもちゃで突破して、ちょうどいいころあいでペニスを差し入れる。これもふたりのあいだにまだ道標のように立ちはだかっているタブーだ……。いいかげんにしろ、ドミニク……。

さまざまな思いが次々と押し寄せ、ドミニクはサマーに突き入れ続けた。彼女自身の歓びが彼の歓びと一致してこみあげてくるのを感じ取り、ペースを落としてできるだけ彼女と調子を合わせた。そのとき、サマーが彼自身の肛門に指を一本滑り込ませた……。しまった……。ドミニクはたちまちのぼりつめた。一瞬コンドームが破裂しないかと心配になるほどの猛烈な勢いだった。

サマーの衝動的な行為にはなんとも驚かされた。

ドミニクは荒い呼吸をしながら、サマーの唇に唇を下ろして愛をこめたキスをして、ついでに額の汗を舐めとった。

明らかに、サマー・ザホヴァにはまだもっともっと知ることがある。

かならず知ろう。

その日の午後、市立図書館の奨励金に提供される基金の保管人との面接が順調に運び、ドミニクはすでに合格すると自信を持った。まる九カ月、マンハッタンでサマーのそばにいたらどうなるかと考えた。ドミニクは彼女の裸体を見下ろした。ベッドで手足を伸ばし、むき出しで、秘めやかな場所をどこもかしこもさらしている。時間はたっぷりあり、いまならふたりでできることもいろいろとある。

奨励金の可否が正式に決定するのは一月の初旬とされていて、イースター休暇明けには研究員になれるはずだった。

サマーになにか言おうとすると、彼女はもう眠りについていた。

ドミニクはふいに訪れた静けさを歓迎した。考える機会ができた。


「きみを披露したい」ドミニクはサマーに言っておいた。

シンフォニアのクリスマス・コンサートは終わってみれば、盛り上げ過ぎて聞き苦しいほどでもなかった。そして、サマーはドミニクから一週間分の衣類を荷造りするように言われた。どこへ行くのか訊いてみると、ドミニクは、暖かそうなところだ、としか答えなかった。

「水着が必要になるとは思わないがね」彼が言い足した。

それでも空港に着くと、ドミニクはいつまでも行き先を伏せておけなくなった。ラ・ガーディア空港は各方面に向かう人々であふれ返っている。休暇シーズンの真っ盛りなのだ。本来なら、大半の人がクリスマス当日には目的地に到着していて、ターミナルをうろうろしているはずもないが、現実にはそうはいかない。ドミニクとサマーは、帰省する予定もない、チャンスをとらえて出かけた観光旅行者であり、ほとんどの旅行客の動揺といらだちを肌で感じ取った。彼らはフライト案内表示板をさっと見ては、アメリカのどこかが悪天候だったり、ほかの理由があったりして遅延のアナウンスがあるたびに顔をゆがめている。

サマーはどこに連れていかれるかわからないほうが楽しいだろう。マジカル・ミステリー・ツアーだ。しかし、機内に荷物を預けると、もう行き先をごまかせなかった。ふたりが（うまくいけば荷物も）乗る便はニューオーリンズ行きだ。

そこはサマーが本でよく読んだ街であり、数え切れない映画のなかで美しく描かれてきたため、すでに知っているような気がした。そこは少しニューヨークに似ている。サマーが初めてニューヨークに着いたとき、マンハッタンとその他の行政区は思い描いてきた光景の寄せ集めよりすばらしく、イメージと現実では微妙な要素が欠けていると気づいた。生活と物音、匂いと色だ。そして人々。ニューオーリンズでも同じような事実がわかるだろうと彼女は思った。


ドミニクはこれまでに何度も〝クレセント・シティ〟を訪れていたが、それはハリケーン・カトリーナがニューオーリンズを破壊する前のことで、苦い思い出を抱いていた。フレンチ・クォーターではタクシーが交差点から交差点へのろのろと走り、降りしきる雨をついてふたりが泊まるデザイナーズ・ホテルへ向かっていた。下ろしたウィンドウの外に広がる景色は見覚えがあるような気がする。明かり、鋳鉄《ちゅうてつ》のバルコニー、マグノリアの花が飾られたテラス、音楽と笑いがのぼせるほど混じり合った空気。

あとになって、ふたりがシャワーを浴びて着替えをして、出かけて最初の食事をすると、ようやく小さなちがいが見えてきた。この街は人が少なく、映画のセットのように群衆役のエキストラを減らし、バーやレストランの多くが窓やドアに従業員募集の、牡蠣の身外しや皿洗いを募集する貼り紙をしている。

「ちっともアメリカにいる感じがしないわ」サマーは四方八方に目をやり、自分のいる場所を確かめようとしている。

「そうだね」ドミニクが言った。「実に独特な街だ」

「わたしはほとんどヨーロッパに行く機会がなかった――パリで長い週末を過ごしただけ――けど、ここはあまりヨーロッパ風でもないんじゃない？」

サマーは短い袖がついた白の薄手のマキシのワンピースに着替え、赤の細いベルトを締めて、ローヒールのサンダルをはいていた。すでに雨はやみ、空気はむっとして、嵐の予感をはらんでいた。

「多様な文化の影響を受けているだけさ」ドミニクがきっぱりと言った。「フランス、スペイン、クレオール、植民地時代のイギリス。初期の入植者の多くはフランス系のアケイディア人で、宗教弾圧を受けて、はるばるカナダから移住したんだ。興味深い、歴史が交錯する街だね」

「もうここが好きになったわ」サマーが言った。

「今日は天気が悪くて残念だ。街を紹介するのにうってつけの日ではない」

「別にいいけど」

「天気予報では、今後数日間はこれ以上雨が降らないそうだ」

「よかった」ドミニクが行き先を教えてくれなかったので、サマーは適当な衣類を持ってこなかったのではないかと心配だった。

「グランド・セントラル駅の地下の〈オイスター・バー〉を覚えているかい？」ドミニクがサマーに尋ねた。やさしい笑みが口元に広がっている。

「もちろんよ」サマーは答えた。「わたしが牡蠣を大好きだってこと、知ってるでしょう」

「ここは牡蠣を食べるにはもってこいの場所だよ。それにザリガニ、海老、ガンボスープもおいしい。これから毎日ごちそう続きだ」

アイバーヴィル通りとバーボン通りの角にある〈アクメ・オイスター・ハウス〉の店先には長蛇の列ができていた。ふたりともニューヨークで朝食を抜かし、機内食を断ってきたので、すっかり腹をすかせ、大通りを十分歩いて〈ディザイア〉の窓際のテーブルを見つけた。ここは優雅な〈ソネスタ・ホテル〉のオイスター・バーだ。

注文をしているうちに年配のウエイトレスが焼きたてのパンとバターを運んできた。

「いいかい」ドミニクが言った。「ここではケチャップとホースラディッシュを混ぜたソースを生の牡蠣に添えている。初めは、トマトケチャップを使っておいしい料理ができるとは思えなかったが、ブレンドするとすばらしい味になるんだ。もっと辛くしたかったら、ホースラディッシュを足せばいい。舌を刺すようになるが、味にうまく溶け込んで、牡蠣の肉の固さにも合う。わたしはさらにレモンを絞って、こしょうも振ってから食べるがね」少しして、牡蠣の大皿が運ばれてくると、ドミニクは話のとおりに実演してみせた。彼は一個目の特大の牡蠣を口に入れてひと息に飲み込んだ。

ドミニクをよく見ていたサマーは、彼の食べ方にならった。

じきに大皿が空になり、クラッシュアイスを背にして貝殻が亡きがらのように転々と散らばっていた。

サマーは最後の三個にとびきり辛いタバスコも垂らしたので、喉が焼けそうになり、冷たい水をがぶ飲みして熱さをやわらげた。

ドミニクを見上げると、彼は口角をナプキンで拭って目で彼女をむさぼっていた。彼女もほほえまずにいられなかった。

「わたしに分別がなかったら、そんなふうに見つめられると、こっちまで食べられそうな気がするわ。牡蠣はただのオードブルみたい。たしかに牡蠣は媚薬だとされているけど、ねえ、わたしはもうあなたのベッドにいるのよ——ここで引っかけるまでもないのに」サマーはふざけて言った。

「わかっているよ」ドミニクが言った。


翌日はおきまりの観光コースに費やした。路面電車に乗ってガーデン・ディストリクトに行き、オーデュボン・パークを訪れ、ミシシッピ川で二回川下りをして湿地を見渡し、なかなか姿を見せない鰐を見物して、多くの墓地とヴードゥー教の博物館をめぐった。ジャクソン・スクエアにある二十四時間営業の〈カフェ・デュ・モンド〉で、コーヒーとベニエという四角いドーナツを楽しんだのは夜も更けてから、ホテルの客室でゆったりと愛を交わしたあとだった。心身ともに疲れ切って、スタミナ補給が必要になり、フレンチ・マーケットで小さなアクセサリーとまた食べ物を買った。夢のような食べ物を。それから、バーボン通りをそぞろ歩きしながら、営業中のバーからバーへ駆け回る音楽の音がぶつかり合うのを聴いていた。ジャズ、ロック、フォーク、ザイデコというケイジャンのダンス音楽、ソウルなど、ありとあらゆる種類のメロディのめちゃくちゃな寄せ集めだ。

ロイヤル通りの角で、靴磨きの子どもたちが心ゆくまでタップダンスをして、マガジン通りとトゥールーズ通りの交差点では、目の見えない音楽家がアコーディオンを弾いているかたわらで、両腕にタトゥーを入れた、ひょろ長いヒッピー娘がバイオリンで伴奏していた。彼女は才能も外見もサマーとは比べものにならないが、サマーは多めにチップを渡そうと言ってきかず、ドミニクのポケットに入っていた不要な小銭をかき集めた。

ドミニクは見るからに落ちつきがなかった。以前にもここに来て、こうしたことは全部やった。いらだちが募っていくのが自分でもわかり、それがサマーにも伝わっていた。

大晦日までまる一日ある。ドミニクが、〈トゥジャックス〉の一階のダイニングルームでも人気の高いバルコニーに出られる席をなんとか予約した。このレストランはジャクソン・スクエアと〈ジャックス・ブリュワリー〉のすぐ近くにあり、午前零時に新年を告げる鐘が鳴ると、伝統的なミラーボールが地面から屋根まで吊り上げられる。地元でも指折りの人気店で、客はたいてい常連とロータリー・クラブの名士にかぎられていた。

サマーはバスルームから出てきた。シャワーを浴びて、腿の上までどうにか隠れる白のやわらかいタオルを体に巻き、秘部をちらちらのぞかせている。ベッドで本を読んでいたドミニクが、ページから目を上げてサマーを見つめた。彼女は自分の体を見下ろして、タオルが小さかったと気がついた。がんばって伸ばしてみたが、厚手の白いタオルを引き下ろすと、今度は乳房がこぼれ出た。ドミニクがにやりとした。

「恥ずかしがりやだね？」

「いまさら遅いって感じ」

ドミニクはじっとサマーを見ていた。物思いにふけり、いやに沈んでいる。

サマーは窓の外をのぞいて天気を確かめた。空は灰色だが、半袖で歩き回れるほど暖かくなりそうだ。少なくとも、夕方までは大丈夫だろう。

「今日はなにを着てほしい？」サマーはドミニクに訊いた。

ドミニクの目があからさまな欲情できらりと光った。「なにも着ないでほしい」

サマーはバスタオルを外し、そのまま床に落とした。「こんなふうに？」

「文句なしだ」ドミニクが言った。彼は体に掛けたベッドカバーをどけ、すでに硬くなりかけたペニスをあらわにすると、自分でさすり始めた。

サマーはベッドに近づこうとした。

「だめだ！」

「手を貸してほしくないのね」

「そうだ。そこに立っていればいい。そのまま」

ドミニクが脚を広げ、伸びたペニスを愛撫し続けた。手のひらで太い幹を握り、同時にさまよう親指が紫色の先端を滑った。彼がサマーの裸身に目を据え、自分をもてあそぶにつれて袋まで大きくなっていくようだ。サマーはドミニクのロンドンの家で初めて過ごした夜を思い出した。彼にマスターベーションするように言われたことを。彼女は身を震わせた。

じきにドミニクの呼吸がとぎれがちになった。

サマーが片手を下ろして下の唇に近づけたが、今度もドミニクはじっとしているようにと命じた。彼はサマーにみずからを歓ばせてほしくなかった。彼女はこちらを見なくてはいけない。黙ったままで。

一瞬、時間が止まった。窓から差し込む明かりがドミニクの張り詰めたペニスの先を細く照らし、ひと筋の火がマッシュルーム形の先端を二分しているように見え、袋がはちきれそうになった。やがてその一瞬が過ぎ、ドミニクが絶頂に達した。

彼が深いため息を漏らした。

「こっちへ」ドミニクがサマーにうなずいた。

サマーは動けるようになった。

「舐めてきれいにするんだ」

ドミニクは牡蠣とホースラディッシュとありとあらゆる罪の味がした。サマーは再びたまらなく空腹になった。ウエストのサイズが危うくなってきた。


ふたりがディケーター通りにある〈ハウス・オブ・ブルース〉を出たのは午前零時の直前だった。バンドは一流で、サマーは自分もステージに立つ想像をして、彼らのリフに即興のバイオリン演奏で合わせることを考えた。もう何カ月もクラシック以外の曲を弾いていない。即興曲もバリエーションも飾り気のない曲も。オーケストラの団員となったいま、かつての自由が恋しかった。

客が店の外の舗道にあふれ出していた。目の片隅で、ドミニクが見物人と話しているのが見えた。長身の男性の服装は、サッカー地のジャケット、わざとあけられた穴だらけのジーンズ、つま先のとがった黒の革製ブーツだ。まさかドミニクがドラッグを買っているわけがない。それは彼の流儀に反している。

ふたりの男性は別れたが、彼らが握手をして、数枚の紙幣が交わされたところをサマーはいやでも目に留めた。

「あの人はだれ？」サマーは戻ってきたドミニクに尋ねた。

「地元の人間だよ。いろいろ訊いてきたんだ」

サマーはドミニクの目がきらめいたことに気がついた。その表情は前にも見たことがあった。

キャナル通りでタクシーを拾うと、ドミニクが運転手になにやら小声で指示をした。サマーはうとうとしてきた。クラブで音楽を聴きながら、見かけによらず強いカクテルを何杯も味見したのだ。数ブロック走ったころ、サマーは少しのあいだ目を閉じた。またあけたときには車がバーボン通りを横切り、夕方によく散策したあたりを過ぎ、これまで歩き回ってきた明るい通りに比べてかなり暗い地域に入っていった。

タクシーが止まったのは、鋼鉄の門を構えた名もない建物の前だった。ドミニクが運転手に料金を払い、タクシーが走り去ると、サマーは静寂の重みがのしかかってくるような気がした。これはなにもかもニューオーリンズらしくない。ドアの右手に薄明かりを浴びたブザーがあり、ドミニクがそれを押した。すると、電動式の門がかちりと音を立てて開いた。

広い中庭に出ると、小さな建物が周囲をぐるりと取り囲んでいた。

「これは奴隷の住居跡だ」ドミニクが輪郭の浮かび上がっている住宅を指さした。「もちろん、昔のものだが」彼はサマーの手を取って中央の建物へ連れていった。暗闇からおぼろげに現れた姿は、どう見ても周囲の家より大きい。三階建の建物には木製のベランダがつき、白い階段が玄関ポーチへ続いている。一階と二階で一部の窓の脇から細い明かりが漏れている。

ふたりが玄関の階段を上ると、ドアがあいた。大柄で頭を剃った黒人男性が申し分のないタキシードを身につけ、ふたりに同時に挨拶して、じっくり眺めた。男性の精査にパスすると、ふたりは建物のなかに通された。階上に続く階段のそばにある、低めのテーブルにはトレイが置かれ、そこに柄の長いグラスがのせられていた。あの押し出しのいい出迎え役がふたりにシャンパンを注ぎ、少々お待ちくださいと言って脇のドアから姿を消した。

「ここはなんなの？」サマーは尋ね、自分のグラスからひと口飲んだ。おいしいシャンパンだ。ドミニクは飲まなかった。

「ストリップクラブだが、会員制のようなところだ」

「ストリップクラブ？」

「客を厳選する店だよ」ドミニクがつけくわえた。「一時、ニューオーリンズではなんでもありだったが、ここ何年かで、この商売は営利化したしおとなしくもなった。バーボン通りのストリップ劇場ではヌードが売り物だったが、最近ではそうもいかない。ダンサーが脱ぐのはGストリングやパンティになるまでだ。おまけにけばけばしく、法外な料金を取るようになってきた。その点、この店はまともだと聞いている」

「なんでもありの店？」サマーは訊いてみた。おなじみの欲望で体がぞくぞくしている。

「そのとおり」

「前にコメディ・ショーに出たことがあるの。あまり悪趣味じゃないといいけど」

「そうではないらしいよ」ドミニクが言った。

ひとりの女性が近づいてきた。カーニバル用の白い仮面をつけ、漆黒の髪をシルクのガウンのように肩に垂らしている。ドレスは体にまとわりつく、長袖の赤のベルベットのビンテージものだ。むき出しになっているのは首元と、危険な厚底靴の上にのぞく、はっとするほど細い足首だけだった。

「今夜の案内係を務めさせていただきます。どうぞこちらへ」女性が言い、手ぶりで階段を示した。

ドミニクがきらっているものがあるとすれば、それは粗野な言動だった。今夜が気恥ずかしい体験にならなければいいと彼は思っていた。

客が席についたテーブルは、ちょっと前までボクシングのリングだった即席のステージを半円形に取り囲んでいる。客はせいぜい五十人程度だとドミニクは見て取った。彼とサマーを除けば、カップルは三組しかいない。どのテーブルの客も他人と交わらず、ほかの客をちらりと見るくらいだ。

まず、室内が暗くなり、次に白のスポットライトが地獄の火のようにステージの中央を照らし出し、真っ暗闇に戻った。たちまち、もう一度ライトが輝いて、ひとりの若い女が新たに創られた太陽の真ん中に立っていた。どこからともなく現れて。

女は威厳たっぷりで背が高く、頭は黄色っぽいブロンドでメデューサを思わせる巻き毛に後光が差し、肌は雪花石膏のように白く滑らかだ。身につけているのはひどく薄いコットンのローブ一枚きりで、彼女を照らしている強烈なスポットライトでほとんど透けて見え、人形のように華奢なウエストとどこまでも続く長い脚が目立っていた。女は裸足だった。

初めのうち、女は銅像のようにじっとしていて、観客が固唾《かたず》をのんだ。

やがてかすかな音がして音響システムのスイッチが入るとともに、部屋じゅうに雑音が流れた。

「わたしの名前はリューバ」ささやく声がした。ロシア語のアクセントがある、艶っぽい口調だ。音響はサラウンドシステムで再生されていて、どの観客にも、録音された声が当人への贈り物に思え、彼らの耳にだけ届けられたように聞こえた。ドミニクは、サマーの手がグラスを離してテーブルクロスの下で彼の腿をつかんでいることに気づいた。あの女は目をみはるほど美しい。ステージの演出もみごとだ。

そのとき音楽が始まった。

クラシックだ。印象的に流れていく穏やかで繊細な音色は、ドミニクに海を連想させた。そして、荒れた海の波打っている水面を。

「ドビュッシーよ」サマーが小声で言った。

リューバが生気を帯びた。片目が瞬きし、いっぽうの肩がぼんやりと動き、片足が床から持ち上がり、片手が動き、花が開くように指が広がった。

リューバは熟練したバレリーナのように優雅に、また娼婦のようにわざと挑発的に踊った。観客など眼中にないと見え、まるでストリップとじらしのテクニックはもっぱら個人的な行為で、自分ひとりのためにしているようだった。彼女の歓びの核心に至る個人旅行とでも言えばいいのか。

「彼女、集中しきってるわね」サマーがドミニクにささやきかけた。ふたりともダンサーに見とれていた。

リューバは薄っぺらいガウンを手早く脱ぎ捨てた。浴び続けていた強力なライトのせいで、肌がよりいっそう白く見える。唯一色づいているのは、引き締まった小ぶりな乳房の繊細なピンクの色合いと、すべすべした性器の境目であり、彼女の体はフランスの作曲家の揺れる旋律に乗ってミルクが流れるように動いた。ドミニクは、リューバが見せている小さなタトゥーにどうしても目を引かれた。性器のすぐ近くに、小さな青い花か、ありそうもない銃の細密画が描かれている。体が動くたびに図柄が変わるようで、じっと見つめる暇がなかった。なぜ彼女はあそこで銃の絵を、肌に刻みつけて見せびらかしているのだろう？　しかも、自分の肉体のどこよりも奥まった場所に。

他人の人生はわからないことだらけだ。

しかし、知りたくてたまらない。

リューバにはどんな物語があるのか？

サマーの指がドミニクのパンツを張り詰めさせているこわばりを撫で、彼をぱっと現実に引き戻した。このダンスを見て、彼女までそそられている。

ロシア人のダンサーは、飛んでいる鳩のしなやかな身のこなしで、体をひねって無理な体勢を作り、途中で思い切り秘部を見せたことにもかまわなかった。彼女が両手両足を大きく広げたり、スポーツに似た動きをしたりすると、すぼんだ尻の穴の薄茶色の輪や、真珠層のようなピンクの内壁があらわになった。顔は無表情のまま、醒めた態度で堂々としている。

ドミニクは曲が終わりに近づいていると気づき、ため息をついた。このダンスがいつまでも続かないのは残念だ。サマーの指は離れようとせず、その指先の熱を通じて彼女の鼓動を感じ取れた。ドミニクはサマーのほうにかがみこんで、彼女の耳に唇をつけた。

「いつかきみにもステージに上がってもらおうかな。あんなふうに奔放に美しく、自分自身を披露してほしいね、サマー。やってみたいかい？」

サマーは頬に目立つほど血を上らせて言葉を出そうとしたが、口がきけなかった。こみあげる感情がふつふつと湧き返っている。ドミニクにはそれで充分な答えになった。

最後の旋律が消えていき、それに合わせてリューバの動きもゆるやかになった。背筋がまっすぐに伸び、再び脚が揃い、尻がきゅっと引き締まった。ドミニクの目の片隅で、真っ赤なベルベットのドレスを着て仮面をつけた案内係がステージに戻っていき、リューバに近づいたところ、ダンサーはついに動きを止めて生きた銅像に戻った。

スポットライトがふいに消え、小さなステージは元の真っ暗闇になった。ほかのテーブルの客はまったく動き出す気配を見せない。出し物はまだ終わっていないのだろう。サラウンドシステムが再び作動した。「どうかリューバに惜しみない拍手を」女性の声が呪縛を解き、散り散りに座っている観客はダンスに拍手を送り始めた。初めはゆっくりと、小さな人影が忍び足でステージに戻ってくると熱狂的に。

人影はリューバだった。あのダンサーだ。

彼女は豹柄のローブをはおっていて、体つきがよくわからず、中央のまばゆいスポットライトを浴びて踊っていたときよりはるかに小柄だった。

「すごく小さく見えるわね」サマーが言った。

「きみはダンスのほうはどう？」ドミニクはサマーに訊いた。

「あの人とは比べものにもならない」

「きみが踊るところを見たいね」

「わたしは不器用なの。リズム感とか、優雅さがぜんぜんなくて」

「きみならすばらしいダンサーになれるはずだ。音楽家じゃないか。音楽が体の一部になっているんだろう?」

「見たら驚くわよ」

ドミニクはグラスの中身を飲んだ。ラヴェル作曲の恍惚とさせられる『ボレロ』が、抑えた、静かなBGMとしてラウドスピーカーから流れている。ほかのダンサーが出演するのだろうか。それとも、謎めいたリューバが再登場するのだろうか。

ドミニクはサマーの目をじっと見て、答えがわかった。そうとも。それがいちばんだ。

いつもの抑えがたい支配力が心にみなぎった。

「本当にきれいだったわ」サマーがしばらくして言った。

「思いもよらなかった。下品な感じになるんじゃないかと気が気じゃなかったの。でも、ぜんぜんちがった」

サマーはシャンパンのグラスを手に取った。

案内係がふたりのテーブルにやってきた。「ショーをお楽しみでしょうか?」

「ああ」ドミニクはぼんやりと答えた。言葉が出てこなかった。

「こちらでは、ほかの街から来たアーティストしか雇いません」係が言った。「ほとんどロシア人です。育ちがよくて、骨格がすばらしいんです」彼女が続けた。「地元の子たちにはないテクニックを持っていますね。たとえば、リューバは裸でいてもすっかりくつろいで見えます」

「ここにいるわたしの連れもそうだ」ドミニクは言い、サマーのほうに顎をしゃくった。「ひじょうにくつろいでいる」その言葉は、まるで悪魔が言わせたようにドミニクの口をつき、サマーに踊らせたいという思いつきを具体的にした。

「しかも、とびきりお美しい。きっとそうでしょう」赤いドレスを着た年長の女性が、新たな関心を抱いてサマーを眺めた。

ドミニクは我慢できなかった。「ここを貸し切りにしてもらえるかな？」

「手配いたします」

「明日ではどうだろう？　新年を祝うイベントのあとでは？」

サマーは椅子に座ったままもじもじしていた。ほかの観客の大半がゆっくりと席を立っていく。

「新年を迎えるディナーを予約してあるが、午前一時に来てもいいだろうか？」ドミニクは申し出た。

「けっこうです」係の女性が言った。「お客様は何名くらいご入り用でしょう？」

「今夜と同じくらいだ。あまり大勢ではなく。こぢんまりと。言うまでもなく、口が堅い客にしてもらいたい」

案内係がサマーのほうを向いた。「ステージに立つ気がおありなのですね、マダム？　ご自分で決めたことだとお考えでしょうか？」

サマーはテーブルの端をつかんでいた。彼女はドミニクから目をそらした。「ええ」とできるだけきっぱり答えた。

「ダンスだけでしょうか……それ以上のことも？」案内係がドミニクに確認した。

「その……〝それ以上のこと〟の中身とは？」彼が尋ねた。

「お客さまは想像力に富んだおかたです。それはお楽しみにしておきましょう」案内係が思わせぶりな笑みを浮かべた。

ドミニクは考えた。「ダンスだけにしておこう」サマーの青ざめた顔を横目で見て、彼は結局こう言った。

サマーが息を殺した。

「当店のアーティストも個人として演じることがございます」案内係が言った。「ご興味はおありでしょうか？」

サマーの心臓はいままでは激しく打っていた。初めに感じた不安がやわらぎ、今度は新たな緊張が体の隅々に広がった。

「連れのダンスを見られれば満足だ」ドミニクが決めた。「このステージでね」彼はうなずいた。

「けっこうです」案内係が言った。「それでは、詳細を詰めましょう」

係がドミニクに数歩離れたところを示して、サマーには聞こえない場所で料金を相談しようと持ちかけた。

交渉は簡単にまとまり、サマーが見ていると、ドミニクがクレジットカードの一枚を手渡し、案内係がそれを小型携帯端末のスリットに通した。

事務処理がすむと、赤のベルベットのドレスの案内係はふたりを階段の下まで送った。

「マダムの衣装はこちらで用意いたします」彼女が言った。「すばらしくお似合いになる衣装を豊富にお見せできると自負しております。ステージにお送りするまでにまる一時間ございますから、必要でしたら、何カ所かサイズのお直しもできるでしょう」

「文句のつけようがないね」ドミニクが言った。

案内係がドアをあけて、ふたりを暗闇に広がるバーボン通りに送りだした。外はかなり冷えていた。

「お客さま、もう一点だけ」

「なんだい？」

「どんな曲をおかけしましょう？」

ドミニクはサマーの目の表情を見て取った。それは期待と不安を物語る輝きを帯び、彼に正しいことを言ってほしいとせがんでいるようだ。

「ヴィヴァルディの『四季』を」

「いい曲ですわ」案内係がほめた。「明日が楽しみです」


深夜、年越しのパーティが盛りを過ぎたころ、ミシシッピ川の真ん中に浮かぶはしけから花火が次々と打ち上げられた。ドミニクとサマーは安全な〈トゥジャックス〉のバルコニーからそれを眺め、眼下の通りでは大勢の人が酔って騒いでいた。

午前零時きっかりになると、ドミニクはサマーを抱き寄せてキスをした。実に単純なしぐさだが、彼女の心に訴えた。

すべてがこれほど単純でさえあったら、これで充分でさえあったら、とドミニクは思った。とりあえず、ふたりには課題があった。

5　暗闇でダンス

裸で踊りたいのに、ショーの司会が許してくれなかった。

司会は堂々とした女性で、やはり赤いドレスを着て、くちばしのついた仮面をつけていた。その仮面を見るとぞっとした。彼女は歴史の本の一部から引きずり出された、富裕層のペスト患者を治療する医者みたいだ。それでもわたしは彼女のあとについて、舞台裏の楽屋に入った。そこに衣装がすべて用意してあった。

楽屋はほら穴のようで、あざやかな紅色に塗られ、子宮を思わせた。天井が高く広々として、イブニングドレスが四方の壁にずらりと並んだ色つきのシフォンとなっていた。ビーズで飾ったシルクのドレスと揃いの靴、スティレット・ヒール、上品なパンプス。その横にはダンサーの小道具もあり、羽飾りのついた扇や、金メッキを施した特大の鳥かごまで天井から吊ってある。鳥かごのなかでは、真っ白な服を着た、鳩に見える女性が、下のなりゆきを興味津々といった面持ちで眺めている。

わたしは女性を見つめ返した。

「気にしないで——あの子は明日の晩のショーの稽古をしているんです」仮面の女性がじりじりしたようすで言った。彼女はさっと手を出し、わたしの体に合う桁外れに多い衣装を示した。「このうちどれかを着てください」

「裸で踊るほうがいいわ」

わたしは自分なりのやり方でステージに出たい。のぞき趣味の観客を満足させるために服を脱ぐのはいや。なんといっても、ドレスをするりと脱いで足を抜くのが苦手だから。そうよ、どうせ裸で踊るはめになるなら、いっそ裸で始めたい。見ている人のためにはなにも脱がないって感じで。たとえドミニクのためでも。

黙ったままのにらみ合いが続いた。もっとも、わたしは司会の視線を浴びているつもりでいたけれど、仮面越しでは彼女がどこを向いているのかよくわからなかった。

「こちらをつけてもらいます」やがて司会が言った。相手を言い負かしてほくそ笑んだわたしの顔には目もくれず、装飾品が詰まった、黒いベルベットの縁取りがある箱を見せた。クリップ式の乳首リング二個、下の唇の両側につけられる揃いのアクセサリー、小さな肛門プラグ。それぞれに赤錆び色のルビーがついている。わたしの髪と同じような色だ。司会が乳首リングのひとつを明かりにかざして前後に振り、石がきらめくようすを見せた。

わたしは肛門プラグに尻込みしたけれど、司会がどうしてもつけるようにと言った。「後援者のかたはきっと気に入りますよ」要するに、ドミニクが彼女に指図してわたしにつけさせたってこと？　それともこれは彼女の思いつき？

司会が飾りを次々とわたしの体につけ、正確に言えば必要以上の力をこめてプラグも差し込んだ。せっかく用意した衣装を断った傲慢な態度をこらしめたのだろう。

鳥かごの女性がこのやりとりを見ていたとしても、彼女はなにも言わなかった。でも、わたしは天井からの視線をひしひしと感じていた。

乳首リングはほんの少し、特に留め金のところが痛む。ただし、このくらいの痛みなら歓びのほうに入る。

司会のあとについて別の廊下を通ると、そこにベルベットの幕が下りていた。ステージへ続く入口だ。わたしは息をのんだ。しばらくここにじっと立っていたら、この話はなかったことになるか、ドミニクの気が変わらないだろうか。曲がかかったらどうするか、まだ考えていなかった。

司会がわたしの背中に手を置いて幕の向こうに押し出した。

初め、そこには暗闇しかなかった。

そのときスポットライトがぱっとつき、ひと筋のまばゆい光が人工の太陽の強烈な光線のようにわたしの体を照らした。

ぎらぎらする光は目もくらむばかりだ。

わたしは右手のテーブルについているドミニクを探したが、目に反射するステージの照明しか見えなかった。

やがて音楽が始まった。

たちまちわたしは両腕を上げた。無意識に、弓とバイオリンを持つように。

それからじっと立っていた。わたしは音楽家で、ダンサーじゃない。とはいえ、その場に釘づけになり、ドミニクの指図にとらわれていた。彼の手で人形遣いの見えない糸につながれているようだ。彼のことを思うと、糸が動き出した。まず片腕が、次にもう片方の腕が。わたしは体を揺らし始め、踊り出し、『春』のリズムに合わせて動きを速め、『秋』の拍子に合わせて動きをゆるめた。

息が切れないうちに曲が終わり、ステージは暗闇に戻った。ひんやりした手に手をつかまれ、楽屋に連れていかれた。

「上出来でしたよ」くちばしのある仮面をつけたままの司会が言った。

わたしはルビーを外すのが残念で、次の機会に乳首リングを買おうと決めた。あれを服の下につけたほうがコルセットをつけるより楽そうだし、朝に身につけるのもはるかに簡単そうだ。テーブルに戻ると、ドミニクの顔が心もちほてっていた。緑がかった茶色の目が、ステージの照明に負けないくらい明るく輝いている。

ホテルに戻る車中の後部座席で、バックミラーで運転手にじろじろ見られながら、ドミニクはわたしを奪うかもしれないと思った。でも、彼はわたしを人前で見せびらかしたがるわりには、妙に秘密が好きな人間だ。自分の思いどおりにわたしを抱くほうがいいのだろう。それには、新年の〝古い街《ビューカレ》〟ことフレンチ・クォーターをまだ歩いている大勢の酔客のあいだをゆっくりと縫っていくタクシーの後部座席でセックスすることは入らないのだ。

ドミニクは自分の側のウィンドウの外を眺め、見納めになるニューオーリンズの風景を満喫していた。首を伸ばし、花火が最後に炸裂して、ほとばしる色が夜空を照らすところを見ている。わたしはすかさず携帯電話のメールをチェックした。もう何カ月も話していない遠方の友人から、いつもの新年の挨拶が届いている。ニュージーランドにいる親友のひとりが大晦日の生まれなので、わたしは海外に引っ越すまでの七、八年間、毎年十二月三十一日は彼女と過ごしてきた。たいていい室内でパーティをして、未成年でも買った安いスパークリングワインを飲み、数年後に高校を卒業して働き出すと、もっと高い酒やカクテルで祝うようになった。今年は彼女に誕生祝いのメールを出しそびれてしまった。こんなことは初めてで、ひどく気がとがめた。わたしは変わったと思われないかと心配で、故郷の友人たちをひとり残らず避けてきた。それに、みんなは新しいサマーを好きでもなければ、認めもしないかもしれない。

シモンからメールが届いている。〝ハッピー・ニュー・イヤー！　二〇一三年はきみの望みが次々とかないますように〟

わたしに自分の望みがわかっていたらいいのに。

ドミニクが身を乗り出して、わたしの膝にそっと手をのせた。わたしは携帯電話の電源を切ってハンドバッグのなかに戻した。朝になったら返事を出そう。

「完璧だったよ」ドミニクが言った。それからわたしたちはホテルの部屋に入った。「わたし専用の、宝石で飾られた娼婦。どんな気分だった？」

「変な気分。あの部屋にはあなたとわたししかいなかったような感じがしたのに、あなたは見えなかった。ライトがまぶしくてだれも見えなかったわ」

ドミニクはわたしに腕を回し、手をくねらせてワンピースの裾に忍び込ませ、お尻の割れ目を指で撫で下ろした。

「肛門プラグにはいやでも目を引かれたよ。あれはわたしの指示には入っていなかった。きみが選んだのか？　それともあの女性が？」

「彼女が選んだの」

「気に入った？」

「ええ。落ちてしまわないかと心配だったけど、その暇はなかったわ」

「買ってあげるから、リハーサルにもつけていくといい」

「それじゃ集中できなくなりそう」

「きみならできる、大丈夫さ。それがあれば、わたしがそばにいないときも、わたしのことを考えるんじゃないか？」

　ドミニクはさっと体をかがめてわたしを抱き上げ、ベッドルームに運んで、うつぶせにどさっとベッドに投げ下ろした。ベッドルームはセックスの匂いでむんむんする。日中に客室係が来てシーツを取り替えたのに。わたしたちがひっきりなしに愛を交わしたので、空気に匂いがついて、甘ったるくなり、雨が降る直前の暑い日の熱気のようだった。

　ドミニクはわたしのワンピースの下半分をウエストまでたくしあげ、脚のあいだに立ち、腿を押し広げた。それから彼は膝をついて、わたしのお尻の丘を左右に分け、舌を割れ目に沿って走らせ、肛門のあたりに円を描いた。彼の息は熱く、舌は執拗だった。わたしは身をくねらせ、この親密な探索にささやかな抗議を示したが、ドミニクはわたしの腰に手を当てて押さえつけ、舐め続けた。

　そこに彼の指が一本続き、やがてもう一本が加わり、あの司会が差し入れた小さな肛門プラグよりお尻の穴を大きく広げた。今夜のドミニクは容赦なくて無口だ。なにも言わないのはのめりこんでいる証拠だろう。わたしは毛布に顔を埋めているけれど、ドミニクのようすは想像がつく。こちらを見下ろして、好奇心に満ちた冷静な態度に思えるものでわたしの歓びの源を探っているはず。彼は潤滑剤をいっさい使わず、自分の舌で湿らせるだけだ。それが今度は下へ移り、わたしのあそこを舐め、歓びの波を全身に送っている。わたしの呼吸が深く、不規則になると、ドミニクは指を抜き、わたしのヒップをつかんで背中から引き寄せ、ペニスを埋めると、うめき声をあげてわたしの背中に倒れ込んだ。こちらがのぼりつめるのも待たずに。

これがわたしのいちばん好きなドミニク。硬くて、荒々しくて、思いやりが欲望にかき消されている。


ニューオーリンズで過ごす最後の夜の記念に、また牡蠣を食べた。もう充分牡蠣を食べたから、次にドミニクと会うまで食べなくてもよさそうだが、最後のディナーとチェックアウトの合間にどれだけセックスしても、彼がもうすぐいなくなる埋め合わせにはならないと思う。

すでにドミニクはわたしを激しく奪い、わたしは彼を激しく奪ったのに、彼は客室を出る前に最後にもう一度わたしのなかに入らずにいられなかった。わたしがドアをあけると同時に、ドミニクがそこに手を当てて乱暴に閉め、わたしの両の手首を頭の上で押さえつけ、片手でパンティを下ろして背後から再び満たした。

わたしのあそこはフライトのあいだじゅううずいていた。ドミニクの肉体のあざやかな記憶が残り、隣の座席のハンサムな男性の気を引けなくなった。

わたしたちは空港で別れていた。ドミニクはロンドン行きの便に乗るからだ。一緒にニューヨークに戻ってから帰国するより、シカゴ経由で帰ればもうひと晩ニューオーリンズに泊まっていける。

あとは、ドミニクが研究奨励金に出願した結果を待つことになる。

ドミニクが長期間ニューヨークにいると思うと、歓びが半分、不安が半分だった。わたしはすっかり自立していて、リハーサルをして、交友の輪を広げ、だれの世話にもならずに、やりたいことはなんでもする時間に恵まれた生活を楽しんでいた。

アパートメントのドアをあけたとたんにマリヤが飛びついてきた。今回の小旅行を一から十まで聞きたくてたまらないのだ。彼女はひどくぶしつけで、毎晩バルドとの愛の行為で立てる音を抑えようとしないことを思えば、驚くまでもなかった。

「セックスのほうは、彼はよかった?」

「マリヤ!」バルドがソファから文句を言った。彼はぴったりしたブリーフ一枚の格好で、だらしなく体を伸ばし、ソファの肘掛けに足をのせている。とても毛深いので、毛布と見まちがえそうだ。だから一月のニューヨークでもこれほど薄着でいられるのね。

「すごくよかったわ」

「彼のって大きい?」マリヤが脚のあいだに手を当てて、象の鼻のように見えるしぐさをした。

わたしはそれに応えて両手の間隔を六十センチくらいあけた。

バルドがむっとしてソファから飛び起きると、大股でベッドルームに入っていき、ドアを乱暴に閉めた。

彼はまたドアをあけてマリヤに声をかけた。「こっちへ来いよ。二羽の年寄りオウムみたいな無駄話はもう終わったんだろ」

マリヤはわたしにウインクして、リビングルームを颯爽と歩いてバルドのところに行った。

十分後、ヘッドボードがバンバン音を立て始めた。

わたしは自分の部屋に下がり、スーツケースを床に置くなりベッドに倒れ込んだ。目を閉じたとたんに眠りについた。ずっと持ち運んできた疲労というマントが、わたしがひとりになったいま、ようやく巻きつく機会をとらえたというように。

夢のなかで、自分が踊っているのを見た。金色の鳥かごに入って天井から吊るされていた。ドミニクが下で見ているけれど、それはあのドミニクではない。くちばしのある仮面をつけた、もうひとりの男だ。

目が覚めたときはちっとも眠っていないような気分だった。

あともう少しでリハーサルが始まる。シモンが決めたスケジュールでは、わたしは当分のあいだ休みを取れそうもなかった。

少なくとも、ありがたいことに安っぽいクリスマス・コンサートは片づいた。あと一曲でも讃美歌を弾くはめになっていたら、バイオリンを窓から放り投げていただろう。一月いっぱい、シモンはわたしたちに一連のラテンアメリカの作曲家の曲を演奏させる。今夜はビラ＝ロボスの曲に取りかかる。わたしは昔から新しいものに接するのが好きだ。このブラジル人のビラ＝ロボスの曲には民族音楽の要素がある。バイオリン・セクションよりチェロのほうに割り当て時間がちょっぴり多いとしても、それで満足だった。シモンがわたしを特別扱いして長めに指導してくれるのも、いいこととはかぎらない。彼はわたしの演奏の欠点という欠点に気づいて指摘する。

その夜、わたしはフライトの疲れが抜けず、休暇後の憂鬱な気分でいた。ドミニクのせいでへとへとだった。新しい痛みに気づくたびに笑みを浮かべたものの、だからといってリハーサルを楽に乗り切れるわけではない。

バイイをケースに片づけていると、シモンが近づいてきた。彼の体は曲が終わると同時にリラックスして、指揮台に立っているときの鋭利な輪郭を失う。いったい、あの威厳のうちどのくらいがオーケストラをまとめるための見せかけで、どのくらいが本来の資質なのだろう。

「ちょっと日焼けしたね、サマー――ニューヨークの冬には珍しい。どこかに出かけたのかい？」

「ちょっとニューオーリンズに……リバーボートで日に当たり過ぎたみたいね。クレオール・クイーン号に乗ったの」

「特別な人と一緒に行ったのかな？」

「友だちよ。ロンドンから来たの」

「よかったね。これで心おきなくリハーサルに励めるだろう。今後は二カ月くらい忙しくなる」

「じゃあ、しばらく休みがないのね」

「まあ、そんなに悪いことじゃないよね？　きみに疲れ切ってほしくないんだ」

リハーサル会場が空になり、ほかの楽団員はこれからのお楽しみにありつこうと夜の街に散っていった。バルドとマリヤまで、わたしたちがリハーサルのあとでおしゃべりをすることに慣れっこになり、先に出ていってしまった。

シモンがわたしに近づき、キスできるほど寄り添った。コロンの匂いが彼のまわりを雲のように漂う。麝香《じゃこう》とスパイスが混じり合う香りは、ドミニクの気取らない石けんの匂いとは大ちがいだ。わたしはドミニクがアフターシェーブ・ローションをつけている姿を見たことがない。

シモンの髪は跳ねていて、わたしの髪より豊かだ。彼の髪は暗い光輪のように顔を縁取っている。一瞬、わたしたちに子どもができたら、きっと髪はプードルみたいだろうと思ったけれど、そんなことを考えるのもばかばかしい。わたしは子どもがほしいとも思わない。

わたしはバイオリンで体の前を覆い、シモンに手を出そうという魂胆があるとしても邪魔をした。そして歩き出し、出口へ向かった。シモンも自分のバッグを取って、一緒にドアまで歩いた。

冷気が吹きつけ、喉の奥が焼けるような感じがした。わたしはバッグを手探りしてミトンを探した。

「いやだわ、手袋がない」ため息が出た。リハーサル会場はアパートメントからほんの二ブロック歩いたところだ。タクシーを拾おうとしているうちに着いてしまう。

シモンが首からマフラーを外して、わたしの両手を取り、手首に長いウールを巻きつけた。それはまだ彼の体のぬくもりで温かかった。

「まあ、そんな」わたしは逆らった。「あなたが凍えてしまうわ」

「使ってくれよ」シモンがウール越しにわたしの手を握った。「きみの手のほうがぼくの手より大切だからね」

「恐れ入ります」わたしは言った。できるかぎり丁重に、かついかにもプロらしい口調で。

小さく一歩下がり、シモンとの間隔を広げていき、別れの挨拶に会釈した。

「また明日」シモンが言い、蛇革のブーツのつま先でダンサーのようにターンして、夜の闇に溶け込んでいった。

わたしは両手をしっかりマフラーを巻かれたまま顔に押しつけ、暖かくした。シモンの香りが家までずっとついてきた。そして、どんなに忘れようとしても、彼の素肌はどんな匂いがするかと考えずにいられなかった。ひょっとしたら、これはコロンの香りではないのかもしれない。もしかしたらシモンは、裸でいると、スパイスとシナモンとナツメグに汗が混じった匂いがするのかも。

その夜、わたしはふたりの男性を夢に見た。ドミニクを思い描くたびに、彼の声を、複雑な欲望を思い出すたびに、頭に浮かぶイメージはシモンと見分けがつかなくなる。きっと、彼の豊かな髪の手触り、手のぬくもり、濃いキャラメル色の肌は、ドミニクの色白のイギリス人の体とはかなりちがうだろう。シモンはバルドみたいに毛深いのかしら。わたしは以前から男性の体毛が好きだ。これは温かさと男性ホルモンと男らしさと結びついている。ドミニクの場合は、胸でやわらかい縮れ毛が連なり、それがおなかで消え、再び股間で生え、黒い矢がペニスを指しているように見える。

結局、わたしはふたりを切り離すのをあきらめ、いっぺんに迎える空想にふけった。ドミニクのペニスに顔を押しつけて、彼を口で、シモンをあそこで。

でも、なんとなく、どちらもベッドを分け合うタイプではなさそう。

この件ではマリヤに助言してもらえないとあきらめている。彼女はドミニクに会ったことがないくせに不信の念を抱いている。シモンびいきで、もっと彼に色目を使えといつもわたしをせっついているくらいだ。

「どうかしてるわよ。あの人がいてくれりゃ、世界じゅうが思いのままじゃないの。ていうか、リンカーン・センターはそうなるのに。じゃ、あのイギリス人はあなたになにをしてくれるの?」

　マリヤはバルドの習慣を真似て、アパートメントのなかでは下着一枚になり、ヒーターを全開にしている。いつも着ているのは、明るい色とりどりのコットンのブラとパンティのセットだった。レースやサテンは好まない。さいわい、わたしの分の家賃は光熱費が込みなので、余分な暖房費はふたりが払っている。マリヤは鶴の仲間みたいな細く長い脚の持ち主で、腿がわたしの二の腕くらいの太さにちがいないが、それでも馬並みによく食べる。バルドは年じゅうダイエット中だが、太い体は断固として贅肉が落ちなかった。「うちのずんぐりモンキー」マリヤはバルドをこう呼び、彼ににらまれるとくすくす笑う。

「どっちがなにをしてくれるかっていう問題じゃないのよ」わたしはため息をついた。

「なに言ってんの。そういう問題でしょうに。とにかく、あきれたことにあのイギリス人とつきあいを続ける気なら、内緒にしておくのね。あなたをものにできる望みが消えたら、指揮者はひいきにしてくれなくなっちゃうわ」

「てっきりマリヤはおれが好きだから一緒にいるのかと思ってた」バルドが話に割り込んだ。

「わたしはあなたの体が目当てで一緒にいるだけよ」マリヤが答え、バルドに腕を絡めて彼の首に顔を埋めた。

　わたしはバッグを取ってそそくさと部屋を出た。ふたりの愛情表現がどんどんなまめかしくならないうちに逃げ出したかった。

今夜はチェリーと約束がある。彼女はアルファベット・シティにあるバーで、フロアショーの一部として猥褻な笑劇を演じている。とてもよくできたショーで、チェリーはスターのひとりだ。ショーは午後八時に始まり、彼女は十一時まで出番がないので、わたしたちは二時間くらい座ってしゃべっていられる。

店に着くと、もうチェリーがなかにいた。薄暗い照明の下でも、あざやかなピンクの髪がかがり火のように輝いている。彼女は入ってくるわたしに目を留め、手を振って自分のテーブルへ来るよう合図して、コスモポリタンを手渡した。

「こういうカクテルを飲むのは久しぶり」わたしは言った。

「ドラマの『セックス・アンド・ザ・シティ』を見て以来?」

「ええ、そんなところ」思わず笑った。

「ぐっとやらなきゃ。あたしは二杯目なんだから。演技のこつはね、ほら、飲んだのと飲み過ぎの微妙な差を見つけて、家に帰るまで乗り切ることなの」

「その手はオーケストラでは使えそうもないわ」わたしは考え込んだ。「ビールを一杯飲んだだけで指揮者に放り出されちゃう」

「じゃ、ロックを弾いたらいいじゃん」

「商売替えはもう手遅れじゃないかしら。ヴィヴァルディのおかげで食べてるんだもの」

「ニューオーリンズで迎えた新年はどうだった? 彼氏が遊びにきたんでしょ?」

「すばらしかったわ。ただ、一日休んで体力を取り戻したいけど。彼のせいでへとへとよ」

「ラッキーだと思わなくちゃ。あたしのボーイフレンドはふたりとも留守なのよ、仕事でね」

「ちょっと待って。あなたのボーイフレンドが〝ふたりとも〟？」

チェリーはにんまりした。「そっ。あたしってラッキーな子でしょ、ね？　カレがふたりもいるんだもん」

「それで、ふたりはお互いのことを知ってるの？」

「そりゃそうよ。ピートにはもうひとりガールフレンドがいるし。いまはその子のところに行ってるの。トニーはバンドのツアー中。彼はあたしとだけつきあってるけど、グルーピーに強烈な色目を使われてる。忙しい人なのよ」

わたしはチェリーをまじまじと見た。「焼きもちを焼かないの？」

チェリーがため息をついた。「みんな決まってそう言うのよね」

「だって、無理もない質問だわ。そうじゃない？」

「たまには焼きもちを焼くわよ。だれだってそうだと思う。でも、ピートとは五年のつきあいなの。あたしたち、うまくやってる。トニーはあたしの浮気相手ってとこ。あたしはひとりの男とつきあうだけじゃ我慢できない。退屈しちゃう」

「だれの思いつきだったの？　あなた、それとも相手の人？」

「あたし、かな。最初はたんに生活に刺激が欲しくて、いくつかの乱交クラブに通い出したの。そこから始まったのよ。あなたはどう？　あなたにはどんな裏話がある？　そのイギリス人の男とは本気なの？」チェリーがカクテルをライトにかざした。「こういう飲み物にコアントローをたっぷり入れたためしがないんだから。あとでバーテンダーに文句をつけるように言ってね」

チェリーのつけまつ毛がグラスに反射して光った。一本一本のまつ毛の先が小さなクリスタルで飾ってあり、雪の上を走り抜けたばかりの蜘蛛の足に見える。

「実は、わたしたちはいちおうほかの人ともつきあってるけど」

「どういう意味？　いちおう、って。つきあうか、つきあわないかのどっちかでしょ。どんな種類の〝いちおう〟も危険なものよ。ちゃんと話し合った？　なにが納得できて、なにができないか、解決した？」

「ややこしい事情があるの」

「ほら、そこがまちがえちゃうとこなんだ。ややこしくないのよ。すごく単純なんだってば。ていうか、単純なはずなの」

「彼はもうすぐ引っ越してくるかもしれないわ。ニューヨークで仕事に応募したから」

「ふうん、それじゃ早いとこ答えを出さなくちゃ」チェリーがカクテルを飲み干した。「もう一杯？」彼女が腕時計を見た。手首につけてあるのはゴルフボール大の、人造ダイヤをちりばめた、ディスコのミラーボールのような球で、蓋をあけるとディジタル表示があった。

「いいわよ。まだ二時間あるもの」

わたしはスツールを下りてカウンターの前に並んだ。明かりが暗くなり、ステージではシャーリー・バッシーの歌う『ゴールドフィンガー』のメロディに合わせて最初の演目が始まった。ダンサーは背が高く、ほっそりしていて、一九五〇年代風のハイウエストの豹柄のビキニを着て、お揃いの桁外れに高いヒールの靴をはいている。人種が混じっていると見え、肌はブロンズ色、豊かな黒髪は膨らませてアフロヘアにしていた。彼女は一連のステップを踏んで踊るばかりか歌も歌い、体重およそ八〇キロのガゼルを夕食に仕留めた若い雌ライオンの自信でステージを支配している。

「悪いわね」チェリーが言った。わたしはコアントローをたっぷり入れたコスモポリタンを彼女に渡したのだ。「あの子が男だってわからなかったでしょ。どう?」チェリーがわたしにささやきかけ、ステージを顎で示した。

わたしはダンサーをもう一度見た。そう、彼女は明らかなふくらみを脚のあいだに押し込んでいるのに、動きは優美なまでに女らしく、なんとなく猫を思わせる。くつろいだポーズを取っていても、いまにもなにかに飛びかかりそうだ。わたしに、だといいけれど、それはありそうになかった。

次の演目は最初にくらべると退屈だった。なかなかの美人が男装しておきまりのストリップを演じている。彼女はそれほど虚勢を張れず、着ていた衣装にぶざまに足を取られて退場していった。わたしはちょっぴり彼女が気の毒になった。

「さてと。そろそろだわ。次の出し物が終わったら、楽屋に行って衣装をつけなくちゃ」

チェリーはステージ脇のドアから姿を消した。特大のバッグを持っているので、そのなかで暮らしているように見える。亀が甲羅を運んでいるみたいに。

チェリーがステージに出たときは危うく見逃しそうになった。その直前にもう一本のストリップがあったが、それは熊《ベア》の着ぐるみを着ている男性が、肝心なところでばかばかしくコミカルな演技をしながら裸《ベア》になっていくものだった。

チェリーは全身ピンクの衣装をつけていた。シフォンのフィッシュテールがついた、床に届く丈のサテンのドレスを着て、羽つきの巨大なピンクの扇を二本持っている。どちらも本人より大きそうだ。さらに、足元はとびきりのスティレット・ヒールで、いままで見たことがない大きさだ。これもあざやかなピンクで、小粒のクリスタルがちりばめられ、チェリーが歩くたびにかすかに光る。スティレット・ヒールをはいた足を除けば、全身は扇ですっぽり隠れてしまう。

チェリーの演技は前の演技にそっくりだと思っていた。これまた魔性の女を思わせる、ストリップにふさわしいスローテンポの歌をBGMにして、優雅に踊りながら衣装を脱いでいく。でも、チェリーにはずっとスピード感があって、リック・ジェイムスの『スーパー・フリーク』のメロディにのって踊っていた。

観客が盛んに拍手を送るなか、チェリーは腰を揺すりながらドレスを脱いでずっしりした乳房を揺らし、乳房につけたタッセルを風車のように回した。締めくくりに、床に仰向けになり、脚を顔の上に持ち上げて、その気になれば自分で自分を舐められるところを見せた。

「すごいわ」わたしはチェリーが席に戻ってくると言った。「いまのはすごく見応えがあった。どうりでボーイフレンドがふたりもいるはずね」

チェリーがはしゃいだように笑った。「今度いらっしゃいよ。振付を教えてあげる」

彼女は唇に相変わらずあざやかなピンクの口紅を塗り、そこにラメとグロスを何度も塗り重ねて大きく見せていた。

わたしはチェリーを地下鉄の駅まで送った。「そうそう、忘れるところだった」彼女が特大のハンドバッグのなかをいつまでも引っかき回している。「プレゼントがあるの」

「今日は誕生日じゃないわよ」

チェリーはロープを引っ張りだした。一メートル二十センチくらいだ。それをわたしに手渡した。「練習できるようにね。自分の体をテーブルの足に縛りつけるときは、手元にハサミを用意するか、結び目をゆるくして、火事になったら抜け出せるようにするのよ。だって、救急隊に事情を説明しにくいじゃない」

「ありがとう」わたしはお礼を言って、ロープをバッグに押し込んだ。「でも、わたしは縛りたいわけじゃないの。縛られるほうが好き」

「とにかく縛り方も習うほうがいいの。そうすれば、縛ってくれる人がどんなに苦労するかわかるようになるから」

帰宅して鏡を見ると、片方の頬にラメがひと筋にじんでいた。チェリーにおやすみのキスをした覚えはないのに。

その週の残りの日はあわただしく過ぎていった。一日にすることはリハーサルと食事と睡眠しかなくなり、基本的にはそれで全部だった。ドミニクからはまだちっとも連絡がない。

「疲れてるみたいだね」シモンにマフラーを返すと、彼がこう言った。

「お気づかいどうも」わたしは険しい口調で答えた。

「もっとリラックスしなきゃだめだよ。ぼくがここに加わったころ、きみは全身で演奏していた。それがいまでは頭で弾いている。もう一度自分を解放するんだ。この前家を出たのはいつだい？リハーサルは別にして」

「先週よ。笑劇を見にいったの」

「それだけじゃだめだ。きみが外に出て世界を見ないかぎり、きみの音楽のなかにある世界観で演奏できない」

ただただ疲れていて、口答えできなかった。わたしはうなずき、バイオリンのケースを取り上げて帰ろうとした。

「マディソン・スクエア・ガーデンで金曜に開かれるロデオのチケットが二枚あるんだ。行かないか？　父を連れていくはずが、事情があってこちらに来るのを先延ばししてね、一枚余ったんだよ」

「ロデオですって？」思いがけない話だ。

「そんな顔をしないでくれ。ロデオはロデオで、闘牛じゃない。ベネズエラ本国でのやり方とはちょっとちがうが、マンハッタンで見るものとしてはいい線いってるね。開始は四時だ。終わったら食事に連れていくよ。二時間も座ってスポーツ観戦をしていたごほうびだ」

わたしは笑った。「いいわ、それじゃ。面白そうだし」

アパートメントに戻ると、マリヤとバルドはソファで寄り添って古いホラー映画を見ていた。マリヤは手で目を覆い、数秒おきに指を開いて画面をのぞいては悲鳴をあげている。バルドは片手を彼女の体に回し、もう片方の手で、ライスクラッカーをローファットのカテージチーズに浸け、ひと口食べるたびに顔をゆがめている。

「ふたりとも、マンハッタンのロデオって聞いたことある？」

「金曜日のチケットが手に入ったのか？」バルドが訊いた。「ついてるな——何カ月も前に売り切れたんだぜ」

「あーあ」マリヤが顔から手をどけた。「シモンとデートね？」

「デートじゃないわよ」

「なんでもいいけど」マリヤが言い、テレビに視線を戻してバルドに抱きついた。女優がけたたましい叫び声をあげたのだ。

金曜日はあっという間にめぐってきて、午後と夕方いっぱいをシモンと過ごす見通しに緊張する暇もなかった。こうして彼を見るたびに不安になる。あの人はわたしの頭から考えを抜きとって、何日か前に、彼のマフラーの匂いを吸い込みながらマスターベーションしたことも知っているのではないかしら。

たった一度だけスポーツ観戦でデートしたことがある。ニュージーランドにいたころのボーイフレンドと、ニュージーランド対サモアの七人制ラグビーを見に、ウェリントンのウェストパック・スタジアムに行った。ゲームは展開が速く、意外にも、スポーツをいっさい見ないわたしにも楽しめた。でも、試合時間の大半は、試合後にロッカールームで選手たちに好きなようにされる空想にふけっていた。彼らの手足はめちゃくちゃたくましく、体は神のようで、ユニフォームのパンツは短すぎ、青少年が見るゲームではないと言われなかったのが不思議なくらいだ。観戦後にボーイフレンドとセックスしたとき、わたしは目を閉じて、屈強な選手たちに次々と奪われる想像をした——両チームの選手に。ただ、どちらかを選べと迫られていたら、サモアチームにしていただろう。あちらのほうがハンサムだった。

この手のデートに着ていく服を選ぶのはいつだって頭をひねる。スポーツ観戦にハイヒールをはいていったらバカみたい。かといって、あまりにカジュアルな格好をすると、夕食の席ではくだけ過ぎた感じになる。結局、ゆったりした錆び色のウールのワンピース、ゴム留めのストッキング、フラットな編み上げブーツ、人造蛇革のハンドバッグを選んだ。

シモンはちゃんとしたカウボーイの服装でやってきた。白いシャツとジーンズを身につけ、巻き毛のてっぺんに茶色の革のステットソン帽をのせている。黒いベルトには銀色の大きな髑髏形のバックルがついていて、つま先がとがったえび茶色のブーツにも両方の足首に髑髏のモチーフが見える。なんだか、派手な髪と足元の釣り合いを取ろうとしたようだ。ほかの人がこの格好をしたらお笑いだろうけれど、シモンは堂々と着こなすので変な趣味だと思われない。

シモンがわたしの手を取ってスタジアムのなかへ連れていき、階段を下りて座席に案内した。最前列の少しうしろで、ここなら観戦にもってこいだ。客の半数がいちおうカウボーイ・ハットはかぶっている。大半の女性は青と赤のチェックのシャツとジーンズだ。見たところ、ワンピースを着ているのはわたしひとりだ。観客の熱気と、明るい照明と始まろうとしているショーの興奮で、体のなかが熱い。乗り手と雄牛がじきに突進してくる地面の匂いがする。埃っぽい、銅を含んだ匂いはオーストラリア北部を思い出す。そこでわたしは短期間働いてからイギリスに移った。

「ルールを教えてちょうだい」わたしは言った。「本当にロデオのことをなんにも知らないんだもの」

「ルールなんかどうでもいいから、見ていればいいさ。毎回八秒足らずで終わってしまうんだ。それも乗り手の腕がよければの話だから、説明している暇はないよ」

シモンの言うとおりだった。乗り手のなかには三、四秒しか牛の背に乗っていられない者もいた。でもきっと、ああいう動物にまたがっていると、数秒が恐ろしく長いのだろう。雄牛はけっして四本の足を同時に地面につけない。ある雄牛は乗り手もろとも一メートルくらい跳び上って、それから地面に戻り、一休みもせずに跳ね続けた。牛たちはまるで地面に電流が通じているように振る舞い、興奮剤を飲んでいる八百キロの牛肉みたいに鼻を鳴らし、跳び、うなっている。

乗り手は想像とはちがっていた。ほとんど小柄で、体操選手を思わせる体形だった。彼らは牛が動くたびに、同じ方向に反応したり逆方向に反応したりして、前後に、左右に、完璧なスピードと正確さで動く。人間というよりぜんまいじかけのおもちゃのようだ。何度か乗り手が落とされ、雄牛が踏み鳴らすひづめの届かない場所へぎりぎりのタイミングで引っ張られた。危うく踏み殺されるところだ。

シモンは目をきらきらさせて見物し、乗り手が何秒か長く体勢を保つと、叫んだり立ち上がったりした。

「脚のあいだにあんな動物がいると想像してごらん」彼がため息をついた。

「うーん」わたしはストローでコーラの残りを吸い込んだ。

「ベネズエラでは、乗り手は馬に乗って牛を追いかけて、全速力で最初に尻尾をつかんで止めようとするんだ。向こうではコレオというんだよ」

「そっちのほうが簡単そうね」

「それをベネズエラ人に言うのはすこぶる危険だぞ！」

「わたし、ちょっとくらい危険でも平気よ。さもなければ、ここに来なかった」

「そうだと思ったよ。どんな子だってロデオに誘えるわけじゃないからね」シモンがわたしに顔を近づけて話した。

わたしは口をストローに戻した。

「少しもらってもいいかい？」

「ごめんなさい……もう飲み終わったわ」

「かまわないさ。ショーはもうすぐ終わる。どこかで飲み直そう」

わたしたちはイーストヴィレッジの七丁目にある〈カラカス・アレパ・バー〉に行った。まだ宵の口なのに、ドアの外まで行列がくねくねと続いていた。

「並ぶだけの価値がある店なんだよ」

「心配しないで。必要とあらば、とっても辛抱強くなれるから」

「わかってる。ほら、前から思っていたんだが……」

「危ない習慣よね」

「たしかに、最近ぼくは厳しかったけど、きみは例のソロをやるべきだ。それだけの実力がある。ぼくから何人かのプロモーターに口をきいてみる。ホールを満杯にできるぞ」

「きみは頭で弾いてる、って言ったじゃないの」

「皮肉はよせよ。いつだって改善の余地はある。どう思う？　きみが使ってるリハーサル場所は薄汚いところだよね。うちの地下室を使えばいい。防音室だ。引っ越してきたときに改装して、すごく快適になった。ぼくが追加の指導をしてもいい」

「それはとてもありがたいわ。でも……」

「でもはなし。きみには才能がある。自分を信じて。このコンサートがきみの大きなチャンスになりそうなんだよ。招待客のリストにエージェントを何人か入れておくからね」

「いいわ」

「いいかい？」

「ええ。いいわ」

シモンがわたしに腕を回して抱き上げ、左右の頰に唇を押しつけた。ステットソン帽が地面に落ちた。

「とにかく、いまは脱いでおくのが無難だな」彼は言い、にっこりして帽子を拾った。

わたしたちは四人の客と相席になってテーブルの端に押し込まれた。四人は食事中で、顔つきで判断できるものなら、ここの料理は絶品にちがいない。

「とりあえず、ワカモーレとコーンチップ」とシモン。「それからマルガリータ——お祝いだからね」

「あとはお任せ」わたしは言った。「わたしはなにがなんだかわからないの。あなたを信用してるから」

「後悔するかもしれないよ」

「しないわ」

ふたりで食べ、飲み、とうとうわたしは車で帰らなくてはだめだという気分になった。

「メニューに載ってる料理を全部頼んだの？」最後に残った、タハダスという塩からいチーズをかけた揚げバナナを見て、わたしは名残惜しそうにおなかを叩いた。たしかに、デートをするとウエストラインが危なくなるわ。

「そうでもないよ」シモンが笑った。

シモンは歩いてアパートメントまで送ってくれた。どちらもマルガリータを四、五杯飲み、まぎれもなくほろ酔いだった。正直に言えば、わたしは酔っ払っているというほうが近い。飲んでいるのがひとりじゃないというのは、気分が変わったけれど。

わたしは壁にもたれ、ハンドバッグのなかのアパートメントの鍵をごそごそと探した。

「閉め出されるはずないわ」わたしは言った。「玄関のドアは外からロックするんだもの」

「いいかな?」シモンが声をかけた。「ぼくのほうが酔いが醒めてるみたいだ」

わたしがバッグをあけると、シモンがおずおずと手を差し入れた。

「こんなにたくさん持ち歩く必要があるのかい?」

「いつ靴の替えが必要になるかわからないじゃない」

シモンはチェリーがショーのあとでくれたロープを引っ張り出した。あれからずっと、バッグの底に埋もれていたのだ。

「ぼくを誘拐する計画だったとか?」シモンがわたしの目の前でロープを揺らした。

「これでもガールスカウトなの」ほがらかに答えた。

「きみには驚かされてばかりだ」シモンはわたしのウエストにロープをゆるく巻きつけ、両端をつかんで引き寄せた。「さあ、つかまえたぞ」

そして、彼がわたしにキスをした。

彼のキスは温かく、飲んでいるせいか、ドミニクのキスより荒っぽかった。彼はテキーラの味がした。息を吸い込むと、彼がつけている香水のいつまでも残るスパイスだけが匂う。ジンジャーブレッド・ビスケットを焼いたあとでキッチンに匂いがこもるように。

シモンがロープを落としてわたしの髪に両手を埋め、頭をしっかり抱えた。

わたしは息をひそめた。ドミニクがしたように髪を引っ張りながら、もう一度キスしてくれないかしら。なじみ深いぬくもりが全身を流れ、一瞬シモンを部屋に招き入れたくなった。

だが彼がぱっと体を離し、両手をぎくしゃくと下ろした。

「すまない――こんなことしちゃいけなかった」

「いいのよ。わたしたち、協力しなくちゃ」

「そうだね。これはまずいよな」

「たしかにまずいわね」

わたしはロープを拾ってバッグに戻した。アパートメントの鍵はサイドポケットで光っている。いつも入れておく場所で。

「さっきそこに手を入れたのを見たわよ」とがめるように言った。

「入れたよ。きみを引き止めようとしただけさ」

「ロデオは楽しかったわ。夕食もごちそうさま」

「つきあってくれてありがとう」

シモンはいつものシモンに戻った。気さくで、プロらしく、くどくけれども本気じゃないという感じ。ただし、さっきのキスを考えると、やっぱり本気だったのだろう。

「もうなかに入るわね」

「ぼくも帰って休むとするか。明日はリハーサルだ。それに、きみのソロコンサートの準備も始めよう」

「おやすみなさい」

「おやすみ」

シモンを玄関の階段に立たせたままドアを閉めた。

まだドミニクから知らせはないが、大西洋の向こうから届く彼の非難をひしひしと感じた。

6 スプリング通りの孤島

研究奨励金を支給するという正式な申し出がドミニクの自宅のポストに届いたのは、ニューヨークから戻った二週間後のことだった。最初の印象ではもっと早く通知が来るはずだったので、期待してては妙に落ち込んで、を繰り返しながら決定を待っていた。

それはドミニクがしきりに願ったとおり、前向きの返答だった。彼には研究奨励金と給付金が与えられ、イースター休暇が明けたらマンハッタンでの生活が始まる。ニューヨーク市立図書館の付近に小さなオフィスを用意され、コンピュータで館内の全データにアクセスでき、必要な本はどれでも借りられるよう手配される。一カ月に一度の講演を求められるが、テーマは自由だし、たった一時間のことだ。五番街と四十二丁目の角に立つ、入口にライオン像がある壮麗な建物で、実際にどれくらいリサーチすることになるかは一任されている。

ドミニクが必要な手続きをすませる時間は三カ月足らずだ。ロンドンの大学から長期休暇を取り、留守中の代役を探す手助けをして、なにより肝心なことは、ニューヨークでの住居を探す。図書館はこの点で力になれないのだ。

ドミニクはサマーに電話をかけた。

「とうとうやったよ。研究奨励金を手に入れた」

「すごいわ。本当によかったじゃない」

「イースター休暇が明けたらすぐにそっちに着く」

「あら……」

「どうした？」

「そのころはソロコンサートのリハーサルがびっしり入っていそう」

「かまわない。これから家を探しておく。きみが昼も夜もひっきりなしにバイイを弾ける場所だ。隣人を悩ませる心配をせずにね」

「なんだか楽しみ」サマーが言った。「それまでは、シンフォニアのリハーサル場所の奥にある小部屋で弾くしかないわ。あまりインスピレーションが湧くような穴倉じゃないの。おまけに、何日も前から予約しなきゃいけなくて。追加のリハーサル時間を欲しがっている楽団員がたくさんいるのよ。シモンはアッパー・ウエストサイドのアパートメントを使っていいと言ってくれたけど、好意に甘えるのは抵抗があるわ」

「それでいいんだ」

「どのみち、練習するときはひとりになりたいし」サマーが言い足した。

「わたしはどうなる？　もう専用の演奏会はなしか？」

「ああ、それとこれとはぜんぜん話がちがうでしょ」

マンハッタンで賃貸住宅を探すのは、予算にかなり余裕があっても、みんな四苦八苦する。それが遠方からとあってはなおさらだ。インターネットで探すと検索に時間がかかるので、ドミニクはついに現地の不動産業者を調べてソーホーのロフトを見つけた。ウエスト・ブロードウェイの角に近いスプリング通りに立つ建物の五階だ。

代理で下見をしたサマーが文句をつけようがないと言った。とっても広くて、と彼女は報告した。びっくりするほど明るくて、音響効果は嘘みたいにすばらしい。家具はごく最低限必要な物しか置かれていないが、ドミニクの蔵書がどんどん増えていくので、すぐに温かみと個性が加わることだろう。

賃貸契約は一年分で、ドミニクがニューヨークに来る満一カ月前にサマーが引っ越して、ここを使えるようになっていた。最初は、彼女はクロアチア人の友人たちと離れるのは気が進まなかったが、すぐに楽しみになってきた。夜、あのふたりが楽しげに交わる物音を聞かずにすみ、気が散ってばかりいることもなくなるはずだ。

サマーは電話でドミニクと話すたびにふたりの武勇伝をこまごまと語った。好きもののクロアチア人カップルの話を聞くと、ドミニクはいつも心から笑い声をあげる。あとになって、沈み込んだサマーがかならずつくづく考えた。実物のドミニクはめったに笑わない。なぜだろうと彼女は思った。

ドミニクはロフトの写真しか見なかったので、サマーが引っ越すと、なかのようすを説明した。

「ベッドルームはパーティションで区切られて片側の隅にあって、それ以外は広いワンルームで木の床はピカピカ。まるで舞踏室にいるみたい」

「本当かい？」

「キッチンはハイテクの塊よ。こんなキッチンを使ったことないわ。調理台は花崗岩だし、最新式の調理器具が揃ってるし。宇宙時代の品物ね！　ここでオムレツやビーンズのせトーストを作れるかどうか、わからないけど――テクノロジーを侮辱するような気になるんじゃないかしら」

「外食すればいいさ」

「だめ」サマーが言う。「あなたに食事を作りたいの。あまり男の人に作ったことないのよ。恋人には」

「よかった。それなら、もうコルセットやビンテージのバイオリンは必要ないようだね。今度は難解なレシピが満載の料理本を買ってあげなくてはな。そうだろう？」

サマーが嬉しそうに笑った。「大きな出窓があるわ。たくさん光が入ってくるの。でも、眺めは悪いの。向かいの建物の大きな灰色の正面が見えるだけ。向こうには一枚も窓がなくて、配管と窓格子もない。ちょっと見苦しい。でも、そんなわけで、夜はしんとしてるわ。通りには深夜まであいてるレストランがたくさんあるのに。気味が悪いほど穏やかよ」

「おまけに人目につかない？」

「ぜんぜん」サマーが請け負った。

「最高だ。そちらに着いたら、きみに裸でリハーサルしてほしいね」

「あなたがここを選んだ理由はそれだけじゃないかという気がしてきたわ」

「ご明察」

自発的に、またドミニクには知られずに、サマーは早くも裸でロフトを歩き回るようになっていた。バイイを弾くにしろ、ぶらぶらするだけにしろ。昂ぶりそうで、自然で、これでいいという気がした。このロフトは新しい天国であり、無邪気な遊び場だった。

サマーはこの部屋のがらんとした雰囲気が気に入った。なるべく物を置かない主義と白い壁。むき出しの煉瓦積みが鉄骨の梁のあいだから等間隔に、芸術的にのぞいているようすは、広い壁一面に茶色のペンキをざっと塗りつけたようだ。

サマーは蘭を何本か買い、ロフトのあちらこちらに飾って色を添えた。熱帯植物をベッドルームに置こうかどうかと迷った。ドミニクは花が好きだろうか。まだ知らないことがたくさんある。

一緒に暮らしたら、どんな感じになるかしら？

ニューヨークに来る手配をして、ドミニクはサマーにいままでとはちがう状況に向かわせた。一緒に暮らすのは大きな決断だったが、彼女にはきちんと同意した覚えがなかった。いわば、まったくの惰性でそうなり、体が脳に相談せずに決めたようなものだ。

恋人と同居するのは久しぶりだった。サマーはこれまでずっとルームシェアをしながら各国を渡ってきた。オーストラリア、ロンドン、ニューヨーク……。

うまくいくだろうか？

ひょっとして、うまくいく？

「あなたがここにいてくれたらいいのに」サマーは言った。

「楽しみにしているよ」ドミニクが答えた。

サマーはふと思いついた。「蔵書も送ってくるの？　リサーチのために？」彼女は訊いてみた。

「本棚を買おうかしら。イケアあたりで。いつでも探してくるけど」

「買わなくていい」ドミニクが言った。「必要な本はすべて図書館で手に入りそうだ。必要以上にね」

「わかったわ」

「あとほんの一カ月だ」

「ええ」

「ただ、一点……。われわれの取り決めはわかっているね。もし、きみがこの一カ月でだれかとつきあいたくなったら……」

「なあに？」サマーの心臓が一拍打ちそこねた。

「そちらへ、あるいは別のところへ行くといい。そのロフトではなくて」

「わかった」

ドミニクの言葉は指図なのか励ましなのか、サマーにはわからなかった。


善意は偶然に邪魔されることが多い。ロンドンからニューヨークへ向かう便で、ドミニクの左手で窓側の席に座った女性が『グレート・ギャツビー』を読んでいて、またとない話のきっかけとなった。これはドミニクが以前から繰り返し熟読してきた、冒頭から結末までほぼ暗唱できる本だった。女性の名はミランダという。

彼女がほかの本を読んでいたら、話はあっという間にきわどくなっていただろうか。あるいはサマーがマンハッタンで火遊びをした愉快な話が頭のなかで尾を引いて、もう何週間も胸にわだかまっていなかったら。

ドミニクは自分が嫉妬深い男ではないと思っていた。彼は現実主義者だった。

だからこそ、いまのふたりが交際する条件をサマーに念を押して、お互いに束縛しない形式に同意したのだが、ときに心は理屈に逆らうものだ。

　サマーとはちがい、ドミニクはことさらなにかを始めたりせず（おまけに彼女はわざわざなんとかいう——ゲイリーかグレッグか？——男と知り合いになっていた）、なりゆきに任せ、人づきあいも自然に任せるほうが性に合っていた。何年も前、まだ二十代前半で金に困っていたころ、ロンドンとパリの往復便の正規料金を払えず、両都市を行き来する安い長距離バスを利用して、ウォータールー長距離バス発着場からレピュブリック広場まで乗った。その車内でダニエルと隣り合わせになった。黒髪の若いフランス人女性だ。彼女もドミニクのよく知っている本を読んでいたのかもしれない、さだかではない。会話はよどみなく進んだ。

　ダニエルはロンドンから帰国するところで、そこで暮らしているインド人医学生との遠距離恋愛がいまにもだめになりかけていた。そのときドミニクには相手がいなかった。ふたりは楽しくしゃべり、電話番号と住所を交換してからパリで別れた。ダニエルは見るからにふしだらで気ままな感じがした。一週間以内にドミニクは彼女に電話をかけ、ふたりはベッドをともにして、一年半のあいだたびたび関係を持った。あるいは、とにかくドミニクがダニエルの膨大な数の恋人リストに載り、彼女は驚くほど気前よく体を許して、日ごろから寝ているのはあなたひとりじゃないとあっけなく認めた。ある夜など、ふたりがサンテ刑務所の近くにあるダニエルの小さなフラットで、疲れ切ってベッドで横になっていると、別の男が玄関ドアをノックした。すると彼女はいそいそと男を招き入れ、三人ともベッドに入り、彼女がひとりからもうひとりへと移ると、ふたりの男は交代で彼女にまたがった。

ドミニクが帰国してロンドンで暮らしてからは、ダニエルとの連絡は途絶えていたが、ある日の午後、仕事中にうろたえた声で電話がかかってきた。関係している男の財布を盗んだばかりに、家を追い出されたという。所持金がなく、どうしてもドミニクに助けてほしいと。八方ふさがりで、ロンドンにひとりきり、男にスーツケースを取られて着替えさえない。ダニエルは捨て鉢になってソーホーの裏通りで体を売ろうとまでしたが、うまくいかなかった。ドミニクは午前二時にブルームズベリーにあるホテルの部屋を取り、翌日パリに戻る旅費を貸してやった。その夜は帰宅するにはもう遅く、タクシー代の持ち合わせもなかったので、ドミニクはダニエルとふたりで狭いホテルの部屋に入り、早朝までセックスした。彼女はほとんど泣きどおしだった。いろいろあって、ふたりともこれきり会うこともないとわかり、アナルセックスをした。ドミニクの初めての体験だった。彼は仕事があるので早朝に出ていった。ダニエルはベッドでぐっすり眠っていた。化粧がにじみ、乳房の茶色の乳輪が乱れたシーツからのぞいていた。彼女はいつでも飽くことを知らない恋人であり、その向こう見ずな態度に彼はときどき怖くなった。彼はさよならも言わなかった。それをのちのちまで悔やむことになった。

前々からドミニクは、ダニエルはひどい目に遭う予感がしていたが、十年後、ふと気になってグーグルで彼女の名前を検索したところ、ボルドーで社会学を教えていて、ひじょうに特殊な人文学科目で論文まで書いていた。もっとも、彼はあまり読む気になれなかった。

まったくの偶然からふたりのバスの切符の番号が連番だったため、彼らは結びつけられ、やがて、思いがけなく、ドミニクの初めてのアナルセックスにつながった。それ以来、彼はリラックスして人生の潮流のあらゆる予期しない方向に導かれ、けっして流れに逆らわなかった。

自分は本の匂いを漂わせているから、偶然の出会いは学問と結びついたものが多いのだろうか？　ミランダは、ニューヨークへ向かう機内での話し相手は、アップタウンにあるハンター・カレッジの事務補助員だ。ドミニクは以前からひそかなカリスマ性のある話し手だった。それも講演者としての強みになっている。テーマが好みに合うと思えば、機嫌よくいつまでも話し、さまざまな説を、脈絡のない話を、ふと浮かんだアイデアを自信満々に披露しても、学者臭くなったりわざとらしくなったりしない。『ギャツビー』となると、まさに専門分野なので、ミランダと話したり彼女をからかったりして、このときのフライトは苦もなく過ぎた。七時間があっという間だった。サマーのこと、ニューヨークでどうやってうまく同居していこうかと考える暇がなかった。

ミランダはグレイのビジネススーツを着ていた。スカートは膝丈だが、彼女が座席で姿勢を変えるたびに、だんだん腿のなかばまでずり上がっていく。きつめのブラウスは、どう見ても下につけている黒のブラで張り詰め、ボタンとボタンのあいだに少し隙間ができている。首は驚くほど華奢で、飛行機が飛んで機内の温度が上がると、肌がたいそうピンクにほてった。

ミランダは離婚してアッパー・イーストサイドでひとり暮らしをしている、とドミニクは聞いた。彼女は話に夢中になり、大事な意見を言おうとすると、たびたび手を伸ばして彼の腕に触り、何度かは膝にも触れた。ドミニクはボディ・ランゲージの専門家ではないが、これは彼自身もよくしていた。なにげなく、無意識に。ただし、その相手は惹かれた女性にかぎる。

ジョン・F・ケネディ国際空港に着くと、ふたりは住所などを交換して、連絡を取り合うことにした。ドミニクは名刺の裏にミランダの電話番号を書き留めた。ニューヨークで新たに電話を引こうと考えていた。ここでロンドンの番号を使うのは実用的ではない。それではミランダについて、彼が行動を起こす番になる。彼女には、ニューヨーク滞在中は別の女性と同居することをあえて教えなかった。

さらに偶然が重なり、ふたりの機内預かり荷物がほとんど同時にターンテーブルに現れた。それを見たミランダの顔に浮かんだほほえみは言葉よりも雄弁だった。彼女もまた、偶然を信じているのだ。

方角がちがうことをいいわけにして、ドミニクはタクシー乗り場で別々の車に乗ろうと言い張った。ごまかすのは簡単だ。

今回の運転手はベトナム人で、ドミニクがスプリング通りと告げると、彼のイギリス英語のアクセントを必死で理解しようとした。

いつもの道路が見えてきた。マンハッタンの外の自治区がだらだらと続き、サザン・ステート・パークウェイを通って、アトランティック街でおきまりの迂回をしたあとは、ヴァン・ワイク高速道路とエアトレインの線路を支えるコンクリートの柱の列が続き、やがてジャマイカ病院を通り過ぎて最後はミッドタウン・トンネルに向かって突き進む。これまで何度この道を通って、両方向の交通渋滞を抜けてきただろう？

ドミニクは深く息を吸った。

今回はもう前とは事情がちがってくる。

旅の終わりにはサマーがいる。

タクシーがソーホーに着くと、春のにわか雨が降り出していた。車と建物の屋根のない玄関ドアのあいだに雨宿りできる場所はない。ドミニクはベルを鳴らした。

「わたしだ」

サマーが予定どおりに家にいて、電子ロックを解除してドミニクをなかに入れた。

エレベーターが早くも一階に着いて、ドアが開いていた。産業用だと見える。すでにドミニクは知っていたが、昔この建物には、どの階にも季節労働者が雇われた作業場がずらりと並んでいた。やがて安物の衣料ビジネスがアップタウンのほうに移って、ガーメント地区になったのだ。ひじょうに広い空きスペースには、陽光と安い土地代に惹かれた画家が入居した。現在では、ソーホーのロフトの家賃を払える画家はほとんどいない。ロフトは投資銀行員やヘッジファンド・マネージャー、ビジネスマンにひったくられているのだ。

五階は三室のアパートメントに分かれていて、ドミニクが借りたところはエレベーターを降りた廊下の突き当たりだった。

ドアが半開きになっている。

スーツケースの取っ手を握り、足でドアを押しあけた。ワニスを塗った木の床がわずかな斜面に続いている。外の廊下と並行して、キッチンの右手まで走っていた。その向こうにロフトのゆったりしたスペースが広がり、出窓まで伸びている。そこから雨のカーテンが今日のどんよりした空を隠しているのが見えた。

天気が荒れ模様なので、サマーは明かりをつけていた。備えつけのスポットライトが天井の隅から隅まで並び、ロフトを二分している。

リビングコーナーの真ん中の、明かりの当たる場所に、サマーが立っていた。裸で。

大切なバイオリンを片手で、脇に持って。

生意気な笑みが顔に広がった。

ドミニクの目がサマーに吸い寄せられた。口紅を塗った唇から乱れた巻き毛を結い上げた頭、どぎつい赤に塗られた乳首へと。彼女は自分自身を引き立てるために口紅を使っていた。何カ月も前にドミニクがそうしたように。

彼の視線が下に向かった。恥毛は生え始めているが、下の唇にも色が塗られているのが見える。

ドミニクは心臓が止まりそうになり、スーツケースから手を放した。

サマーが華やかなしぐさでバイオリンを顎に当てた。お互いにふたりだけのものと見なしているひそやかな儀式の奴隷。そして彼女は演奏を始めた。

ヴィヴァルディの『四季』の第二楽章だ。

ドミニクの胸に強い思いがこみあげた。

複雑にもつれる感情に襲われ、彼は立ち尽くしていた。

サマーの贈り物にどきりとした。彼女の出迎えに。これからマンハッタンで一緒に過ごす日々に捧げる、この序曲に。

ひとつひとつの音がなじみ深く、また新鮮に響き、思い出やこれまでの出来事、サマーのまぶしい裸体の光景を呼び覚ました。ああ、今度の春はどれほどやさしくなることか……。

曲がロフトの壁のいたるところに渦を巻くと、サマーが音楽のなかに閉じこもり、目を閉じた。

このヴィヴァルディの旋律はいまでは彼女の一部だった。ふたりの一部だろうか？

ドミニクは勢いよく靴を脱いだ。いつものように、黒のストレッチ素材の靴下をはいている。それも脱ぎ捨てた。こうした木の床は裸足で歩くためにある。サマーに近づき、彼女の体がやさしいぬくもりを放つのを感じた。かすかにグリーンノートの香水が香り、演奏で体の隅々まで温まった肌にうっすらと汗がにじみ出ている。

ドミニクははっと息をのんだ。

サマーのまわりを歩いた。背中は雪のように白いが、ドミニクは以前の傷跡を思わずにいられなかった。背中と尻にうっすらと走る鈍い色の跡は、とっくに忘れられた格子状の細いタトゥーが蒼白な肉体に彫られているようだった。緊縛されたというロープも、一時は跡をつけたにちがいない。

ドミニクはさらに歩を進め、全身がサマーの体に近づいた。彼は彼女の耳の端にそっとキスをした。

サマーが目を閉じたまま、わななないた。無意識に動いたせいで、奏でている旋律にかすかな揺らぎが生まれた。彼女は背筋を伸ばした。

ドミニクは三十センチほど下がり、再びサマーのまわりを回って、今度は彼女と向き合った。演奏中の腕の動きを妨げず、ドミニクは一本の指でサマーの肩から脇を撫で下ろし、手をひねってビキニラインをなぞり、彩られた唇沿いに走らせた。彼女の前にひざまずき、両手で脚を大きく広げさせた。ドミニクは顔を近づけ、触れそうになったが、触れなかった。彼にはわかっていた。バイオリンを弾いているサマーには彼が見えず、彼の舌がゆっくりと、彼女の濡れた、誘うような唇に近づいていくのも見えない。

サマーは演奏を続けたが、ドミニクは彼女の体中が叫んでいることに気がついた。その大切な楽器を放り出してその人をつかみ、挑発してこの体を速く、激しく探らせなさいと。サマーはドミニクにじらされていると知っていた。もてあそばれていると。誘惑して演奏に没頭させまいとしている。もっと働きかけるように。演奏がだんだん不安定になり、プロらしさが欠けてきたのをサマーは自覚していた。彼女のなかの音楽家は自分のお粗末な演奏に啞然としたが、女の部分ではどうしようもなかった。

ドミニクがつかの間手を止めて、このひとときを味わい、サマーの味を堪能した。彼女が塗った口紅の蠟のような味は甘ったるくて、彼の唇にも色がついたはずだ。ここで鏡をのぞいたらピエロにも見えるだろうな、と彼はのんきに考えた。サマーはすっかり潤っていて、ドミニクは彼女のなかに舌を這わせるたびに手応えを感じていたが、それでも彼女は演奏を続けた。彼は彼女の秘めやかな部分に顔を埋め、舌先で感じやすい芽をはじき、それがこわばるのがわかると、唇で含み、締めつけ、さすり、嚙みつきたいという強い欲望を抑えた。サマーは演奏の調子を外さずに脚を開く角度を変え、もっと奥まで彼を迎え入れた。ドミニクの髪が彼女の腿の内側をかすめる。彼は喜んで招待を受けて舌を深く差し入れ、あふれ出す液を味わった。

サマーの下腹部の中心から激しい震えの波がせり上がり、彼女がのぼりつめたちょうどそのとき、曲が決められたとおりに終わった。

外の雨はすでにやんでいて、それからはしばらく静まり返った。サマーはロフトの真ん中で塩の柱になったように、目を固く閉じたまま、気をつけの姿勢で立ち、ドミニクは彼女に向かってひざまずいていた。ふたりともどちらが口火を切るべきか、なにを言おうかと迷っている。判断ひとつで恐ろしい結果を招きかねないというように。

サマーのとぎれとぎれのあえぎ声がして、沈黙が破れた。彼女は呼吸を落ち着けようとしていた。

ドミニクは硬い木の床から立ち上がり、室内を見回した。キッチンの花崗岩の調理台の上に、サマーのハンドバッグとピンクの携帯電話、鍵束の隣にロープが置いてある。例の入門クラスのおみやげだろうか。

「ここにいてくれ。目を閉じたままで」ドミニクは調理台に歩いていって、短いロープを取り上げ、両手で重さを量った。長さは充分だ、と彼は踏んだ。ちょうどいい。

彼はサマーのところへ戻った。

彼女のそばに立って首にそっとロープを回し、ゆるい輪を作って留めた。

ドミニクはサマーの緊張ぶりが手に取るようにわかった。彼女は呼吸を整えようと、落ち着かせようとしている。

「おいで」

ドミニクは即席のリードをやさしく引いた。サマーが両足を揃え、おずおずと片足を前に出し、ロープが伸びている方向に歩み出した。

ドミニクは彼女をベッドルームに連れていった。

ドミニクがニューヨークに着いてからまる二週間になり、彼とサマーは気楽な日課にすんなりと入り込んでいた。

ドミニクが図書館で研究をしているうちはサマーがリハーサルに励み、いまのところ衝突することはなかったが、じきに彼女のソロコンサートが近づけば、もっと難しくなるのはどちらもわかっていた。サマーは練習時間を増やす必要が出てくるだろうし、指揮者のシモンから特別指導を受けることになっていた。ドミニクは三人でディナーに行こうと持ちかけたが、サマーが公私のけじめをつけたいという口実でこの話をまとめようとしなかった。

「いつもふたりきりでいるわけにはいかないよ」ドミニクが言った。

「だめかしら?」

「ロフトの囚人になった気分がするじゃないか。きみとわたしだけで世間を敵に回して」

「一緒にいるって、そういうことじゃないの?」サマーはいらだち気味に訊いた。

ドミニクと一緒に住む話に同意したとき、自分ではどうなると思っていたのだろう。この家庭的な生活をする心構えがあるのかどうか、サマーはよくわからなかった。たしかに、いまでもときどきドミニクはおやっと思わせ、予測がつかず、彼女のなかのふしだらな女と心が通じ合う。彼女が渇望しながらつねに言い表せるわけではない、思いがけない方法で主導権を握るのだ。そうかといって、サマーは日ごとにこの気持ちを保っていられないとも思った。彼女はふたりの関係に必要な習慣のとりこになっているけれど、そのいっぽうではさらなる挑戦にきりもなく憧れている。まったくもう、こんなにややこしいなんて……。

ドミニクはサマーがチェリーと過ごす時間を知りたがった。それは緊縛のクラスで、彼女がかかわるようになったソフトなSMの集まりだ。彼を紹介したほうがいいかもしれない。困ったことになるはずがない。

「そこで友だちができたの——ほら、ロープを使ってみたときに。名前はチェリー。どこかで会って、一杯やりましょう。あなたも彼女が好きになると思う」

「それはいいね。賛成だ」

サマーは携帯電話を取って段取りをつけた。三人は、ブリーカー通りの彼女が知っているバーで四時に会うことになった。飲んでいられるのはせいぜい二時間だ。その晩チェリーがバワリー街の店でショーに出るからだ。


ブリーカー通りは、いつもの夕方のように変わり者やなにかの予備軍、観光客でざわめいていた。彼らは通りを歩き、ハウストン通りを横切り、ほかにも数え切れないほどあるバーを通り過ぎた。

「どうしてよりによって〈レッド・ライオン〉なんだ？」ドミニクはあらかじめサマーに訊いておいた。

「あれはイギリス式のバーでしょ？　わたしたち、あなたが故郷の雰囲気を楽しんでくれるかと思って」

酒をたしなまないドミニクは、パブ好きだったためしがなかった。このことにサマーは気づいていないと見える。ふたりがセックス抜きで会う場所は、小さなカフェか、ロンドンのあちらこちらにあるイタリア式のエスプレッソ・バーだった。

たまたま、その晩はヨーロッパで行われているサッカーの大試合がテレビで生中継されていて、

〈レッド・ライオン〉は在住外国人と野次馬のアメリカ人で超満員だった。そこで三人はしかたなくブリーカー通りをさらに進んで〈ケニーズ・キャスタウェイ〉に入った。このフォーク・クラブは、ジョーン・バエズやボブ・ディランなどがいたグリニッチ・ヴィレッジ全盛期から生き抜いてきた。カウンターはがらんとして、テーブルにもまだ空きがあり、多少はプライバシーが望めるようだ。

ドミニクはチェリーがひどく小柄で驚いた。笑劇の出演者のイメージとは食いちがっていたのだ。小柄でコンパクトな体の上に、ショッキングピンクのプリン容器に似た髪が載っている。ふくらんだキャンバス地のバッグが肩から下がっているせいで、なおさら小さく見えた。

「あたしの七つ道具よ」チェリーが重そうなバッグを床に下ろした。「いつも必要以上に詰め込んじゃうみたい。着替えでしょ、アクセサリーでしょ、靴が五、六足……。仕事がそうなのよ——なにが必要になるかわからなくて」彼女は弁解するように言い、指輪が並んだ手で染めた髪を引っ張って癖を直した。

ドミニクはコーラの氷を控えめにするようバーテンダーに頼み忘れ、氷で埋め尽くされた超アメリカ式で運ばれてきた。女性はふたりとも、チェリーの髪に敬意を表してピンクのカクテルを注文した。サマーがふだん飲むものではない、とドミニクは思った。特に、バーに日本のビールが各種揃っているときは。

「で、あなたがドミニクね？」ピンクの髪の、胸が大きくてぴちぴちしたサマーの友人が言い、ドミニクをじろじろ見た。黒のレザージャケットは端が擦り切れ、ところどころつぎが当ててある。彼女は脚に張りつくような豹柄のレギンスと、きらきら光る超ハイヒールをはいていた。パブよりキャバレーの芝居にふさわしい服装だ。

ドミニクは、自分たちの過去と関係を新しい友人にどこまで明かしたのかをサマーに訊き忘れていた。

「正真正銘のね」

「いかにもイギリス人」チェリーが言った。

「そして、きみがチェリー。ロープ使いの女性だ」

ふたりが始めたつばぜり合いを見守り、サマーがほほえんだ。

チェリーがグラスを掲げた。「新しい友だちに」と高らかに言った。

ふたりもそれにならった。

「わたしはアメリカ英語のアクセントに詳しくないんだ」ドミニクが言った。「きみはどこの出身だい、チェリー？」

「ほんとは、カナダの生まれよ」チェリーはあえてゆっくりと話してわからせた。

「なるほど。それはまことに申し訳ない」

「アルバータのターナー・ヴァレーっていう、カルガリーの南西にある小さな町から来たの。名前も聞いたことないでしょうけど、お察しのとおりじゃないかしら。荒れた土地で、摩天楼がどこまでも続くわけじゃなく、もちろんキャバレーは一軒もない。あたしは最初に与えられたチャンスに飛びついた。トップレスのウエイトレスから始めて、そこでダンスを教えてくれた子たちに会ったわけ。じきにチップを貯金できるようになって、ニューヨークに打って出たの。もう二度といなかには戻らない」

「出身地がニュージーランドのいなか町でも、アルバータでもロンドンでも同じよ」サマーが口を挟んだ。「みんな外国で暮らしている、〝異邦の客〟でしょ」サマーは気まずくなり、聖書のありきたりな表現に頼って話を続けようとした。ドミニクとチェリーを会わせたのは正解だったかどうか、わからなくなってきた。

「同感」チェリーが言った。

「すると、きみはここにひとりで？　ご家族はまだアルバータに？」ドミニクが尋ねた。

サマーは脚を組み替えた。話が進んでいく方向にますますやきもきしてくる。

「ひとりってわけじゃないわ。夜はボーイフレンドたちが温めてくれるけど、いまはふたりとも街を出てるところ。ひとりはバンドとツアー中で、もうひとりも仕事で――セールスの仕事だから出張ばかりしてるの」

「ボーイフレンドがふたりいるんだね？」ドミニクがにっこりして問いかけるように眉を上げた。

「いまみたいにひとりでいちゃいけないと思うのよね。三番目を見つけたほうがいいかもしれないわ」

「そろそろお代りはどう？」サマーは割って入り、チェリーが二股をかけている話に深入りさせまいとした。

「あたしの番ね」チェリーが言い、テーブルに体重をかけて床に足を下ろした。短い脚はなかなか床に着かない。彼女はいったん足元の安定を確かめてから踵に全体重を移し、よろよろとバーカウンターに向かった。

「きみの友だちは面白いひとだな」

「ええ、あの子は……ユニークなの。でも、わたしは好きよ。正直だし」

「見たところ、ふたりのボーイフレンドとうまくいっているのかい？」

「そうみたい。まだどっちにも会ったことがないけど、チェリーは満足してるわ。どうやったらそんな芸当ができるのかしら。わたしはリハーサルに追われて、ひとりに時間を割くのがやっとなのに。彼女に言わせると、こつは手帳の管理ですって」

「きみが忙しいのはわかっているが、わたしには充分な時間を見つけてほしいものだね」

「あら、そんなつもりで言ったんじゃないのに。もちろん、あなたと過ごす時間はあるわ」

「お邪魔じゃないといいんだけど」チェリーが戻ってきた。ピンクのカクテルがなみなみと注がれたグラスを二個、コーラのグラスを一個載せたトレイをそっとテーブルに置いた。「ドミニク、あなたは氷がきらいみたいだから、バーテンダーを見張ったのよ。これでいいかしら」

「文句なしだ。実にありがたい」


まず、サマーがソロコンサートで着るにふさわしいドレスを買わなくてはならなかった。ドミニクはその日のために新品を着るべきだ、古い一張羅ではだめだと言い張った。値段は問題ではないと。彼が持ちかけた、週末に五番街の南端からブロードウェイと交差するハウストン通りの先に点在するブティックに出かけるという話は、サマーがあっさりと却下した。その手の店で目当ての服は見つからないとわかっていた。ソーホーでデザイナーの店を出たり入ったりして午後を過ごしても、やはりうまくいかない。サマーは自分にはそこのスタイルが合わない気がした。ましてや並べてある商品の大半の値段が法外ときては、いくらドミニクが金に無頓着でも話にならない。ただでさえ彼には大きな借りがある。このコンサートはサマーの輝かしい時間になるはずであり、彼がかかわることに抵抗を覚えた。ドミニクはおそらく途方もない金額を払ってバイイを手に入れた。ロフトの家賃もまたとてつもなく高い。サマーは折半にこだわったが、自分が払う分は半分にもならないと知っていた。もう充分だ。たしかにプライドの問題だが、自分は自分でしかなく、いまさら宗旨替えして愛人になるつもりはさらさらなかった。

コンサートまであと一週間しかない。リハーサル、シモンのしつこい指導、ドミニクの無言でとがめるような表情に、サマーは疲れ切っていた。連日、彼女がロフトに戻るのは暗くなってからで、ドミニクの予想より何時間も遅く、目前に迫ったコンサートのプレッシャーと自分の実力に対する疑問、ソロ演奏をしていいのかという疑問でくたくたになっていた。最近はいやな同居人になったと自分でもわかっていた。

ふたりは黙々と食事をして、ベッドに移る。愛の行為は単調になってしまった。ずっとドミニクも内にこもり、図書館で進めているリサーチの話をほとんどせず、腫れ物に触るようにサマーと接していた。彼はミランダと連絡を取って、数日後にランチをとる約束をしたことを教えなかった。昔なじみのいまわしい感情が再燃しようとしている。

六月の末に近づき、ニューヨークの気温が上がってきた。あるけだるい日曜日の午後、ふたりは散歩をすることにした。ワシントン・スクエアまでぶらぶら歩いて、噴水のそばに腰かけて演奏を聞き、アイスクリームを食べてロフトという刑務所から、自分たちの気詰りな沈黙から逃れた。ウェイヴァリー広場と公園の北側に沿った二ブロックにかけてストリート・フェアが盛大に開かれていた。料理の匂い――ケバブ、フライドオニオン、ハンバーガー、メキシコ料理のファヒーター——が漂ってきた。屋台では、こまごましたアクセサリー、パシュミナ、革製品、Tシャツが売られ、そのうえレモネードとスムージーの売り子もいて、ページの隅が折れた古本が山積みのテーブルも列をなしていた。ドミニクは本の屋台に吸い寄せられ、サマーは向かいのテントに似た大天幕でビンテージの衣料品があちらこちらに置かれているのを目に留めた。まさに色も生地もごちゃ混ぜだが、彼女の視線がさっと向かったのはやや皺の寄ったドレスで、即席の天幕の奥に斜めに掛けられていた。

黒のドレス。

サマーがうずうずする指でドレスに触れようとした。

まさかね？

そのドレスは二枚重ねのシフォンで縫われ、ほとんど透けていながら完全には透けていない。大胆だが、コンサートの主催者の厳しいチェックにパスする上品さを備えている。背中はかなりあいていて、極細のストラップとターコイズブルーのビーズがついた細い布が何本も前身ごろをくねくねと流れ落ち、着る者の大事な部分を隠し、なおかつ女らしい体の曲線を強調している。ドレスの裾にも同じ色のビーズがあしらわれ、形を保って動くたびにさらさら音がするよう重りがついている。付属の指なしの長手袋にも同じビーズの飾りが、人差し指と中指を通り抜けるストラップから肘を過ぎたあたりまで続いていた。

売り主が客になりそうだと目をつけ、すかさず近寄ってきた。「これはイギリスの笑劇のダンサーのものだったんだよ。特注したそうだ。世界で一着のドレスだね。彼女はちょうどあんたみたいな体つきだった」

「すごくきれいよ。この生地を触ってみて――とってもやわらかいの」サマーはドミニクを呼び寄せ、古着のドレスを彼に見せた。

「たしかに」

サマーはドレスを引っくり返し、サイズを示すラベルを探した。どこにもない。「これでサイズがぴったりだったら、偶然もいいところよね」彼女はあきらめたようにため息を漏らした。

「なぜわかる?」

「ありえないでしょ」

「着てみればいい」

「試着する場所がないのに」サマーは手を振って、ワシントン・スクエア・アーチの影でぶらぶらしている買い物客を示した。おまけに、数歩先には子どもが乗るぶらんこの囲いがあり、小さな声が叫んだり笑ったりしている。

「そうだね」ドミニクが言った。「だから?」

「できないわ」サマーは早口で言った。

「できるとも」

ロフトを出る前に、サマーはゆったりした、カジュアルな花柄のサンドレスに着替えておいた。トップが胸をきちんと押さえてくれるので、ブラをつけていない。

「ドミニク……」

「いつから臆病になった?」

「事情がちがうわ、前のときとは」サマーが文句を言った。

「わかっている。あのときはセックス絡みだった。今回はちがう。それどころではない。とにかく言うとおりにするんだ。簡単なことじゃないか」ドミニクの口調は有無を言わせない、厳しいものになった。

サマーはドミニクと目を合わせ、いつものいたずらっぽい輝きと、ときには彼を別人に変えてしまう威厳に気がついた。嬉しくなるほど悪意があって要求が多いドミニク。彼女がよく知っている男性だ。

サマーは即席テントのなかに少し下がってから服を脱ごうとしたが、ドミニクが舌を鳴らした。

「だめだめ……。いま、その場でいいんだよ」

多くの通行人の視線を避け、サマーはサンドレスの細いストラップをつかんで引き上げ、コットンの生地を指のあいだに重ね、するりと頭上まで持ち上げた。下に着ているのは、薄手のローウエストのパンティだけだった。

サマーはニューヨークの路上で、見知らぬ人たちが回り込むように通り過ぎていく場所で裸同然になった。目の片隅で、一瞥して驚いた顔が見えた。足を止めてよく見る者もいれば、目をそむける者もいる。彼女は息を止めて黒のドレスをつかむと、頬をほてらせ、頭からかぶった。サイズはぴったりだ。並外れて細いウエストにもきちんと合っている。生地はシルクのような肌触りで、ひどいほてりをやわらげてくれる。あの知らない人たちに服を脱ぐところを見られ、体をじろじろと見られたと思うと、体中を熱気が駆けめぐっていた。そこには恥ずかしさと同時に激しい興奮も含まれ、サマーが初めて人前で裸になって昂ぶった経験を思わせた。もう何カ月も前の、ロンドンのフェチ・クラブでのことだ。

ドレスの丈が五、六センチ長いようだが、裁縫道具があれば簡単に裾上げできそうだ。

「ほらね」ドミニクが言った。

サマーはにっこりしてうなずいた。

ドミニクが売り主に代金を払った。

サマーは買ったばかりのドレスで目と鼻の先のロフトに歩いて帰ると言おうとしたが、ドミニクが売り主にビニール袋をもらい、彼女にゆったりしたサンドレスに戻るよう言いつけた。またしても、サマーはみだらな視線にさらされて服を脱いだ。店の前には見物客がだんだん集まってきていたのだ。

「あれが気に入ったんだね？」ドミニクがそれとなく訊いた。

「黒のドレスが気に入ったわ」サマーは彼の挑発に乗ろうとせず、けんか腰で言った。


買ったドレスをクリーニングに出して丈を詰め、サマーはソロコンサートの準備を整えた。ドミニクのいつもどおりの強い求めに応えて、下着はつけなかった。気分は爽快だった。これをシモンに知られたら、どう思われるだろう。

これまでのとおり、今夜もシモンが指揮をする。

コンサートは、三番街と四番街のあいだの十一丁目にあるウェブスター・ホールで開かれる。一曲目はフルオーケストラの演奏による、ムソルグスキー作曲、リムスキー＝コルサコフ編曲の『はげ山の一夜』だ。続いてサマーがコルンゴルト作曲のバイオリン協奏曲ニ長調を弾き、最後は再びオーケストラがショスタコーヴィッチ作曲の交響曲第五番ニ短調を演奏する。

シモンがこの三曲を選んだのは、彼がグラマシー・シンフォニアにもたらした新たな活力をはっきり示すためであり、コルンゴルトの曲はサマーの気性と才能にぴったりだと思った。

サマーは早めにウェブスター・ホールに入らなくてはならず、ドミニクは彼女のためにタクシーを呼んだ。彼は別々に、あとから行くことにした。パティ・スミスのコンサートで行ったことがあり、会場は知っていた。彼はサマーにバルコニー席を手配させておいた。そのほうがステージがよく見える。

会場には興奮のざわめきが漂った。最初の短く、ときに華々しく響くムソルグスキーの曲が終わり、オーケストラの楽団員と、まさに精力的で両腕を振るたびに巻き毛が揺れるシモンが礼をしたのだ。聴衆は、この初めての独奏会が大々的に宣伝されたバイオリニストの登場を待ちわびた。ドミニクの強い勧めで、サマーは今回のコンサートのポスターに顔のわからない写真を使った。あらわな胸にバイオリンを抱き、炎のような赤毛を垂らしているだけだ。こうして当日まで身元を伏せておいたのだ。その写真はサマーの友人がロンドンで撮ったもので、彼はひそやかな記憶を呼び覚ます一枚を大切にしていた。その写真を使うアイデアをコンサートの主催者とオーケストラの経営者に伝えたところ、意外にも両者が乗り気になった。情報誌の『ヴィレッジ・ボイス』と『タイムアウト』にも取り上げられ、その結果、チケットは完売した。

照明が落とされ、サマーはステージに歩み出た。聴衆のささやきが消えた。

サマーは姿勢を正し、弓を構えてコルンゴルトの舞い上がるような冒頭部を弾き始めた。この『モデラート・ノビレ』では、わずか五音で二オクターブを駆け抜ける。

買ったばかりの黒のドレスは第二の肌のようにサマーにまつわりついた。

見下ろしているドミニクは、喉が締めつけられた。

彼はサマーと音楽双方の美しさに釘づけになった。彼女の姿にはなまめかしく官能的なところがある。華やかに乱れている豊かな髪が会場の照明で際立ち、むき出しの両腕の青白い肌はドレスと背景のほかの楽団員が着ている黒の服とははっとするほど対照的だ。

ドミニクは目を閉じ、サマーの裸を思い浮かべた。彼女が彼のために、美しく奔放に演奏している姿を。彼女の体が音楽に浸っているところに彼のペニスがわななき、オーガズムを感じそうになった。みずから欲情の餌食《えじき》となった。

周囲ではなにもかも消え去った。

ときのたつのが遅くなったが、それでも流れていき、卓越した独奏とオーケストラの名演奏になだめられた。ここの管弦セクションはとりわけ華麗な演奏テクニックを誇っている。そこにはサマーの友人であるクロアチア人カップルもいて、ふたりとも満面の笑みをたたえて頰をふくらませ、計算された勢いで楽器を吹いている。

あっけなく――コルンゴルトのバイオリン協奏曲の演奏時間はせいぜい二十五分だ――第二楽章『ロマンツァ』が終わり、サマーは最終楽章『アレグロ・アッサイ・ヴィヴァーチェ』の導入部をスタッカートで弾き始めた。ここはもっとも技術が求められる楽章であり、彼女が何時間も続けて練習をした部分だが、いまでは軽やかに弾いてみせた。バイオリンと体が曲に調和していた。

次にドミニクが目をあけたとき、協奏曲の最後の反響音が消えていき、聴衆が立ち上がって割れんばかりの拍手を送っていた。シモンは指揮台の上でにっこり笑ってサマーを見ていた。彼女は初めて浴びた喝采に応えてお辞儀をしている。

ドミニクは見通しのきく場所からサマーの顔に注目した。バルコニー席のほかの客がすべて立ち上がり、彼にぶつかって、熱心に拍手していても、目もくれなかった。サマーはあるかなきかの笑みを浮かべ、聴衆に遠慮がちな挨拶を続けている。背後のオーケストラの団員たちもいっせいに立ち上がり、拍手に加わった。あの笑顔は静かな達成感だが悲しみのしるしでもある、とドミニクは見抜いた。まるで、今夜彼女は人生の岐路に立ち、二度と元に戻れないと悟ったかのようだ。

ホールの係員がステージの袖から歩み出て、特大の花束を渡した。一瞬、彼女は途方に暮れて立ち尽くした。落ち着きなくバイオリンを脇に抱えたまま、どうやって花束を受け取っていいかわからなかったのだ。シモンが彼女に近づいてなにごとかささやき、そっとバイイを預かった。それで彼女は花束を抱え、バルコニーをちらりと見上げもせず、ステージから下がった。拍手が鳴りやまず、なかなか退場できない。

これはサマーの夜、彼女の勝利だ。このあとは楽団員と一緒に、楽屋で打ち上げをしたいと言うだろう。騒ぎが静まって、オーケストラが最後のショスタコーヴィッチの曲に入る少し前に、ドミニクは立ち上がってバルコニー席をあとにした。階下に下りてウェブスター・ホールを出ると、彼はひとりでロフトに戻った。

7　コンサートツアーへの序曲

欲しいのは静けさだけ。ひとりで座り、演奏後にわたしの体から湧いては消えたエネルギーの名残を感じる場所が欲しいのに、楽屋はもうひとつのコンサートみたいで、激励する人たち、おめでとうと言う人たちが不協和音を響かせている。

マリヤが抱きついてきたので、わたしもこわごわ彼女を抱き締めた。硬い体をぐっと押しつけられ、肋骨が折れやしないかと心配になる。

「あなた、さいっこーだった！」マリヤが声をあげた。

バルドが隣に立って拍手していた。「フラットに残した荷物を取りにきたほうがいいぜ」彼は笑いながら言った。「きみが有名人になったことだし、マリヤはあれを売り払おうとしてる」

マリヤはわたしを離して、バルドのお尻を引っぱたいた。

背後でシャンパンのコルクが抜かれる音がして、パーカッショニストのひとりが泡立つ液体をドレスにこぼしそうになって悲鳴をあげた。少しして、だれかがわたしの手にグラスを押しつけた。

バイオリンがない。それに気がついてパニックになった。いますぐ、どうしてもバイイをこの手に戻さなくては。

「心配しないで」シモンがそっとささやきかけた。「きみのバイイは安全だよ。ぼくの荷物と一緒に片づけておいた」

シモンがわたしの手からシャンパンの入ったグラスを取って、瓶ビールを握らせた。

「きみはこっちのほうが好きだったね」

「まあ、ありがとう。本当に親切ね」

「いいや、実はそうでもないんだ。今日のきみはすばらしかった。まじめな話」

「ありがとう。ただ、ちょっと……」

「どうした?」

「恩知らずだと思われたくないけれど、頭が破裂しそうなの。ちょっと腰を下ろしたくて」

「わかるよ。さあ、こっちへ」

シモンがわたしの手を取って連れていった。脇のドアを出て隣の部屋に入り、別の廊下を歩いて、また別のドアを抜け、まっすぐ下へ伸びる階段を下りると、そこの暗がりからまたもうひとつの知らないドアが現れた。わたしはためらった。階段は石ではなく木であり、古いものに特有の匂いが欠けていたが、それ以外は、ドミニクに連れていかれたあの地下納骨堂を思わせた。わたしたちが初めてセックスした場所だ。

ドミニク。わたしは彼とお祝いをしているはずではないか。シモンではなくて。一年以上前、わたしがトテナム・コート・ロード駅で『四季』を弾いているところにドミニクが通りかからなければ、わたしはここにはいないだろう。それからの出来事も、大半は彼がいなければ起こらなかったはずだ。わたしたちの偶然の出会いが、潮流のようにわたしをひとつの針路から押し流し、全速力で別の針路へ向かわせたのだ。

わたしは二の足を踏んだ。

「大丈夫さ。下には幽霊なんかいない。あれは古い物置だが、この建物のなかで、せめて数分でも、まったく人目につかない場所はあそこしかないんだ」

シモンのあとから階段を下りた。すぐに戻るだろうし、ドミニクがまだ待っている。きっとそうだ。

その部屋は地下納骨堂とは似ても似つかなかった——いくつかの棚は掃除用品が山積みだ。荷造り用の箱もあれば、バケツとモップもある。

シモンが黄色いバケツを引っくり返して底に座り、体の前に長い脚をおずおずと伸ばした。

「今夜は地味な黒の靴なのね?」わたしは言った。シモンの正装が、埃っぽい物置と、即席の椅子のクレヨンのような明るい色とは対照的なところが面白かった。

わたしはシモンのそばにあるバケツを引っくり返し、底をよく払ってドレスに埃をつけないようにしてから腰を下ろした。

「よくあるやつさ」シモンが言った。「いつでも頭のどこかでは、上品な人たちから隠れていたほうがいいと思うんだ。オーケストラの指揮者が蛇革のブーツをはいてるのをよく思わない向きもあるから。きみはぼくよりずっときわどい格好をしたようだけど。そのドレスでね」

この距離なら、わたしがブラをつけていないのがわかるのだろう。

わたしは肩をすくめた。「セックス・アピールは受けるでしょ」と言った。「ださい音楽家が成功したのを見たことある？　近ごろのクラシック音楽はセックス・アピールがすべてよ」

「昔からクラシックは、要はセックス・アピールだった。なにも女性にかぎった話じゃない」

「グルーピーの波をかきわけて楽屋に戻るなんて、無傷ですむかしら？」

「そこまで大変じゃないが、ほんのちょっとは似ているかな。もうぼくはあまりデートしない。相手の女性が本当にぼくに関心を持っているのか、オーケストラを指揮する男とデートしたいだけなのか、わからないからね。きみはどう？　イギリス人の友だちはコンサートに来てくれたのかい？」

「ええ。彼は何カ月かニューヨークにいるの。一緒に住んでるのよ」

「すると、彼はすばやく行動したわけか。無理もない」

わたしはシモンの目を避けて、自分の靴を見つめていた。「そろそろ帰ったほうがいいわ。わたしがだれと祝ってるか、彼に勘ぐられてしまう」

「たしかに帰ったほうがよさそうだ。なぜ彼も楽屋に呼ばなかったんだい？　今夜にかぎっては、そうしたければ、楽屋に象の群れを呼ぶことだってできたのに」

「どうしてかしら」わたしはつぶやいた。「けじめをつけたかっただけ。公私混同するのはよくないし」

「そうだね。その点はもうきみの気持ちがわかった……。さてと、帰る前に会ってほしい人がいるんだ」

シモンは立ち上がり、わたしに腕を伸ばした。わたしは彼の手のひらを握って力を抜き、引っ張られるに任せて立ち上がり、息を吸い込んで彼のコロンの香りを楽しんだ。今夜シモンはこれをたっぷりかけ、髪にはポマードのようなものをつけて巻き毛をいくぶん押さえ、軽く光らせていた。艶のある髪、黒の燕尾服、糊のきいた白のドレスシャツ。なんだかカーニバルの手品師みたい。

シモンがドアを少しあけて丁重に押さえてくれたので、わたしは先に階段を上った。でも、彼はマナーを守ったのではなく下心があったのだろう。ロフトを出る前にドミニクから注意されていた。ビーズ飾りがない背中にまともに照明を浴びると、ほとんど透け透けになり、お尻が完璧に見えてしまうと。

階段の上の薄暗い光のなかで、一瞬明るいピンクが光った。廊下で色がついているのはそこだけだ。

「この隠れ家はそれほど安全じゃなかったようだ」シモンが言った。「きみにはもうストーカーが現れたらしいな。彼女、過激なタイプに見えるけど」

「シモン」わたしはふたりを引き合わせた。「こちらはチェリーよ。チェリー、こちらはシモン」

チェリーは礼儀正しく手を差し出した。恐ろしく高いヒールの靴をはいているのに、シモンが身をかがめないと握手できなかった。彼女はカナリアイエローのサテンのカクテルドレスを着て、揃いの靴をはき、ピンクの髪を結い上げている。原子力発電所から逃げてきたみたいな格好だ。

「ファンから隠れてるんじゃないでしょうね、サマー?」チェリーが言った。「すごくよかったわよ。堂々と人前に出て、優越感に浸ってりゃいいのに」

「バイオリンを安全に保管する場所を探していただけだよ」シモンが口を挟んだ。

「ふうん」チェリーはわたしたちふたりを怪しむように見比べた。

「すまないが、お友だちをもう一度連れていく。彼女はファンに挨拶しなくちゃいけないんでね」

シモンがまたわたしの手を取り、入り組んだ廊下を引いていき、バーの一軒に入った。そこはさいわい静かだった。ただ、薄暗い楽屋よりずっと明るい照明が灯っていて、ちょっと人目が気になった。ふと、薄いドレスの下は裸なんだとひしひしと感じた。ステージ上ではそれもショーの一部だったけれど、ステージを下りればあきれはてたことだ。着替えを持ってこなかった自分に腹が立つ。素人のミスだわ。もう二度と繰り返さない。

「この前のパーティで会ったエージェント、スーザンを覚えてるかい？」シモンがわたしの耳にささやきかけた。「いまがチャンスだ。彼女と話しておいで」

わたしがうなずくと、シモンはわたしの腰のくびれに手を当てて押し出した。

スーザンと並んでバーカウンターに寄りかかった。たまたまそこに居合わせて、お酒を買おうとしているみたいに。彼女はエレガントな体つきを、おしゃれなのに慎ましいプラム色の細身のワンピースに包み、髪をみごとに結い上げていた。まさに、遊びと仕事を兼ねた場所にぴったりの格好だ。スーザンは生まれつきの赤毛で、わたしはこの点でも彼女に気に入ってもらえた。彼女は携帯電話のブラックベリーを持っていて、猛烈な勢いでボタンを叩いている。周囲は眼中にないようだが、わたしを見たとたんに目を輝かせた。

「サマー！　また会えてよかった。さっきのステージはすばらしかったわ。まちがいなく大成功ね」

「ありがとうございます。その……すてきな靴ですね」

ばかみたい。もっと気のきいたせりふを考えておけばよかった。

「まあ、ありがとう。これはハイヒールのボートシューズよ。ニューヨークではどこにも売ってないわ。ロンドンで買ってきたの」

わたしはうなずいた。

「ねえ、ぱっと本題に入らせていただくわよ。いまもファンの大群がお祝いしようと待ち受けていて、そんな人たちから逃げて帰りたくてたまらないでしょうけど、あなたは大した才能の持ち主だわ。ぜひコンサートツアーを引き受けたいの」

「ツアーですか?」息をのんだ。

「ええ。あなたと弦楽セクションから選んだ少人数で。あなたはソロで成功するだけの腕前もセックス・アピールも備えている。ちなみに、ツアーの先はアメリカ国内だけではないの。あなたを世界中に連れていきたい。そのアクセントは、地球の反対側のものかしら?」

「はい、わたしはニュージーランド出身ですが、しばらくオーストラリアに住んでいたこともあります」

「けっこうよ。向こうのプロモーターは喜ぶでしょう。海外で成功して凱旋するアーティストが大好きだから」

「ぜひニュージーランドに行きたいです」わたしは言った。「ほかにも、あなたがここぞと思う場所ならどこへでも」あわててつけくわえ、熱意があるところを見せた。

「よかったわ。それなら決まりね。ほかのプロモーターとは話をしないこと。月曜日にわたしのオフィスに来てくれれば、必要な書類を準備できるわ」スーザンがポケットから名刺を出してわたしの手に滑り込ませた。「これは大した取引よ、サマー。あなたはあっという間にロングアイランドのビーチハウスで寝そべる身分になれる」

「いつから仕事を始めるんですか？」わたしは訊いた。スーザンの答えが怖かった。

「そりゃあ、いまからよ。こういう仕事では、タイミングがなにより物を言うの。さっきのコンサートでお客を見た？　この波に乗らなくちゃだめ。勢いがいつ消えてしまうかわからないんですもの。世間の人は読めないものよ。次はどんなものが大ヒットするか、予想できないわ。とにかく、いまのヒット商品はあなたなの。チャンスが続くかぎり、それをうまく生かしなさい」

「わかりました。ありがとうございます」わたしはぬかりなく顔に笑みを貼りつけた。もうだめだと思うくらい疲れていた。家にいるドミニクの元に帰りたかった。

ロフトに戻ったころには午前一時だった。ドミニクはもう眠っていた。いつの間にかカバーをはいでいた。朝になったら言ってやろう。いつもわたしに毛布を取られると文句ばかりつけるんだから。

ドミニクの白いイギリス人の肌は、黒いシーツの上でいっそう白く見える。彼は寝具の色を統一しておきたがり、まるでローラリンのようだ。これを買ったとき、色が実用的じゃない、すぐにしみだらけになるとわたしが言ったのに、ドミニクはどうしてもと言って買った。わたしが自前のクリーム色のセットに替えたところで、反対はしないけれど。わたしたちはもう暗黙の了解に達していて、この二セットを交替で使っていた。彼がストライプや花柄が大好きじゃなくて助かった。

ドミニクは、わたしと同じで裸で眠る。寝具をいっさい掛けずにベッドで丸くなっていると、妙にもろそうに見える。胎児も同然の格好で横になり、片脚を直角に曲げ、もう片方の脚をまっすぐ伸ばし、しおれたペニスをのぞかせている。小さく縮んで見えるが、それでもとても美しい。身を乗り出して、それをやさしく撫でた。意外に皮膚がやわらかい。わたしに言わせれば、永久に硬い部分で、武器であり、彼の権力の座だ。男性のペニスがやわらかいときによく見たことがなかった。なんだか気になった。男性の、特にドミニクの、ほかにどんなところをわたしはおろそかにしていたのかしら。

一緒に住むようになって、フェラチオでドミニクを起こそうと思っていたけれど、どうしても彼より早く起きられず、少なくとも一杯、ときには三杯のコーヒーがベッドサイドで冷えてからもぞもぞと動き出す。

ドミニクの肌は知り合ったときより褐色になった。まちがいない。地中海諸国の血を引いているのではなく、休暇で日焼けしたのだろう。わたしはドレスを床に脱ぎ捨て、彼が蹴ってはいだカバーの下にもぐりこんだ。

まだまだドミニクについて知らないことがたくさんあり、訊いていないこともたくさんある。もっといいガールフレンドになると心に決めた。明日から始めよう。少なくとも、それができるうちは、彼をニューヨークにひとりで残すはめになるまでは。スーザンの言葉を信じていいなら、かならずツアーに出ることになりそうだ。

結局、翌朝はドミニクのほうがオーラルセックスでわたしを起こした。寝る前にシャワーを浴びなかったので、わたしは脚のあいだに彼の頭を感じるなり、そっと髪を引っ張った。入浴するまで体をかまわせまいとしたのだ。でも、彼はわたしの手を払って愛撫を続けた。ドミニクと争っても無駄だ。黙っていても、話していても。ときどき、彼は体を洗っていないわたしのほうが好きじゃないかと思うことがある。そうすれば、わたしが不愉快なときにも昂ぶらせることができる力を感じられるみたいに。

わたしが体の力を抜いてドミニクの舌にしっかりと撫でられるのを楽しむようになると、彼は起き上がってキスをした。

「大好きな朝食のメニューだ」ドミニクがわたしの耳に息を吹きかける。「きみは有名人になって、前よりおいしくなった」

笑ってしまった。「バカ言わないで」

「いいや、言ってない。ゆうべの聴衆のなかにいた男たちを見たはずだ。ひとり残らず最終楽章までに硬くなっていたね。特に、きみの愛しいシモンくんは」

わたしはむっとした。「そんなんじゃないわ」

「ちがう」ドミニクが言った。「わたしはあれが気に入ったんだ。彼らがきみを欲しがるようすがね。だれひとり責められないが、きみを手に入れるのはこのわたしだ。きみのいるべき場所で」

ドミニクが腰を持ち上げてわたしのなかにペニスを下ろしていった。彼がなかにいる、ついさっきまで舌があったところにいる感じは、頭のなかからほかのあらゆる考えを追い出した。わたしは歓びのうめき声を漏らし、将来をめぐる不安を忘れた。彼がわたしの両の手首をつかんで握り締めながら貫き、ベッドのヘッドボードが壁に叩きつけられる音には取り合わなかった。

「これからきみの手に気をつけなくてはいけないね」ドミニクが言った。「保険をかけるのかい？」

彼はわたしの笑い声をキスでふさいだ。

「正常位は過小評価されてるわ」ドミニクもわたしと一緒にいったあと、わたしは彼の腕に寄り添った。わたしたちは、セックス歴と避妊について話し合うという、ロマンチックには程遠いけれども必要な長話をすませていた。わたしは男女関係の前歴を詳しく話して、婦人科の医者が愕然とする態度を楽しむようになった。気まずいひとときを過ごすだけの価値はある。ドミニクの温かい精液が脚を滴り落ちる感覚を、いつか小さな足がぱたぱた歩いてくるという、残る自責の念や不安を覚えず、わたしが必死に避けている結果にならずに堪能できるのだ。

わたしは一日置いてからツアーに出る話を寿司店で切り出した。トンプソン通りの〈トト〉という店は、ふたりでしょっちゅう寄る店になっていた。きっと、人前でなら、夕食に刺身を食べて満足していれば、ドミニクだってこの話を喜んでくれるはず。

甘かった。

「街を離れるって？」ドミニクは信じられないという口ぶりだ。「わたしは着いたばかりなのに。まだ何カ月も一緒に過ごしていない。そのツアーは延期できないのか？」

「エージェントが言うには、タイミングが肝心ですって」

「ああ、彼はそう言うだろうとも」

「彼女よ」わたしは訂正した。

ドミニクが紙ナプキンをくしゃくしゃに丸めた。「そうか。では、きみの留守中にどうしていろと？」

声は穏やかだが、彼はグラスを握り締めていた。

「リサーチを続けてちょうだい。ねえ、最初の二カ月はそう遠くに行かないの。簡単に会いに来られるわ。コンサートの合間にね。どうせ戻ってこなくちゃ。着替えを用意するとか、そんな用事で」

「あれこれ決める前に相談しようとは思わなかったのか？　わたしはきみの大家になるために引っ越してきたんじゃないぞ」

「そんなつもりじゃなかったの。あなたと離れたらさびしくなるけど、こんなチャンスを棒に振れないのはわかってくれるでしょう？　もう二度とつかめないかもしれないのよ」

ドミニクがため息をついた。「そうだな。事情はわかるよ」彼はまた刺身を驚くほど乱暴に箸で突き刺した。「ただ、ニューヨークに来る手配をするのは簡単じゃなかった。そうまでした目的は、きみと一緒に過ごすためだった。リサーチのほうはそれほど楽しくもない。言わせてもらえば、進み具合を訊かれたことがないね。ただの一度も」

「ごめんなさい」

「まあいい。わかった。きみは行くしかないんだ。言い争って、一緒にいられる時間を無駄にするのはよそう」

わたしたちは黙ったまま食事をすませた。刺身はふだんなら大好きなのに、今夜は喉に詰まり、アサヒの瓶ビールでも飲み下せなかった。

エージェントのオフィスはセントラルパークの近くだった。狭いけれどもおしゃれで、主な調度を原色で揃え、ところどころに観葉植物が置いてある。風水の専門家にアドバイスされたインテリアで、プロ意識と気さくな雰囲気を完璧にブレンドして、経験の浅い顧客の信用を得ようというのだ。スーザンは犬を飼っていた。年寄りのバセットハウンドで、わたしの向かいのソファで擦り切れた赤いクッションに座り、半分閉じた目でこちらをじっと見ている。

犬がいるおかげで気持ちが落ち着いた。動物を、特に犬を飼っている人は信用できる。ドミニクのハムステッドの家に行く前に彼にはペットがいないことを知っていたら、彼を悪く思っていたかもしれない。でもたまたま、家を訪ねたときにはもうセックスしていたから、この性格上の欠陥を第一印象に入れるには手遅れだった。

スーザンは犬を放し飼いにしておくほどいい人なのだ。だから、わたしは渡された山のような書類を最初の数ページしか読まずに放り出し、とにかくなんにでもサインした。書類は長い言葉とパーセンテージだらけで、どこを見ても本当の意味で選択しようがなかった。そもそも、わたしはこのチャンスをもらえてすごくラッキーなんだ、と気がついた。交渉できる立場じゃない。今回のツアーが成功したら、次は交渉できるかもしれない。犬の件以外に、わたしはスーザンを直感で信用した。計算高い人だけれど、誠実に計算している。

書類にサインしてからチェリーに会う約束をした。彼女は近所で仕事をしている。なんと、小学校の教師だった。

「あなたの私生活は学校の理事会にどう受け止められるかしら？」二番街の〈レニーズ〉でコーヒーを飲みながらチェリーに訊いてみた。

「あらやだ、みんななにも知らないわ。だから、あたしはどんな場合も芸名を使っているんだもの。本名で呼ぶのは家族と同僚だけ。基本的に、ふたつの生活があるの。あなたもいまに慣れる。同じようにしたほうがいいわよ。人前に出ると同時に、倒錯した生活も続ける気なら」

「偽名は使いたくない。なんだかふまじめな感じがするわ」

「でも、あなたはちっともまじめじゃないでしょ？」

「どういうこと？」少し腹が立った。昔から率直な態度を取るのがわたしの自慢だった。殻に閉じこもっているように見える人たちは好きじゃない。それは弱さのしるしであり、勇気のなさだと思う。

「あなたのふたりの彼氏はお互いのことを知らないのよね？」

「ふたりの彼氏じゃないわ。わたしはシモンとつきあってないから」

「そんなふうに見えないけど」

「あら、なんでもお見通しというわけじゃないでしょ？」血が煮えたぎっているのがわかった。ここ数日ストレスがたまっていた。ドミニクから批判され、傷つけられていたので、チェリーにも同じことを言われたくなかった。

「だからね、あなたがなにをしようと勝手だけど、そのやり方が正しくないの。それじゃ反一夫一婦制じゃなくて、浮気よ」

「シモンには指一本触れてない！」

「ほんと?」

言うべきことがなかった。わたしはシモンにキスをした。でも、それだけのことだ。

「わたしとドミニクは、あなたとふたりの……ボーイフレンドの場合とはちがう。どちらもあなたのそばにいたためしがないみたいだし」わたしは意地悪な言い方をした。

「だからね、あなたがシモンを機嫌よくさせておきたい理由はわかる——キャリアを飛躍させてくれるものね——けど、ドミニクを犠牲にしちゃだめ。彼はいい人よ。あなた、今回のことを後悔するかもしれないわ。言いたいのはそれだけ」

「わたしが彼を利用してると言いたいの? キャリアのために?」

「ううん、そんなことない。裕福な支援者に高級なバイオリンを買ってもらったり、有名な若手指揮者にエージェントを紹介してもらったりしなくても、あなたはやっぱり成功したはず。そのうちね」

わたしはチェリーにドミニクと知り合ったいきさつを話していたが、ふとやめておけばよかったと思った。理解してくれていない。

バッグを持ってテーブルに紙幣を投げるように置いた。コーヒー代と充分なチップの分まで入っている。ちょっといやな気分で歩き出したが、心の底ではチェリーの言うことにも一理あるとわかっていた。とにかく、今回の幸運を彼女の前でしつこく言うのはあんまりだ。もう手遅れだけど、と思った。せかせかした歩みをゆるめると、そこはセントラルパークのなかで、自分はどっちから来たのか、どこへ向かっているのかわからなかった。腹が立っていたあまり、周囲には目もくれなかったのだ。

この公園は、わたしが望んでいた孤独と休息の場所ではなく、わめいている子どもたちでいっぱいだった。不思議の国のアリスの像のそばにやってきた。そこは七十四丁目付近なので、居場所だけはわかった。

大勢の親やナニーが子どもたちを連れて来ていた。子どもたちはアリスが座っている巨大なキノコに上ったり跳ね回ったりしている。ブロンズの表面は、もともと大理石のようにつるつるしていたのだろうが、さらに数え切れない幼児の力も加わっていた。ウサギの穴に落ちる魔法のボタンを探そうと、小さな手が何十年間もキノコの傘を撫でてきたのだ。

子どもたちに言いたかった。おとぎ話なんか忘れなさい、現実の生活でもっと不思議なことが起こるんだから。でも、ストレスで爆発寸前の保護者が賛成するだろうか。赤いジャケットを着て、黄色のレースがついた赤の靴をはいた女の子が、いかれ帽子屋の頭から帽子を脱がせようとした。その子は母親に引っ張られて泣き出した。

わたしは草地に腰を下ろして、だれもが通る道を通っていたら人生はどうなるだろうと想像してみた。あの赤いジャケットの女の子がわたしの子だったら、庭のある家を買ってバセットハウンド犬を飼い、深夜までコンサートホールで練習したり今度はツアーバスで移動したりしない定職についていたら。

欲しいと思えば、手に入るはず。ドミニクが相手では無理でも、シモンとなら、あるいはほかの似たり寄ったりの男性なら。わたしはその人に恋していると思い込んで、やがて退屈するけれど、友人や家族に紹介したり、デートを続けたり、休暇を一緒に過ごしたりできるし、運がよければ、一緒に年を重ねられるかもしれない。

そう思うと、ぞっとした。

ソーホーのフラットでのドミニクとの生活は、ほとんどの人が考えるまともな生活とは程遠いだろう。だいいち、わたしはツアーに出る音楽家の生活を選んで、一般人の生活を送る可能性がますます小さくなったが、これがわたしの選んだ人生であって、自分に合っている。

昔から流れに逆らって泳ぐほうが好きだった。そのほうが難しくてもかまわない。

新たに芽生えた楽観主義はその後の二週間でみるみるうちにしぼんでいった。出発前の二週間はスーザンが手際よく準備しているうちに、あっという間に過ぎた。まるで人生がわたしをこの新たな進路に放り出そうと手ぐすね引いているように、倍のスピードで目的地へ駆り立てていた。

グラマシー・シンフォニアからツアーに参加できるのはひと握りの団員だけで、よく知らない顔ぶれだった。そのオーディションを通じて思い知ったのは、わたしがニューヨークに到着してから自分のことにかまけていたことだ。マリヤとバルドを除いて、オーケストラのだれとも親しくならなかった。ほとんどの時間をシモンとしゃべっていた。残りのメンバーは彼とスーザンが、知り合い、推薦された人物、彼女のリストに載っているさまざまな実力のプロ演奏家からまとめ上げた。ツアーに慣れていて、知り合って間もない演奏家とツアーに出ることが多い人ばかり。

わたしたちは何時間もリハーサルをした。今回は、地下室を貸すというシモンの申し出に甘えた。ずっと借りていたみすぼらしい建物で午後を過ごすよりはるかに快適な場所だったから。あれは以前のアパートメントには近かったけれど、暗くて薄汚くて、どんなにしっかり窓を閉めても隙間風が入ってきて、壁が喘息にかかっているみたいだった。

最初のツアーはカルガリーで二晩、続いてトロントとケベック・シティ、それからアメリカ東海岸に移動する。自宅に近く、ドミニクと合流しやすい場所だ。

　ここ十日間、ドミニクに会っていない。ツアーの話をしてから彼は引きこもりがちになり、リサーチが遅れている、講演の義務があるからもっと図書館で過ごさなくてはいけないと言った。セックスもご無沙汰だった。コンサートの翌朝以来だ。ドミニクをその気にさせようと仕向けても、しっぺ返しされてしまった。

　ある日の午後、わたしがリハーサルに出ているとドミニクが思っていたとき、臨時の講演を終えた彼を驚かせようと早めに帰宅していた。ドミニクがドアをあけると、わたしはキッチンでアップルパイを焼いていた。女生徒の制服を着て。これはネット通販で買ったセットで、足首までの折り返しソックス、タータンチェックのミニスカートとサスペンダーが揃っている。長い髪はピンで留めてポニーテールにした。ジョークのつもりだった。もちろん、彼が面白いし刺激的だと感じてくれたらいいと思ったけれど。

「ときどき、きみはわたしのことがわかっているのかどうか、怪しくなるね」ドミニクがわたしに痛烈な一瞥を向け、ベッドルームへ姿を消して乱暴にドアを閉めた。

　わたしはパイを捨て、キッチンの換気扇を回して匂いを追い出した。

　それからは、もう仲直りの努力はやめ、ドミニクをすねたままにさせておいた。毎晩シーツのあいだに滑りこんで彼の隣に横たわっては背中を向けられると、ふたりともそこにありもしない氷の壁に隔てられて、冷凍されていたような気がした。

　手を伸ばしてドミニクに触れたい。ぎゅっと抱き締めて、もっと気持ちよくしたいのに、腕は体の脇に貼りついたように留められている。

それに比べて、シモンはますます多くの時間をわたしと過ごしたがっている。いつも彼が手を回しているのか、リハーサルが終わったとたんにほかの演奏家は次の予定のためにさっさと出ていき、わたしが楽譜をしまったり荷物をまとめたりするあいだ、地下室でふたりきりになる。シモンはツアーの詳細を知りたがり、予定されている曲目を知りたがった。わたしは計画を運命の翼とエージェントに一任した。彼女が細かい点に至るまでＣＩＡの秘密工作員並みにてきぱき計画したので、シモンにどこに何日滞在するのか訊かれても、わたしには答えがわからなかった。

シモンにかまわれるのはうんざりしてきた。スパイシーなコロンの香りを嗅ぐと頭痛がする。あの縮れ毛を見ると、バスルームの戸棚にわたしのヘアジェルを置いていきたくなってしまう。玄関ドアの前にずらりと並んだ靴でさえ、一時はチャーミングでエレガントだと思ったのに、いまでは神経を逆なでされた。

リハーサルが終わるたび、わたしは急いで帰宅した。ドミニクが許してくれるかもしれない、以前の彼に戻るかもしれない。一緒にいられるのはあと数日なんだから。でも、ロフトはがらんとしていた。ひとりで過ごす時間が長くなればなるほど、わたしはさびしくなった。

これ以上先延ばしにできなくなり、荷造りを始めた。長いあいだ留守にしないとドミニクを安心させようと、なるべく持ち物を減らした。まずステージ用の衣装を入れた。ドミニクが最初のソロコンサート用に買ってくれた黒のロングドレス、小さな会場やシースルーのドレスでは地味すぎる場所で着る丈の短いカクテルドレスを二着。

出発の前夜、ドミニクは仕事で出かけていた。

シモンは電話をかけて励ましてくれた。わたしは朝いちばんの便に乗るので、留守番電話をセットして彼からの電話に出なかった。

ぎりぎりまでドミニクと仲直りする努力を続けようと、わたしは黒のコルセットをつけて、だれの手も借りずにきつく締め上げ、彼の好きな夜色の口紅で自分自身を彩った。ロフトで初めて一緒に過ごした夜と同じように、わたしがドミニクと彼の秘密の客のために演奏したときにわたしに色を塗り、乳首と下の唇をあざやかな赤で染めあげたように。

ロフトの明かりをすべて消して、天井からリビングルームの板張りの床を直接照らすスポットライトをひとつだけ残した。

それからバイオリンを手に取り、弓を構えて待った。

待ちに待った。

時計が午前零時を打ってもドミニクは帰ってこない。

これがほかの男性だったら、酔っ払って帰るだろうと思うけれど、ドミニクは飲まない。つまり、どこにいるにせよ、いまは何時か知っていて、今夜はわたしがツアーに出る前のニューヨーク最後の夜だとわかっているのだ。

ほかの女性と一緒にいるのかしら？　まさかね。きっとひとりで、本に囲まれて、言葉の洪水とともに怒りを押し流しているんだわ。

ベッドに入って目を閉じた。コルセットを脱いで口紅を洗い落そうともしなかった。

夜明け前、ドミニクに起こされた。鳥たち、ゴミ収集人、夜遊びして帰宅する若者たちだけが起きていて、街を歩き回っている時間に。

「あなたを待ってたのよ」寝ぼけた声で言った。

「わかっている」

ドミニクはコルセットの背中の紐をつかんでわたしをひざまずかせた。彼の息づかいは深く、喉につかえている。

ドミニクの手がふわりと持ち上がる、ほとんど感じ取れないほどの空気が流れたと思うと、お尻をぴしゃりと叩かれた。まず片側を、次に反対側を。

わたしはぎくりとして、それから胸をますますベッドに押しつけ、お尻を高く上げてドミニクが叩きやすいようにした。交尾を待っている犬みたいだ。

どんなにこれが恋しかったか。体に置かれる手の重み、これで頭からほかの考えは押しやられる。彼のためなら何でもすると示すチャンス。彼がしてほしいと頼みそうな行為に寄せる甘美な期待と、わたしは彼の要求にどんなに燃え上がるかを示す。それはまるで、彼がこういう気分になったら、頭ではどんなに制限を設けていても、情熱に任せて行動してわたしに抱く欲情に溺れているようだ。わたしには彼を欲望に従う気にさせる力があるので、ひざまずいていたのに、めくるめく支配力をつかんだ。

ドミニクがわたしをやさしく撫で、紐をゆるめ、そっと突いて脚を広げた。「脚を大きく開いて」

彼が唇のあいだを指でなぞり、お尻の穴の湿り気を拭った。

「わたしが恋しかったんだね」

「ええ、とても」

「両手を背中に回すんだ」

わたしはバランスが取れるようにますます背中をそらし、両手を背中に回して祈るような格好に組んだ。最近、リハーサルに追われ、ヨガのクラスをやめたことを後悔した。肩が痛むけれど、痛むとなおのこと昂ぶってきた。ドミニクにこれまでにないほど奥深くまで奪ってほしい。ここ数日の不快感を愛撫で拭い去ってほしい。

ロープが触れる前に音がした。ひゅっと鳴って解けていった。肌にぴりぴりした感触があり、ほつれた端が手首をかすった。ドミニクがわたしの手首をきつく縛った。手錠スタイルで。

「膝を胸に近づけて」

彼の声は静かで、穏やかで、きっぱりしている。以前のときの口調から考えると、これからもっと荒っぽい行為が始まるしるしだ。

ドミニクがわたしの足首にロープを巻きつけ、脚と手首を縛り、彼の目の前で四つんばいにさせ、カバーの上でうつぶせにさせてまったく動けなくした。

次にまた片手が上がり、またお尻をしたたか叩かれた。再び叩かれ、さらにもう一度、もう一度と叩かれた。とうとうわたしの目に涙がにじんで時間がわからなくなった。刺すような痛みがもうひとつの快感に混じり、痛みと驚きで最初に出した金切り声が歓びの叫びになった。

一瞬、わたしはドミニクの体の一部だという気がした。彼の手のひらがわたしの体に触れる動きを通じて、わたしたちは官能的でありながらセックスを越えた形で結ばれ、ふたりとも心身ともに親密な行為で精神の未知の部分へ旅をした。

やがて革のベルトのバックルが外れる音がした。ドミニクがそれをパンツのベルト通しからしゅっと外した。かすかにきしらせて両端を折り合わせ、やわらかい空気が流れて即席のパドルが空を切って飛び、お尻の片側に着地し、次は反対側に下りた。その感触は彼の手によく似ていて、じきにわたしは彼の皮膚とベルトの衝撃が区別できなくなった。

ときどき、足を布がかすめた。ドミニクがまだきちんと服を着たまま、わたしにかがみこんでいる。この朝、わたしたちは詮索好きな隣人やのぞき見好きな人の目にどう映っているのだろう。美しいと言う人もいれば、ふしだらだと言う人もいるかもしれず、ほかの人はわたしたちをやはりばかげていると言うはずだ。乱れたシーツにいる疲れた男と、彼の前で縛られている四つんばいになった裸の女。ドミニクの手とベルトの跡が週の大半は残り、座るたびに最後にベッドで過ごした時間をはっきりと思い出すことになるだろう。

でも、いまは彼の手がお尻に触れる快感を頭に浮かべるだけで、脚のあいだが潤ってくる。ロープがわたしの足首を結んだように、わたしたちふたりをしっかり結んでいるこの奇妙な愛の行為に体が反応することをまざまざと思い出させる。

ドミニクがひと息ついて、両手をそっとわたしのお尻につき、かがみこんで両手を握り締め、冷えて、血の気が引いていないか確かめた。わたしは指を小刻みに動かして、大丈夫だと確認した。スパンキングのせいで恍惚となり、いま動かせるのはそれくらいだった。

ドミニクは体に手を這わせ、脚を愛撫し、再びわたしのなかに指を滑り込ませた。唇が滑らかだと思い、彼が創った潤滑剤を指に感じているようだ。それから彼が膝をついて脚のあいだに顔を埋め、唇をそっと噛み、舌を差し入れた。

ベッドサイド・テーブルの引き出しがきしんだ音を立ててあいた。セックスの最中にこの音がすると、暑い日にコーラの缶がプシュッとあく音がするくらいわくわくする。なにかすてきなことが始まる予感。

潤滑剤を塗られたお尻の穴がひんやりとしたのに、あっという間に温かくなった。ドミニクが指を一本、もう一本と挿入したのだ。ほかの男性だったらきついとか言ったかもしれないけれど、ドミニクはいつも無口だった。ただ、息づかいがどんどん荒くなっている。彼の鼓動も聞こえなければ表情も見えないけれど、わたしと同じくらい欲望に駆られていると想像はつく。目を閉じて、わたしから引き出している反応に満足して唇に笑みを浮かべて。

ドミニクはお尻の割れ目に沿ってペニスを上下させた。先端はやわらかく滑らかで、化学薬品と天然の二種類の潤滑剤にまみれてつるつるしている。彼は自分のものをわたしのお尻の穴に当て、ためらいがちに押し込もうとしたが、気が変わったようだった。今度はあわてて身を乗り出し、こわばったペニスをわたしの腿に何度もぶつけて、足と足首のロープを解いた。

手足に血液がどっと戻ってきた。わたしは両手足をくねらせ、しびれをやわらげた。

「大丈夫かい？」ドミニクがわたしの手足をさすり、血行が悪くて冷えかけていた部分を温めた。

「ええ、頼むからやめないで」

アナルセックスにはすごいところがある。これはわたしが数えるほどしか経験していない快感なのに、支配されている感じや、自分をまるごと男性に与えている感じをかならず味わえる。

ドミニクがわたしの入口に視線を戻した。わたしは息を詰めた。彼がゆっくりと分け入り、やがて激しく動き、突くたびに奥深くへ入り込んだ。わたしは力を抜いて、彼に全身を差し出した。

彼が内側で力強く動き、わたしはカバーを握り締めた。ドミニクはもうだんまりをやめていて、ひと突きするたびに歓びの声を漏らしていた。

彼がわたしの髪を握って起こし、手綱のようにして激しく貫いた。その動きはどんどん速く、手に負えなくなり、すさまじいペースになって、ついに彼はクライマックスに達し、わたしの背中に崩れ落ちた。温かいものがわたしを満たし、腿の内側を伝い落ちた。

ドミニクはわたしのなかにいて、ペニスがやわらかくなり、彼の息が耳に熱く吹きかけられた。

ニューヨークに夜明けが訪れた。

わたしはもぞもぞして、起きて体を洗おうと動き出した。

「だめだ。ここにいてくれ」ドミニクが言った。「こんなふうに、わたしを体のなかに感じてほしい」

ドミニクはわたしの背後でスプーンを重ねたように体を丸め、片手で胸を覆い、乳房を包んでいた。やがて目覚まし時計が鳴り、出発の時間を告げた。スーザンが予約した空港行きのリムジンがいまにも迎えに来る時間だ。

ドミニクがキッチンでコーヒーをいれてくれていたとき、わたしは目を覚ました。体中にあざができ、シーツには赤いしみができていた。血のように。

夜色の口紅の残りが、わたしが夜の人間に変わるために使う色が、寝具全体に広がり、昼間にはいやにどぎつく見えた。

午前零時にカルガリーに到着すると、男性はみんなカウボーイ・ハットをかぶっているようだった。ここで泊まるホテルの部屋は、一九五〇年代の客室のカタログから抜け出してきた感じだ。

機能的で、憂鬱になるグレイ系統でまとめられている。外の物音が入らないよう、窓は二重ガラスだ。うつろな空間と、うつろな女がその真ん中に立っている。

またドミニクのいない生活が始まる。

わたしの全身には彼の手の跡がついている気がする。わたしたちの関係の道しるべのようだ。ニューヨークを発とうとしたとき、わたしは衝動的にスーツケースにロープを忍ばせていた。それを首にきつく巻きつけ、裸でさびしい部屋を歩き回った。

指を腹部へ下ろして、さらに下へ、自分自身に触れた。頭に刻まれたドミニクの姿。彼が隣に現れてくれたらと願い、ロープを握って引き締め、ついには絶頂を迎えた。それとも失神したのか、死んだのかもしれない。

ニュージーランド、オーストラリア、ロンドン、ニューヨークときて今度は、よりにもよって、カルガリー。またどさ回りね。

8 背信行為

建前では、ドミニクが研究奨励金を与えられたのは、実現できるプロジェクトのリサーチをするためだった。第二次世界大戦直後の時代を舞台にした、祖国を去ったアメリカ人の作家と音楽家の物語について最低限レポート一本だが、本を書ければなおよかった。これは彼が関心を抱いた題材であり、すばらしい奨励金が手に入る多くのチャンスを提供してくれた。ほかの学者にはほとんど顧みられなかったものだ。しかし、彼はテーマを掘り下げるほど、関心を失っていった。

ニューヨークにいるよりパリに行ったほうが研究資料が見つかるのではないだろうか、とドミニクは思った。やがてサマーがツアー中にたびたび音信不通になったあいだに、何度か彼の気分は無関心から怒りに変わり、一週間マンハッタンを飛び出してフランスでもっと調べてこようかとまで考えた。

だが、ふと思いつき、研究奨励金を得たときに渡された書類を取り出した。特定の用語にアンダーラインが引いてある。そう言えば、『ブック・フォーラム』に出ていた広告に、そもそもこの奨励金の対象は学者と研究者だけでなく、手がけている仕事に資金提供を求めている作家も含まれるとあった。彼は十二人の受給者のひとりだったが、ほかの受給者はニューヨークへ来たことを歓迎するカクテルパーティで顔を見かけただけだった。ふたりのメンバー——オレゴン州ポートランドから来た、やせたブロンドの男性と、ずんぐりしたショートヘアの、なまりの強いフィンランド人女性——は現に小説家だった。

ドミニクもこのアイデアをそのまま小説に生かせるかもしれなかった。すばらしいチャレンジであるだけでなく、金では買えない経験になる。新たなキャラクターを何人か創作して、サンジェルマン・デ・プレと実存主義の黄金時代にパリで生きていた実在の主人公たちと交流させよう。マイルス・デイヴィスとジャズミュージシャンの仲間たち、ジュリエット・グレコ、ボリス・ヴィアンとジャン゠ポール・サルトル。創作と現実を混ぜ、きわどいロマンスをほんの少し添える。うまくいくぞ、とドミニクは思った。小説を書くのは長年の夢だったし、さらにそれが刊行されることをたびたび思い描いたものだった。

これはずいぶん励みになった。ドミニクはその朝サマーが電話をかけてくればいいのにと思った。彼女はメイン州に滞在していた。昨夜はコンサートがあった。そんなとき、翌日に携帯電話を充電してから電話をかけてきて、演奏の結果を報告することが多い。彼はのぼせた少年のように電話機の横に立っていたが、サマーは一度もかけてこなかった。今週こんなことがあったのはこれで二度目だ。ニューハンプシャー州のコンサートのあと、彼女は二日間連絡をよこさなかった。ドミニクの心の半分は、悲しくなり、ないがしろにされていると感じたが、もう半分は彼女に加える罰を夢見ていた。どちらも性的な満足を得られる屈辱の数々を。だが、なぜか彼は想像力が涸れかかっているような気がした。

ウェブスター・ホールでのサマーの輝かしいデビュー・コンサートを途中で退席してロフトに戻ってから、ドミニクはミランダとの密会をキャンセルし、出張をでっちあげて口実にした。なんとなく、不貞行為を働くには時期が悪いと感じたのだ。

きみのせいだぞ、サマー。ドミニクはひそかに考えながら、ミランダの電話番号を書き写した名刺を確かめた。

「なかなかつかまらない文学者ね」ドミニクが電話をかけると、ミランダが言った。

「ほかならぬその男だよ。まだ会う気はあるかい？」

「会いたいわ」

ドミニクは夕方からスプリング通りの〈バルサザー〉で飲もうと誘った。ロフトからわずか数ブロック先の店だ。ずっとサマーが留守にしているので、彼は毎日そこでたっぷりと朝食をとる習慣がついた。そうすれば、夕食までなにも食べずにすむ。

システムキッチンの花崗岩の調理台に携帯電話を戻したと思ったら、呼び出し音が鳴り出した。サマーか、やっとのことで？　さしずめ、離れた場所で、ドミニクが落ち着かないのを感じ取り、浮気をもくろんでいるのがわかったのだろう。これはタイミングがいいのか、悪いのか？

「もしもし」

「もしもし、よそ者さん」

サマーではないが、聞き覚えのある声だ。

「やあ、ローラリン」

「この街に来てるのよ」

「それはそれは。通過しているだけか、長くいるのかい？」

「それは事情によるかな。とにかく、いまはそんな話であなたを退屈させたくない。会って、面白そうな噂話を交換して、あなたがこの街《ビッグ・アップル》で夢中になってることを聞きたい。われらがミス・サマーの活躍ぶりは読んでる――彼女、大評判になってるみたいね。ちょっとしたセレブ。あたしはすっかり焼きもちを焼いて、ほんの八歳のときに選べと言われてバイオリンじゃなくてチェロにしたのを後悔するようになったくらいだけど、それくらいの熟年じゃ、セクシーなものとそうじゃないものの区別がつかないのよね」

ドミニクはほほえんだ。

「で、どうかな？　今夜はなんの予定もないんだけど」

「わたしもない」

「サマーに厳しく管理されてるんでしょ？」

「ちっとも。彼女は街を離れている。カナダをツアー中だ。きのうはトロントあたりで、いまはケベックか――よくわからない。ところで、明日ではどうかな？」

「だめ。コネティカット州で三カ月間のコンサートの産休代理要員のオーディションを受けるの。イエール大学付属の室内管弦楽団よ。今後は本拠地がニューヘイブンになるけど、あそこはニューヨークから電車でたった一時間くらいでしょ。ここの団員のひとりが妊娠してるの。ヴィクターが情報をくれたのよ」

「ヴィクターが？」

「そう。この世界の動きをなんでもつかんでるみたい。内部情報をくれるなんて親切よね。あなたがニューヨークに来てから、ふたりで会ってないの？」

「会っていない」

サマーがマンハッタンにひとりでいたころにヴィクターがどんな役割を果たしたのか、ドミニクはまだよくわからなかった。連絡を取ったのかと訊くたびに、彼女は答えをはぐらかそうとした。ごまかすこともあった。なにかあったのだろうが、はっきり知りたくないような気もした。いまさら過去を変えられないのだから。

「それはそうと、あたしは明日の午後にグランド・セントラル駅からニューヘイブン行きの電車に乗るわ。それから三日間オーディションを受けて、ほかの団員と一緒に練習する。その後にやってていけるかどうか、結果を知らされる。だから、今夜のほうがよさそうだと……」

ドミニクは本気でローラリンに会いたくなった。彼女には以前から興味を引かれ、惹きつけられていた。たとえ向こうが彼のタイプではなく、女性を好むとわかっていても。あのユーモアのセンスはこちらまで楽しくなる。ドミニクはよく考えてから訊いてみた。「実は、明日は人と会う約束をしたんだ。きみも合流しないか？　まずはようすを見てみよう。三人で意気投合したら、夕食に出かけて一晩過ごそう。そりが合わないようなら、じきにわかるから別行動にすればいい。明日会うのは、機内で知り合って興味を持った女性だよ」

「あらら、いけない人」ローラリンが電話の向こうでくすくす笑っている。「いいわよ。まさかその人も音楽家じゃないでしょうね？」

「ちがう。なぜわたしが弦楽奏者にこだわっていると思うんだ？　金管セクションも大好きかもしれないぞ、わかるだろう」

「いやらしい。でも、あたしだったら、パーカッショニストは敬遠する。あの人たちは筋金入りのじらしやだっていうから」

これで段取りがついた。ミランダに気まずい思いをさせないよう、ローラリンはドミニクたちの待ち合わせの十五分後に〈バルサザー〉に入ってきて、たまたま出くわしたふりをすることにした。ローラリンはそれくらいやってのける役者であり、再会が楽しいめぐりあわせになりそうだった。


ミランダが中座して化粧室へ歩いていった。彼らはすでに三杯目を飲んでいるところだ。

「彼女、あたしが好きよ」ローラリンが言った。

「そうかな？」ドミニクは問いかけた。

「わかる。あたしたち女には特製のレーダーがあるのよね」

「男にはゲイダーがあるように？」

「そうそう」ローラリンがささやき、ガラストップのテーブル越しにドミニクに身を寄せた。「彼女はあなたのことも好きよ。勢いがつくと、盛んにアピールするじゃない。あなたの腕やあたしの脚をさっと撫でたり、自分の髪をかきあげたり。とんでもない浮気女だね」

「浮気とは別物だ」ドミニクは言った。

ミランダがカフェの奥から颯爽と戻ってきた。やや不安定なハイヒールの足元で、満面の笑みを浮かべ、膨らんでいる白のスカートが黒のシルクのブラウスとコントラストをなしている。テーブルに近づくと、彼女はローラリンとドミニクのあいだの壁沿いのソファに無理やり入り込んだ。ローラリンはいつものように、白のTシャツ、ジーンズ、黒の革のブーツという、セックスの相手をあさる格好で、慎ましいチェロ奏者に見えるわけがない。

「ふたりとも、すごく楽しそう」ミランダが両側で飲んでいる連れの腿に手を乗せた。ドミニクのパンツの薄い生地をかすめ、ペニスが休んでいるところを通った。これは偶然ではない。

ローラリンの言うとおりだ。アルコールが効いているだけではなく、酒で勢いがついたのだ。ドミニクがローラリンと目配をしたとき、ミランダはグラスに残った赤ワインを飲み干した。今年最初のボジョレー・ヌーボーだ。

ローラリンの目が心底いたずらっぽくきらめいた。

彼女は椅子に座ったまま動いてミランダに寄りかかった。「ミランダ?」

「なあに?」ローラリンがミランダの顎に手を当て、軽く支えると、唇にものうげに唇を運んでキスをした。アメリカ人の女性は真っ赤になったが、思いがけない、親密な接触を振り払わなかった。彼女はそわそわとあたりを見回し、ふとドミニクを見て、またきょろきょろして、ほかのだれかに、カフェのウエイターやほかの客に見られていないかと確かめた。ミランダはドミニクの腿に置いた手に力を入れた。キスは続いている。ふたりの若い女性のすぐそばにいるドミニクは、ふたりの頰に震えが走るようすでぴんと来た。舌が触れ合って、絡まっているのだ。胃が締めつけられ、なじみ深い震えが股間を駆け抜け、上に移動していく。

周囲が動きを止めた。

ようやく呪縛が解けてローラリンとミランダの唇がしぶしぶ離れ、ふたりとも息継ぎをした。ドミニクが見ると、ローラリンの右手がミランダの白のスカートの奥深くへ差し込まれ、彼女に触れ、彼女の欲望をリードしていた。

三人はしばらく黙っていた。無意識にグラスを取り上げたが、そのうち二個はすでに空だった。ローラリンがほほえんだ。これで彼女の説が裏づけられ、ぱっと輝いた顔をやや勝ち誇った表情が横切った。

「そろそろ出る？」

「いいとも」ドミニクは答えた。

ミランダはうなずいただけだった。

「どこへ行こうか？」

ミランダがふたりに押しつぶされた格好から身をよじらせて逃れた。「うちに来ない？」

店の前で待っていたタクシーが三人を乗せてパーク街を北に走り、セントラルパークを通る東の通りを渡った。すると交通量も減り、二十分足らずでミランダのアパートメントがあるアッパー・イーストサイドに着いた。

そこはこぢんまりとした、上品で優雅な家具が置かれたワンルームだった。日本の物と思われる薄いついたてが書斎とベッドルームを仕切っていた。

ミランダが玄関ドアに向き直って二重のロックをして掛け金を下ろすと、ローラリンは彼女の背後に回り、たっぷりした白のスカートを支えているゴムに指を忍ばせ、引き下ろした。

ミランダは赤いTバックをつけていた。

ドミニクはふたりの女性のそばに戻り、ミランダの豊かな尻のやわらかい肌を片手でぼんやりと撫でながら、ベージュの麻のジャケットを脱いだ。彼女のウエストには日焼けの線がある。最近日向で着たビキニのボトムの跡のほうが、いまのちっぽけな下着より下腹部を広く覆っていた。

ミランダが両腕を上げると、ローラリンは黒のシルクのブラウスのボタンを上からふたつ外し、頭から引っ張って脱がせ、同時に流れ落ちる茶色の髪を分けた。レースのついたブラは赤だ。めちゃくちゃな下着の色を見て、ドミニクはふと意外に思った。これまでつきあった大半の女性は色の組み合わせに気を使っていた。

ふたりの女性は体を押しつけ合い、またキスを始めた。

彼女たちのそばに立って、ドミニクは困っていた。さて、どうしたものか？

ふたりの女性と一緒にいて、ふたりがセックスしているのを眺めているだけでも、たいていの男の夢想だとされていて、ポルノ史の一ページを記録しているが、ドミニクは本気で興味を持ったためしがなかった。その歓びを熱心に求めたことはなく、そのため、彼の身には起こらなかったのだ。これまでは。

ドミニクは近づいてミランダの首にキスをした。どくどくと打っている動脈のそばだ。それから心もち姿勢を変えて片方の耳たぶに歯を立てていった。ローラリンの第一希望は男ではないとわかったいま、どうアプローチしていいかわからなかった。

ドミニクがためらっているのに気づき、ローラリンは服を着たまま、ミランダから離れた。彼の手を取ってミランダのむき出しの背中に当て、ブラの留め金を外すよう促した。ドミニクは初めてのときを思い出し、喉の奥で静かな笑い声を押し殺した。ずっと昔、いつしか女性の、というより女の子の服を脱がせていた。相手は十七歳で、彼は十六歳の坊やだった。ブラを外す要領がわかるまでどれくらい時間がかかったことか。いまにして思えば愉快でもあるが、いやな思い出だ。

女性の下着が年々機能的になったのか、ドミニクのＩＱが不思議にも急激に伸びたのか。とにかく、いまでは指一本でそっと押せば留め金が外れてストラップが落ち、ミランダのずっしりした乳房をレースのついた赤いブラから解放できる。

ローラリンがうなずいてドミニクにも服を脱ぐよう指示して、三人はよろめきながらベッドルームに向かった。ピンクのベッドカバーの上にテディベアがたくさん載っている。ローラリンがかがみこみ、じれったそうにぬいぐるみに両腕を広げて、磨きをかけた床に払い落とした。

彼らはベッドに倒れ込んだ。三人揃って。

そして、ローラリンが主導権を握った。

ドミニクの生まれて初めての３Ｐだった。

彼はあとからこの経験の妙な性質をよく考え、同時にいくつもの行為をこなすいらだちを、どんな段階でも行為を心ゆくまで楽しめないことを思い起こした。あまりにも恥ずかしい。ミランダのしなやかな体を正常位で抱いたときも、ローラリンの指に睾丸を物憂げに撫でられ、ペニスをなぶられながら、アメリカ人女性のヴァギナに出し入れしたのだった。ミランダのきゃあきゃあした声と、背後でしゃがんでいたローラリンのかすれた声の励ましに気が散って、セックスに集中できなかった。ふたりが動物のように交わる光景は、それを特等席で見物していたローラリンの目にはどれほど卑猥に、むしろばかばかしく映っただろう。あるときはローラリンがドミニクを吸った――あれはミランダを貫かせる前に彼を硬くしたのか、そのあとのことか、もっと行為が進んでからだったたか？　また、ドミニクがローラリンにオーラルセックスをし、彼女がミランダに同じ奉仕をした。三人が左右対称に並んでいることに気づき、ドミニクはまさにぴったりだと思った。ローラリンは力強い味がした。彼にはなじみのない味わいだが、その野蛮なたくましさはなんとも表現しにくかった。

見ていると、ふたりの女性は息を弾ませて互いに体をこすりつけていた。ローラリンの機敏な音楽家の指がミランダのなかに滑り込み、奥深く分け入ってこぶしで犯しそうになった。いっぽう、ドミニクはミランダの頭のうしろに座ってペニスで彼女の頬をかすめ、口をじらし、彼女がスタッカートで漏らす息を大きく開いた脚に感じながら、ローラリンが呼び起こした欲望の波と戦っていた。ある時点で彼はミランダの乳房を愛撫し、ローラリンの歓びを観察しながら行為にふけった。

やがてドミニクは興味をなくし、ただの見物人となった。下半身が萎え、性交後の無力感と無関心に陥っていたのだ。ふたりの女性はベッドで執拗に性器をこすりつけ、愛撫をして、まるで彼がいないかのように自分たちの歓びを追い求めた。たしかに、ふたりとも美人だ。それなりに。ミランダはどこもかしこもやわらかい。そして、ローラリンの脚はとびきり長い。ベッドであらわになったアマゾンも顔負けのがっしりした体格は目の保養になる。彼女はどこまでも貪欲な口で何度もミランダの秘部を舐めたのだ。ドミニクが硬さを取り戻していたら、どこかでローラリンにまたがっていたかもしれなかった。彼女はミランダにかがみこんで尻を丸見えにして、いつでもどうぞと誘っていた。しかしドミニクは、この機会を利用したら興奮を冷ましかねないと迷い、もだえてはうめいている女性ふたりを見つめ続けるにとどまった。彼は利用され、ふたりはいま自分たちの楽しみにかまけていた。だが、不満はなかった。

結局、ドミニクはベッドルームを歩み出て、体を洗い、着替えてアパートメントを出た。どちらの女性も彼を呼び戻さず、ましてやまた加わるように誘わなかった。

ニューヨークのさわやかな初夏の夜で、ドミニクはセントラルパークの外周を歩いて五番街にやってきた。右手にプラザ・ホテルがそびえている。彼はダウンタウンまでずっと歩いて戻ることにした。携帯電話を確かめた。メッセージは一件もなかった。メイン州では夜にどんなことをするんだ？

「この前、別の女性とセックスした」

「だから？」

「気にならないのか？」

「別に」

回線には雑音が入らず、サマーがロフトの向こうの端にいたとしても不思議ではない。彼女の唇がドミニクの耳のすぐそばで話していても。彼女の声には感情がこもらず、すぐそばで聞こえる。

「どういう相手で、どんないきさつだったか知りたくないと？」

「過ぎたことなんでしょ？　だったら知りたくない」

ドミニクはどうしてもサマーに嫉妬させたくなった。怒らせたかった。

「実は、相手はふたりの女性だった」

「専門用語まで披露しなくてけっこうよ」

「そのつもりはない。ところで、コンサートはどうだった？」

「うまくいったわ。かなりいなかくさいお客だった。最初はあらたまってて。リラックスさせるのにひと苦労だった。でも、エージェントに釘を刺されてたから、会場に合わせて曲目を少し変えたの。なじませるのよ。言ってみれば、小さな町と大都市の旋律を。おかげでお客さまも盛り上がったわ。わたしはいつも『四季』を弾くんだけど」

「それはいい」

ツアーの最初の、カナダで演奏する部分では、サマーと少人数の弦楽アンサンブルしか参加していない。オーケストラ全体を同行させるのは経費がかかりすぎるとわかった。ひとつには、人員や楽器の輸送費用の問題だった。

「あと一日、二日でニューヨークを通るわ。ほんの数時間の、汚れものを置いて清潔な衣類を持っていく暇しかないけど」サマーが言った。「木曜日の夕方近くね。会えるのが楽しみよ。また二週間も離れ離れになるんですもの」

たった数時間、サマーは階下にレンタカーを待機させておくのか、とドミニクは思った。そんなことをしてどうなる？　わたしがニューヨークに来たのはきみと過ごすためじゃないか！　いままでは一緒にいる時間より離れている時間のほうが長い。いっぽうドミニクは、サマーが同時に多くを犠牲にしているとわかっていた。音楽は彼女のキャリアであり、いまはあのウェブスター・ホールでのコンサートとそれが浴びた称賛の波に乗る時期なのだ。

「その時間はなるべくうちにいるよ」ドミニクは言った。「サマー？」

「はい？」

「もしさびしくなったら、わかっているだろうが……」

「わかってる――ほかの人とつきあってもいい。前にそう言ってくれたわね」

「それで、もうつきあったのか？」

「いいえ。ホテルに戻ったころにはもうへとへとだもの」

「つきあってほしい」

「本当に？」

「本当だ」

「それで、なにもかも聞きたいのよね？」

「そうだよ」

ふたりの会話に沈黙が入り込んだ。サマーが泊まっているホテルの部屋からどんなメイン州の風景が見えるのか、ドミニクには想像もつかなかった。畑？　丘？　海だろうか？

「もう切らなくちゃ」サマーが言った。「みんなが階下で朝食をとろうと待ってるの。ここのレストランのパンケーキはおいしいって評判よ。メープルシロップつきでね」

「たっぷり食べておいで《ボナペティ》」ドミニクは言った。にこやかに話し続けるのは難しくなってきた。

「木曜日に会いましょう」

ドミニクは自分が木曜日にはロフトにいないことをもう知っていた。図書館での講演を引き受けてしまっていた。まだテーマを決めていなかった。どのみち、いつも十人前後の聴講者しかいなかった。彼はアドリブが得意だ。講演をするのは研究奨励金を受ける条件だが、図書館も保管人もあまり宣伝してくれず、コンピュータであわてて作った二、三枚のポスターを掲示版にいいかげんに貼っただけだった。唯一の慰めは、今年の奨励金受給者のなかで、ブッカー賞の候補者やナショナル・ブック・アウォードの受賞者など、はるかに有名で、著書が何冊もある作家でも、だれひとりもっと多くの聴講者を呼べなかったことだ。

ドミニクは講演を締めくくろうとしていた。スコット・フィッツジェラルドの『グレート・ギャツビー』を映画化したさまざまなバージョンと、主要人物のジェイ、デイジー、ニックを演じた俳優たちについて、尻切れとんぼだが快活な考慮をめぐらして。遅刻した人が狭い講義室に入ってきて、後方の座席に腰かけた。ドミニクにはだれだかわかった。ヴィクターだ。

彼もニューヨークにいると知っていたが、まだ居場所を突き止めようともしていなかった。どうやってこのささやかなイベントを嗅ぎつけたんだ？　そのときドミニクは、この話をローラリンに漏らしたことを思い出した。あれにちがいない。ローラリンはまだニューヘイブンにいて、オーディションに受かったんだろうか？

「おい、おれを避けてたのか？」ヴィクターがドミニクのほうに近づいてきた。ほかの聴講者は部屋を出ていくところだ。ふたりが最後に会ってから数カ月、彼は変わっていなかった。小柄で、白髪交じりで、顎鬚は整えられ、垢抜けてありのままでくつろいでいる。ヴィクターは女性にもてるが、ドミニクはその魅力をこれといって挙げられなかった。おそらく、彼のえらそうな態度と鋼のような目のひるまない視線だろうか。

「そうかもしれないね、ヴィクター」ドミニクの口調は冷ややかだが丁寧だった。

「友だち同士だと思っていたが」

「わたしもそうだった」

「じゃあ、どういうことだ？」

ヴィクターは、白地に青のストライプが入ったシアサッカーのジャケットを着て、ボタンダウンのシャツと黒のパンツを身につけている。暖かい日なのに、わざわざネクタイを締めている。茶色っぽい変な色合いの品で、結び目が大きすぎる。センスが変わっているので、東欧の出身だと知れる。小粋な学者というより正装が必要な官僚という感じだ。しかし、それは彼がなじんできたスタイルなのだろう。だれでも、ある程度は生まれにとらわれるものだ。

ドミニクが返事をしないことに興味を持ち、ヴィクターは水を向けた。「あの子のことか？バイオリニストの？」

「そのとおり」

ヴィクターは、サマーがニューヨークに着いてから彼とのあいだにあったことの一部始終をドミニクに話していないと踏んだ。「すると、ローラリンがきみに話したんだな？」

「きみが地下納骨堂を勧めて、われわれを操り人形のように思いどおりにしていたことをね、ヴィクター。あれでは人をだますようなものじゃないか」

「ただのゲームだよ、ドミニク。なあ、お互いにああいうゲームを楽しんでる。そうだろ？理解し合ってるはずだ」

「きみは彼女がアメリカに来てからもかかわっているのか？」ドミニクが訊いた。ヴィクターは考えた。尋ねている以上、ドミニクはなにも知らないということになる。彼はほくそ笑んだ。

「まさか。そりゃあ、見かけたことはあるさ。同じ世界で生きてるんだ。やむを得ないよ――われわれが足を突っ込んでいる小さな世界は、それはそれは狭くてね。近親相姦をしそうなほどと言っていい。彼女はきみのものだとわかってるが……。見てもいいが手を出さない、な？」

「わたしのもの？」

「きみのペットだ。ちがうのか？」

「妙な言い方をするな、ヴィクター」

「きれいな子じゃないか、彼女は。おまけにすばらしいバイオリニストで。いまじゃ、かなりの有名人だ。だろ？」

「ああ」

「よりを戻したのか？　だからニューヨークに来てるのか？」

「よりを戻した？　そうとも言えないな」ドミニクは嘘をついた。「だが、いまでもつきあっている」

「けっこうじゃないか。ロンドンのきみの家で、彼女の演奏を見せてもらったとき……」ヴィクターが言い淀んだ。ドミニクがサマーに裸で目隠しをして弾くよう求め、それを見知らぬ人間――ヴィクター――が見ていたときを思い出しているのだろう。ドミニクはいろいろなことが重なったいきさつを思い、自分がまさにこの男の目の前で彼女を利用したことを考えた。

「なんだ？」

「彼女はプライドが高すぎる。いくら性欲のとりこに見えても、どこか問題がある――あの目や、姿勢に感じるだろう。彼女は自分の衝動と戦っている。本来の姿と」

「そうだろうか?」それでも、ドミニクはヴィクターの言葉に潜む真実に気づいた。「野生の馬みたいなものだ」ヴィクターが続ける。「馴らされなきゃならない女もいる。それも儀式の一部だ。彼女たちが自分は何者かを心の底から受け入れたら、最初から作り直せる。断片を組み立て直すのさ。これまでずっと、きみは主導権を握っていたんだぞ」

「うーん……。サマーのことはよくわかっている」ドミニクはそっけなく言った。「アドバイスが必要になるとは思わない」

「いまのは提案じゃない」ヴィクターが言った。「ただのコメントさ。とにかく、また会えてよかった。これから予定があるのか? いまからは? 最高にうまいウクライナ料理のレストランを知ってるんだが。セントマークス・プレイス寄りの二番街だ。ピロシキとロールキャベツは故郷の味に負けてない。案内させてくれないか? おれのおごりだ。仲直りしたいんだよ」

ドミニクがヴィクターを見ると、彼の顔を海賊のようなにんまりとした笑みがよぎり、入念に手入れをされた灰色の顎髭は完璧な形をしていた。ヴィクターはなにか思うところがありそうだが、それでもかまわなかった。たしかに、ゲームは続いていく。

「いいとも」ドミニクは誘いに応じた。


サマーはロフトに戻り、ビルトインのクローゼットの自分用のレールに掛かった衣類をほとんど持ち出し、洗濯機をいっぱいにしていった。それがまだ最後に回転しながら乾燥しているときにドミニクが帰宅した。彼女は彼の留守についてあれこれ言う手紙も、お帰りなさいのひとことが書かれたメモも残さなかった。

だが、少なくともサマーはしばらくベッドで横になったようで、彼女の香水の残り香がまだしている。

その夜、ドミニクはサマーの夢を見た。

そして、野生の馬の夢を。

これはサマーなりにわたしを苦しめているのだろうか。ローラリンとミランダとの情事を罰して。

もっとましなやり方を思いつかなかったのか。

ふと気になり、ドミニクはサマーのクローゼットを見直した。あのコルセットがない。彼女がカナダ・ツアーに出ていたあいだは、ずっとそこにあった。東海岸のツアーではコルセットを持っていくようだ。

すると、とドミニクは考えた。サマーは彼の指示に従って、ほかの男とひと晩か二晩過ごすつもりなのだろう。もっとも、指示に従うことと、ほかの男のためにあのコルセットを身につけるのはまったくの別問題で、裏切りのメッセージだった。腹にナイフをねじ込まれるようなものだ。ちくしょう、サマー！

ふたりはクローゼットを分けて使っていた。サマーが左側、ドミニクは右側を。彼のほうは機能的に整理され、モノクロの衣類が詰まっていた。ほとんど黒のパンツ、一着をのぞいて黒の数少ないスーツ、大量のTシャツ、二十枚ほどのシャツが白から黒にかけて並べられ、中間に青が入れられている。そのほか、濃い色のカシミアのセーター数枚と、退屈な催し用にタキシードもある。彼はタキシードをハンガーから外した。

ヴィクターがブルックリンで開くというささやかな夜会に招待されたのだ。

「ちょっと堅苦しいが、まちがいなく楽しめるよ」

ブラウンストーンの建物は、地下鉄Fラインの駅から五分歩いた緑の多い通りに立っていた。周囲には小さなエスニック・レストランがずらりと並び、コロニアル様式を模した木製の玄関ポーチと階段を備えた、そびえるような二階建の郊外住宅もあった。

ドミニクは玄関で、黒髪をシックなボブヘアにカットした、熟年の女性に迎えられた。彼女は流れるような青のロングドレスをまとい、両手の指という指に重そうな指輪をはめている。首には真珠のネックレスを下げていた。かなりの美人だ。年齢を物語る皺があるにもかかわらず――というより、皺があるからこそか。

「あたくしはクラリッサです」彼女が名乗った。「あなたがヴィクターのお友だちですわね」

「そうです。はじめまして。こちらはお住まいでしょうか？」

「そのとおりです」年長の女性が答えた。「もうずいぶん前からこちらに住んでいますわ。一家で何世代かにわたっていますの」クラリッサがドアを大きくあけてドミニクをなかに入れた。

「実に広そうなお宅ですね」

「いまではふたりしか住んでおりません」クラリッサが言った。「無駄な話ですけれども、引っ越しを考えたことはありませんの」

料理をしているいい匂いが廊下に漂ってきた。地下から来るようだ。そこにキッチンがあるにちがいない。

クラリッサがドミニクを案内して階段を上り、二階の広いラウンジに入った。部屋を縁取っている背の高い張り出し窓からは、手入れされていない、細長い庭が見える。部屋にはすでに十人あまりの客がいて、柄の長いクリスタルのグラスでシャンパンを飲みながら、静かに談笑していた。ほとんどがカップルだ。

「ヴィクターはまだですか？」ドミニクが訊いた。

「彼とお連れはもうじき参ります」クラリッサが知らせた。「さあ」彼女が部屋の隅にあるピアノの脇に立っている白髪交じりの男性を指さした。「紹介させてくださいな。こちらが主人のエドワードです」

エドワードは茶色の千鳥格子のベストと焦げ茶色のタキシードを着ていた。カマーバンドがウエストを囲んでいる。薄い口髭は一九四〇年代の映画に出てくる戦争中の英雄のように刈り込んであり、右の耳たぶにダイヤモンドが輝いている。なかなかの洒落者だ、とドミニクは思った。立っているだけなのに、この男には精力的なところがある。

エドワードの握手は力強くて自信たっぷりだった。

「ヴィクターからいろいろとうかがっていますよ」

「そうですか？　それなら、あなたがたはわたしより有利ですね」

玄関ドアのブザーが鳴り、エドワードが失礼すると言ってドアをあけに向かった。彼とクラリッサは順番に階下へ足を運んでは客に挨拶していた。

ドミニクはテーブルに近づいてグラスにミネラルウォーターを注ぐと、窓の外の庭を見た。花壇に薔薇がむやみやたらに伸び、そよ風に舞い散る花びらは、赤とピンクと白の蝶々のようだ。緑の木のなかに一定の間隔で石板が何枚も埋められているようすは、祭壇か小さな墓石に見える。

つかの間、ドミニクの想像力があらゆる狂気じみた思いつきとともに踊った。ヴィクターや出会った人々に関する予備知識からインスピレーションを得たのだ。

なるほど、ここはいわば秘密の花園であり、いろいろなことがありそうだ。高い木の塀が庭を取り囲み、巧みに視界をさえぎっている。

さらに大胆な発想をしようとしたところ、ドミニクは肩をそっと叩かれた。

「こんばんは」

ドミニクは振り向いた。

ローラリンだった。隣に立って、口元に照れくさそうな笑みを浮かべているのはミランダだ。ふたりとも、肩を出している優美なイブニングドレス姿だ。均整の取れたローラリンの日焼けした腕が、第二の皮膚のように貼りつく、きらきらした白い布地からのぞいている。ハイヒールをはいている彼女は、連れより頭ひとつ半背が高い。ミランダのドレスは緋色でウエストから下がゆったりしていた。どちらもひと目でノーブラだとわかり、ドミニクはとがった乳首がドレスの生地を突き上げるようすから視線をそらせなかった。

彼は自分を抑えた。

「ニューヘイブンから逃げ出して来たのかい?」

「もちろん。それからミランダを説きつけて……」

ローラリンがさらに続けようとしたとき、ドミニクはヴィクターに気づいた。すっかりめかしこみ、背筋をぴんと伸ばしてかたわらに立っている。

「こんばんは、ドミニク。よく来てくれたね」

「やあ、ヴィクター」ドミニクは言った。「こちらの美しい女性たちとはもう知り合いだね」

「ローラリンは長年の友人だ」ヴィクターが言った。「それからミランダは特別ゲストとしてやってきて、われわれを楽しませてくれた。そうだね、きみ？」

ミランダが目を伏せた。

「きみがミランダと面識があるとは知らなかった」ヴィクターが言った。

知っていたくせに、とドミニクは思った。ローラリンが彼になんでも話すのは明らかだ。ヴィクターはまたゲームをたくらんでいる。これは罠だろうか？

女性たちが部屋の向こうにあるテーブルへ飲み物を取りにいった。

ヴィクターがドミニクにかがみこんだ。「たぶん、彼女はローラリンの新しいおもちゃだろ。われらがローラリンは男から女へあっさり乗り換えるんだぜ」

ドミニクは今夜の内容と参加者についてヴィクターにもっと詳しく訊きたかったが、ほかの客も合流すると、自己紹介をしないわけにいかなくなり、自分はどういう人間で、ニューヨークでなにをしているのかと軽い話を始めた。男性客のひとりがドミニクに特別奨励金を出した保管人のメンバーであると見え、すでに彼のことをよく知っていた。これもまた偶然だろうか？ ヴィクターは相変わらず謎めいたほほえみを顔に貼りつけて、どんな会話もうまく切り抜けた。万能のサーカスの団長といったところか。

女性たちが戻ってきて話に加わった。ローラリンがミランダの手を握っている。

客たちは踊り場の向こうのダイニングルームへ移動するよう求められ、そこでディナーが出された。

地下のキッチンではプロのシェフが腕を振るっているのだろう、ホスト夫婦はふたりとも料理にいっさい手を出していないようだ。Ｐ・Ｇ・ウッドハウスの小説から飛び出したような、黒い制服姿の無表情な執事が給仕をしている。

一皿目はコキーユ・サン・ジャック。やわらかいホタテ貝をマッシュルーム風味のベシャメルソースであえた料理。二皿目は淡い味わいのババガレイ。美しい切り身にしたものをさっと焼いてから、バターを載せてパセリを散らしてある。料理と同時に出てくるワインは、テーブルのほかの客を信じるかぎり、完璧とまではいかなかった。ドミニクは自分が酒を飲まないことで少し気まずくなった。

彼は丸テーブルでローラリンとヴィクターに挟まれて座った。ミランダはローラリンの左側だ。あのブロンドの若い女性の両手はたびたびテーブルの下に入れられ、しだいにそわそわしていくミランダをもてあそんだ。

ディナーを締めくくるのは、豊富な品揃えのやわらかくて風味の強いヨーロッパ製チーズとクリームをかけた苺だった。シンプルなものばかりだが、洗練された手際で出された。

ふたりの女性はコーヒーが出された際にちょっと失礼と言って席を立ち、ヴィクターがうなずいた。テーブルの向かいから、寄付基金の保管人が研究の進み具合をしつこく訊いてきたので、ドミニクは白状せざるを得なかった。図書館の資料を調べているうち、当初の計画から撤退してフィクションの創作に向かっていると。

「ほほう」話し相手が言った。「小説のほうが実生活よりはるかに真実味があるからな」

「それこそ畑ちがいの仕事になりそうで」

「きみならすばらしい作品を完成させそうだ」

「そうだといいが、まだ最終的な決断を下していないんだ」

ダイニングテーブルを離れた人たちはラウンジへ戻った。

ローラリンはすでにそちらの部屋で、ピアノのスツールに腰かけて静かに弾いていた。ドミニクにも聞き覚えのあるメロディだが、曲や作曲家の名前を思い出せなかった。彼女の隣にはミランダが座っていた。さっきまで着ていた赤のドレスを脱いで、腿の真ん中あたりに届く透けないキャミソール一枚を身につけている。首輪もつけていて、金属製のゆるいリードがローラリンの片方の手首につながっている。

「ああ……」そう言いながらヴィクターがドミニクを椅子のひとつに導いた。部屋中に椅子が何列も並べられ、ピアノのコーナーとふたりの女性に向けられていた。

「今夜のお楽しみだ。これからローラリンが新入りの能力を試す」

「能力だって?」

「行き過ぎたことはしない」ヴィクターが言った。「この段階ではね。この内輪のグループに入る決心がついてるかどうかを試すだけだ」ドミニクが椅子に座るなり、ヴィクターはふたりの女性に近づいた。ローラリンは演奏をやめてピアノの蓋を閉め、優雅に立ち上がった。ヴィクターがミランダの肩に手を置いて、空いたスツールのそばにひざまずくよう指示すると、若い女性はうなだれた。ミランダの動きはためらいがちで、まるでこれからどうなるのか気づいたようだが、のろのろと指図に従った。彼女がひざまずくと、ヴィクターは観客に向かって派手にお辞儀をして、キャミソールの裾をつかんで引き上げ、むき出しの尻と太腿をあらわにした。ローラリンがリードを引っ張り、ミランダはまっすぐ前を向かされて、正面をじっと見つめた。ローラリンはミランダの髪をまとめてゴムで留め、だれの目にもよく見えるようにした。そうしながら、彼女の弱々しいうなじを見せた。

突然、ヴィクターがミランダの脚のあいだに入り、大きく広げた。彼女は木の床で姿勢を変えるしかなく、居合わせた全員の前で肛門の暗い入口をさらした。

ローラリンがピアノの上から小さなパドルを取ってヴィクターに渡した。

彼はパドルを高く振り上げ、勝ち誇ったような勢いでミランダの白く丸い尻に打ち下ろした。最初の悲鳴は痛みと驚きによるものだった。自分の身になにが起こるかを、どこまで聞かされていたのだろう? たしかに彼女は同意したにちがいない。ドミニクはＢＤＳＭの行為にあまりなじみがない。本から得た知識しかないが、ローラリンに聞いた話では、すべての参加者に情報が伝えられ、乗り気になっているのがポイントだという。

会が終わるまでには、ミランダの尻は彼女が着ていたドレスと同じ緋色に染まった。このスパンキングのあと、ローラリンに起こされて、彼女がふらふらする足で立った。マスカラが流れ落ちたせいで化粧は崩れ、腰までまくれ上がっているキャミソールを思わず押さえ、裾を下ろして大事な部分を覆った。彼女はすべての観客から目をそらし、部屋の外へ連れていかれた。

エドワードとクラリッサはほかの客に囲まれていて、酒を勧めていた。

「で、どう思った?」ヴィクターがドミニクに声をかけた。

「ほれぼれした」

「新鮮かな?」

ドミニクはあれこれ考えて躊躇した。「そうでもない」と答えた。「サマーから、あのバイオリニストから以前に聞いたことがある。彼女は何度かクラブに出かけて、スパンキングや鞭打ちを受けたそうだが……」

「あの彼女が？」

「わたしはその場にいなかった」ドミニクはつけくわえた。「だが、本人はかなり楽しんだはずだ。だから興味をそそられたんだ。もっとも、わたしは罰を受ける側になりたいと思ったことはない。立たなくなるんじゃないかと怖くてね」

「よく言うよ」ヴィクターが言った。「ま、見ているぶんには楽しいだろ。見てのとおり、われわれの世界で、セックスが入るとはかぎらないんだ。もちろん、入ることもある。これは物事の一面にすぎないが」

「わかった」

「もっと見たいか？　きみも仲間に入りたい？」

「まあね」

「おれはニューヨークの大学との契約が三カ月後に切れるから、新天地に向かって出発だ。ちょっと故郷に戻ってもいいいな。盛大なパーティを開くつもりだったんだ。パーティをすべて終わらせるパーティを。すごい呼び物を考えているんだ。本物のスターを。まだ準備ができないが、彼女にうんと言わせる手はわかってる。きみだって彼女が好きになるぞ」ヴィクターが言った。

「その子を気に入るはずだ。ぜひ来いよ。なんとしても忘れがたいパーティにしたいんだ」

夜も更けてきた。サマーがホテルの部屋からメッセージを送ってきたかもしれない。ドミニクはマンハッタンに戻ろうと決めた。

「たぶん行くだろう、ヴィクター。たぶんね」

しかし、ドミニクはもうわかっていた。ヴィクターに呼ばれれば、自分はやってきて深入りすると。ヴィクターはドミニクの女性の好みを気味が悪いほど的確につかんでいる。ヴィクターの頭に浮かんでいるスターの謎めいた正体に、ドミニクは早くも魅せられていたのだ。


メイン州では、東海岸のコンサートツアーが続いていた。ある晩、大成功に終わったコンサートのあと、サマーはほかの演奏家たちと祝杯をあげていた楽屋から座を外した。人に囲まれたり、酒を飲んだりしたくなかった。タクシーを拾ってホテルに直行し、客室のドアを乱暴に閉めた。

ここでサマーは服を脱ぎ、湯気の上がるほど熱いシャワーの湯を浴びて、体を拭いてから裸でベッドルームに入った。スーツケースはベッドの下に入れてある。それを引き出して、ビニール袋からコルセットを出した。ニューヨークのロフトで共用しているクローゼットからとっさに持ち出したとき、ビニール袋に突っ込んだのだ。サマーがコルセットを身につけてなるべくきつく締め上げたころ、すでに午前一時になっていた。高級ホテルの十五階の部屋の窓からは、通りの向こうに鉄道の主要な駅の明かりが見え、はるか遠くには、広大な湖の水面が静かにきらめいている。

サマーはここまでをすべて暗がりですませると、ようやく部屋の明かりをつけて、クローゼットの内側についている姿見に向き合った。黒のコルセットがただでさえ細いウエストラインを縛り、張り骨が青白い肌に強く押しつけられている。乳房を際立たせ、捧げもののように突き出させ、濃い色の乳首をとがらせ、さくらんぼの種のように硬くさせて。下のほうはまったくのむき出しで、茂みは小さく、手入れがされていない真っ赤な巻き毛の塊だ。これがわたし、とサマーは思った。コルセットに抱擁されて、官能的な部分が強調されている。わたしのなかのふしだら女。娼婦かしら？

説明のつかない罪悪感が胸に押し寄せた。

たったいま、サマーは罰を受けなくてはいけないような気がした。尻が火を噴くまで叩かれ、やみくもに貫かれなくてはいけないと。しかし、こんな気持ちになるのはおかしいとわかっていた。罪悪感など覚えるいわれはない。性的渇望はそれだけのものだ。自分の意志で欲望にふけって快楽をほしいままにしても、それを拒んでもどちらでもいい。そういうことだ。罪悪感は関係ない。

サマーはドミニクに電話をかけてみようかとしばらく考えたが、頭のどこかが逆らった。

ドアのフックからトレンチコートを取った。ツアーにいつも着ていく、ゆったりした長めのレインコートは、イブニングドレスが隠れ、妙に注目されずにすむから重宝だ。それから、サマーは部屋中に散らかった衣類と靴のなかで最初に目についた靴に足を入れた。

コートのボタンを留め、目の粗い生地にむき出しの乳首をこすられ、恥毛をかすめられて、フロアの長い廊下をエレベーターホールへ急いだ。ホテルの外で左に出て、大通りの端に着いた。

それはどこまでも続く長い通りで、きらびやかな繁華街が途切れると、その先はいかがわしい、小汚い通りになり、高級レストランと専門店は姿を消して、バーや怪しげなクラブ、安売り店が軒を連ねる。大半がこの時間には閉店している。北に向かって三十分ほどぶらついてから、サマーは足を止めた。深い暗闇に立っていた。

彼女は息をのんだ。

ベルトを外して、ベージュのトレンチコートのボタンを外し、自分自身を夜の闇にさらした。ほんの二メートルほど先で、サマーが閉まった店のシャッターにもたれ、ちかちかする街灯の下で全身をあらわにしている前を、車が大通りを疾走していった。一台もスピードを落とさなかった。彼女がそこに存在せず、一顧の価値もないというように。

サマーの心はうつろだった。体の奥が燃えているのに。それとも、顔が、心が燃えているの？

南へ向かってやってくる通行人のシルエットが、だんだんはっきり見えてきた。男性だ。どう見ても酔っ払って、ふらふらしながら、瓶の首がのぞいている茶色の紙袋をつかんでいる。そばまで来ると、男は歩調をゆるめた。彼女をまじまじと見て、立ち止まった。

「抱いて」サマーは見知らぬ酔っ払いに言った。体面はかなぐり捨てて、捨て鉢になり、男に訴えた。

男は呆然として、彼女を見るばかりだった。

「お願い」

あとはどうしたらいいの？　ここに手足をついて、尻を持ち上げ、体を開いて見せるとか？

男がしゃっくりをした。相変わらずサマーの刺激的な格好にうっとりした目をして、唇にうっすら笑みを浮かべ、乳首やむき出しの性器にいやらしい視線を向けている。やがて男は一歩、また一歩と進み出し、通りを歩いていった。

サマーを相手にしなかった。

十分後、やはり同じ商店のシャッターの前に立ったまま、サマーは自分が露出狂の老人のパロディになったと気づいて、おぞけを振るった。

彼女はトレンチコートの襟を合わせ、ボタンを留めてベルトを締めた。ポケットのひとつに皺くちゃの札が数枚入っていた。縁石に寄り、タクシーを拾ってホテルに戻った。

もう一度シャワーを浴び、埃だけでなく憂鬱な記憶まで洗い流した。そして、二度とコルセットをつけないと心に決めた。

サマーはぐっすりと眠り込んだ。

翌朝はエージェントからの電話で目覚めた。このツアーを延長する気はあるかしら？　あと二週間で終了の予定だけれど、オーストラリアとニュージーランドまで足を延ばしてみない？

9 帰郷

オークランド国際空港で木製の大きなアーチをくぐり抜けるほど、嬉しい気分になれる出来事はなかなかない。これは到着ゲートを出て、ニュージーランドに入ったというしるしだ。

かならず最初に耳に届くのは、録音されたエリマキミツスイという鳥の鳴き声で、入国審査の手前のアーチ付近で流れている。伝統的なマオリ族の姿を彫った壮麗な出入口は、わたしの故郷とほかの世界とを隔てている。

そこに来たわたしは、激しい衝動を抑えなくてはならなかった。駆け出して正面のドアを出て、法王がするように地面にキスしたかった。実際にそうしたら、空港中を税関職員と訓練された探知犬に追いかけられ、荷物に持ち込み禁止の果物や野菜が入っていないかどうかを調べられるだろう。

ニュージーランドに愛着を感じているのは、以前からちょっとばかみたいだと思っている。自分から出ていき、めったに帰国せず、二度と帰らないかもしれないくせに。でも、ここはわたしが恋しく思う土地だ。ほかのどんなものよりも。機内の窓から現れるアオテアロアの光景ほど、わたしの心を高らかに歌わせるものはない。

アオテアロア。白い雲がたなびく土地。雲ではなく山並みが特徴の国にしては妙な名前だ。山は平地から妊婦のおなかのように盛り上がり、海は魚の目のように明るく透き通り、国の端から端へ風がのんびりと吹き渡る川は、よどみなく流れる黄金色の水にウナギとマスがたくさんいて、ワイホー川で仰向けに浮かんで過ごした暑い午後や週末をいつになっても思い出させる。

わたしはなんとか交渉して、コンサートツアーに入る数日前にテアロハの家族を訪ねることになった。テアロハはわたしが生まれた北島の小さな町で、オークランドから車で南に二時間走ったところにある。

卒業した高校から連絡があり、朝の会で短いスピーチをしてほしいと頼まれた。なんだか皮肉だ。在校時はけっして成績がよくなかったし、大学は音楽をたった一年勉強しただけで中退したのに。それから、校内ホールで短い帰郷コンサートを開くことにもなった。母が得意げに知らせてきたのは、わたしの写真が地元紙に載ったことだった。さいわい、ニューヨークのポスターを飾った、わたしがなにも着ていない写真ではなかった。

機内に預けていた荷物を受け取り、到着ホールに続くスライディング・ドアを駆け抜けて、しきりに兄のベンを探した。迎えにきてくれる約束だ。兄はプケコへの近くの製鋼所で働いているが、テアロハに来てわたしを訪ねるために一週間休暇を取ったという話だった。

兄の姿はどこにもない。

そのときポケットのなかで携帯電話がうなりをあげた。

「おい、サマー！　出てこいよ。ぐるぐる走り回ってパーキング代を浮かせてるんだ」

いかにも兄らしい。

兄がピックアップエリアを五周目に入ろうとしたころ、わたしは彼に手を振って止めた。

「ただいま！」

「おかえり！」

ベンが車を飛び下りて、わたしに腕を回した。兄は汗とグリースの匂いがする。最後に会ったときからほとんど変わっていない。でも、製鋼所で働き出してから肩幅がちょっと広くなって、黒髪に白髪がちらほら見えるようになった。

「乗れよ、急げ。つかまらないうちに」ベンが顎をしゃくって表示を示した。ピックアップゾーンでぐずぐずする者は寿命が縮まるほど厳しい表現だ。

ベンがわたしのバイオリンのケースを後部座席に、まるで赤ちゃんを寝かせるようにそっと下ろした。

覚えているかぎり、兄は同じ車を運転している。赤のトヨタのステーションワゴンで、自転車より安く買った中古車を根気よく修理して、Ｆ１のドライバーが嫉妬するほど効率よく走るようになった。

「十五分で時速六十キロになるんだぜ」ベンはエンジンをかけるときに鼻高々に言った。

わたしは打ち解けた気分で助手席に沈み込んだ。それは、ずっと離れていたのに変わらないものへのやさしい帰郷にともなっていた。兄と兄のステーションワゴンはどちらも、日の入りと同じくらい当てになる。

小雨が降り出していて、ワイパーが一定のリズムで動き、フロントガラスをこすっている。

いまはニュージーランドの冬だが、それでもかなり穏やかで、ニューヨークの冬よりずっと暖かい。空は灰色なのに、記憶にあるよりはるかに熱帯に見える。

　窓の外に目をやり、空港に続く道路を縁取るやしの木を見つめた。

「へえ」わたしは声をあげた。「こんなふうだったかな。どこかの島みたい」

「島だからな」ベンが気のきく答えを返した。

「ちゃんとした島ってことよ。太平洋に浮かぶ島とか」

「おまえ、学校に行ったのか？　都会で暮らしても頭はちっともよくならないみたいだな、え？　公害のせいで脳みそがイカレたか？」

　わたしは身を乗り出してベンの脚を叩いた。

　ベンは一度しかニュージーランドを出たことがない。ブリスベーンで週末にサーフィン旅行をしたときだ。兄には出ていく理由がないのだ。

「テープをかけようか？」

　ベンはいまでもトヨタにカセットデッキを載せていて、助手席の足元にはカセットテープが散らかっている。わたしはテープを調べた。

「シャーデーがあるの？」ベンをからかった。

「彼女はいいぞ。ベートーヴェンよりいい」

　もう一度窓の外に目をやり、風景に驚いた。車は見えず、道路の両側に畑が広がっている。この前オークランドに来たとき、せかせかした雰囲気で、どこもかしこも人間と機械で息苦しいほどだったのに、いまは市内随一の繁華街すら超いなかに見える。

「で、母さんからおれが結婚するって聞いた？」

「ウソ！　兄さんに恋人がいるのも知らなかった。いつそんなことになったのよ」

「ひと月くらい前かな。レベッカっていうんだ。レベッカ・ベックス。しばらくロンドンに住んでたから、おまえとも話すことがあるだろう」

「すごい。よくやったわ、兄さん」

「おまけに妊娠してる」

「なんなのよ。どうしてだれもなんにも教えてくれないの？」

「おまえはいつも電話に出ないだろ！」

「メールを送ってもよかったのよ」

「子どもが生まれることをメールで知らせたくないね。とにかく、おまえもコンサートでレベッカに会える。いまはタウランガの実家にいるんだよ」

わたしたちは黙り込んだ。雨は激しくなり、車の流れが遅くなり、街で働く人たちが週末を過ごす静かな場所を求めて並んでいる。

この前こちらに電話をかけたのはいつだった？　わたしは故郷のことをよく考える。家族、友人たち、ニュージーランド全般について。でも、実際に電話をかけたのはクリスマス、半年も前だった。あのときは、ただママとパパと話すためだった。ベンとは一年以上も口をきいていない。

「会えてよかったわ、兄さん」胸に悲しみがこみあげた。ふと、わたしの気分は外の天気のように陰鬱になった。

「こっちもな。みんな、お前がいなくてさびしがってた」

それからの車中は、旧友や知人の消息をしゃべって過ごした。とりたてて変わったことはないが、当然ながら、若いカップルには結婚と出産、年長のカップルには離婚が続いていた。国を出たときから知っているカップルが別れずにいると聞くたびに、意外な気持ちになる。

うちの両親はうまくやった。結婚して三十年以上になる。ふたりが本当に愛し合っているとは思えないけれど、昔からお互いが好きだったようだ。この点、兄と姉とは意見が合わない。彼らに言わせると、両親はロマンチックな気分の塊で、ふたりの人間がよいときも悪いときも一緒にいられる証拠だという。わたしの考えはこうだ。両親が結婚を長続きさせたのは、別れないほうが楽で快適だし、離婚に対処してからひとり暮らしをするのは大変だから。わたしは昔から皮肉屋だった。

テアロハに着くのが待ち切れず、ようやく〝歓迎〟の看板を通り過ぎて、正式に町に入ったとわかった。

いつ見ても、この町は近隣よりほんの少し暗い光に包まれているように感じる。前々から、自分たちは地元の山のテアロハ山の影で暮らしているようで、その影が本来よりはるかに長く広く伸び、町を覆い尽くしている気がしていた。家族はわたしがどうかしていると思っている。みんなはテアロハの光も世界中の光と同じだと思っているのだ。わたしはその光がうっとうしいと感じた。毛布でぎゅっとくるまれて眠るようなものだ。

山が遠くにぼんやりと見えてきた。季節を問わず、地平線についた黒い汚れ。ここは小さな町であり、真っ先に通る道でもあるため、山に気がついた。

あの山に登ったのは、まだよちよち歩きのころで、父と一緒だった。わたしは麓《ふもと》のあたりで音を上げた。道がぬかるんでいて、登るのがものすごく大変だったから。わたしは地面を踏み締められず、父が肩車をして頂上まで連れていってくれた。

頂上に立って、ほかの世界だと思ったものが目の前に広がっているのを見て、わたしはわずかのあいだ、山が投げかける影からようやく解放されたような気がした。その日から、わたしは町の境界の外はどこもかしこも希望の土地だとみなした。高校を卒業した日に町を出て、たまに帰省する以外はけっして振り返らなかった。

わたしは末っ子で、ずっとのけ者だった。姉のフランはニュージーランド銀行の支店に勤めている。ここ十年同じ仕事をしていて、やめる気はないようだ。兄はだれでも入学できる科学技術専門学校の通信教育で工学の学位を取ったけれど、大学に進んだのはわたしだけだ。たとえ長続きしなかったといっても。

わたしはしょっちゅう移動せずにはいられない衝動を説明できたためしがなかった。ニューヨークはいちばん腰を落ち着けた場所かもしれない。この街と、そしてロンドンの住み心地がよかったのは、ふたつの街が変化を続けていることに大いに関係がありそうだ。わたしはどちらにいても絶え間ない動きに囲まれ、自前の竜巻を創ろうと駆け回ったりせずに嵐の中心で静けさを楽しむ。小さな町の生活につねに漂う退屈をまぎらわすためにも。

母の話では、わたしは子ども時代に、ロマの一団がコロマンデル半島を旅行中にテアロハを通るのを見て大喜びしたという。ロマは彫刻した装身具を売り、タロット占いをして、火踊りのショーを見せ、住まいにしている、あざやかに塗られた特別注文のトレーラーを公開した。

わたしの願いはただひとつ、家出してロマの仲間になり、火踊りの娘たちのためにバイオリンを弾くことだった。とてもエキゾチックな彼女たちは、草地に裸足で立ち、ヒップを優雅に振り、ガソリンに浸して燃え立たせた亜麻《ポイ》の球を両手ですばやく振り回すので、空気に火をつけているように見えた。

ちょうど日が暮れかかったころ、車が実家の外に止まった。わたしが十七歳まで暮らした場所だ。うちは昔から少しお金に困っていて、ちっとも豊かではなかったから、あのころからあまり変わっていなかった。

カーポートが新しくなり、庭がきちんと造園されていて、フェンスにはペンキが塗ってある。中庭のレモンの木は健在だ。妙に安心した。それは、わたしがナイフとフォークを持てるようになったころから、このレモンの実がパンケーキを飾っていたからだろう。

玄関ドアの内扉がぱたぱたと揺れていて、母が飼っている二匹のブルドッグのルーファスとシャイローがうなっている。短い脚をかろうじて階段の一段ずつに下ろし、つんのめらずにすんでいた。母は犬たちに少し遅れを取っていた。トヨタの低いエンジン音が聞こえたとたんに走って迎え出たと見える。

キッチンの窓越しに姉と父の顔が見えた。どちらもにっこり笑っている。フランはこの家の近所に、友人と共同で小さなコテージを買っていた。

フランはずっと前から頑固に独身を通していた。前回聞いたときは浮いた噂ひとつなかったけれど、ベンに結婚報告をされたことだし、フランが男性を連れて、あとから幼児がふたりついてきても驚かなかったと思う。母はベンのニュースを聞いてうきうきしたことだろう。姉もわたしも恋愛はやめたと言っていて、孫の顔を見られなかったらどうしようと怯えていたのだ。

「お帰りなさい」母がわたしをぎゅっと抱き締めた。使い古して食べ物のしみだらけのクリーム色のエプロンを締め、ジーンズと淡いピンクのセーターという格好だ。わたしを迎えるために化粧もしていた。うっすらとマスカラを塗り、軽く頬紅をつけているだけ。髪はとっくに染めなくなったけれど、いまでも豊かで長い。以前から見えを張るほうではなかった。最後に会ったときよりふっくらしたようだが、白髪と同じで、いまの体形が似合っている。わたしは母を木のようだと思っている。自然の意図に沿って穏やかに伸びていく木だ。母がマイナスの言葉で自分を語るのを聞いたことはなく、知るかぎりでは、母はダイエットをしたこともない。だからこそ、姉もわたしも揺るぎない自尊心を保てるのではないか。

　フランは女性陣のなかでただひとりショートヘアだ。姉がティーンエイジャーのときに頭を刈り上げてブロンドに染めたのは、わたしが大学を中退してオーストラリアへ行く前にわが家で起こった最大の反抗だった。それ以来、フランはずっと刈り上げている。わたしたち姉妹はちっとも似ていない。でも、ほかの人たちに言わせると、癖が同じだという。何年も離れているのに、わたしたちはいまでもお互いの話のあとを引き取れたり、服選びを手伝ったりできる。

　フランは小妖精みたいで、小柄でしなやかな体ととがった鼻と大きな笑顔の持ち主だ。自転車に乗り、目がいいくせにずんぐりしたプラスチック製のフレームの眼鏡をかける。ロンドンのショアディッチで自転車を乗り回していそうな若い女に見える。だから、フランがテアロハにとどまることにしたのは不思議でならない。最初は、フランはこの町でひどく目立つと思ったものの、長年暮らしてきたのだから、町が彼女を包み込んで溶け込ませたはずだ。船底にくっつくフジツボみたいに。

　フランの抱擁は堅苦しくてすばやかった。姉は気楽に愛情を示したことがない。イギリス人はよそよそしいと聞いていたのに、あちらのほうがニュージーランドの白人《パケハ》よりも人の体に触るので驚いた。こちらの人が笑顔とやさしいからかいを越えたしぐさで友人に挨拶するのは、よくあることではないからだ。

父は母と姉のうしろに立って、気長に順番を待っていた。やっぱりオーバーオールを着ている。父が脱いだところをめったに見たことがない制服だ。これは第二の皮膚のようで、母がエプロンをつけている姿を見るのと同じくらい、なじみ深い。父がわたしを抱き上げて抱き締め、ずっとそうしていたので、わたしは子どもみたいに父の腕で眠ってしまいそうだった。

またドアがあいて、玄関に別の人影がぬっと現れた。

ファン・デル・フリート先生。記憶していたほど背が高くないけれど、やっぱりやせていて、頭の両側に残った幾筋かの髪を後生大事にしている。もう八十代のはずなのに、相変わらず目が険しくきらきらして、表情は銀のスプーンに降り立ったばかりのカササギ並みに鋭い。

「よくやったな」先生が言い、わたしは先生のこけた頬にそっとキスをした。先生がわたしの背中をやさしく叩いた。

先生はこの家の近くに住んでいないし、日ごろはうちの両親とつきあっていないので、わざわざわたしに会いに来てくれたにちがいない。ふいに、わっと泣き出しそうな気がした。

フランのおかげでそんなていたらくを免れた。

姉が咳払いをした。「みんな、そろそろなかに入ったほうがいいわ。ここに立っててもしかたないでしょ。犬だっておなかをすかせてるのよ。この食いしん坊たち」

母はずいぶん前から用意をしていたんだろう、テーブルにはわたしの好物ばかりが並べられ、その重みでつぶれそうだった。

「この一カ月、まとめて作ってては冷凍してきたの」得意げな口調だった。

野菜は庭でとれた、父の目が行き届いたもので、肉は近所の農場のもの。父はトラックのタイヤの交換と引き換えに、牛を丸ごと一頭手に入れたらしい。牛は小さく切られて、うちの納屋に置かれた特大の箱型フリーザーにしまってある。

L&Pとスペイトのビールが用意され、デザートは安物のアイスクリームをかけた手作りのアップルフリッターが出て、次はパイナップル・ランプスだった。パイナップル味のマシュマロにチョコレートをコーティングしてあるお菓子だ。食品貯蔵室に塩とこしょうを取りにいったとき、三種類のヴォーゲルのパンでいっぱいなことに気づいた。

「どれをいちばんなつかしがるかわからないんだもの」母が言った。「だから、全種類買ったのよ」

母は目がうるんできたけれど、それでもほほえんでいる。

「全部食べ切れないうちに出ていかなきゃならないのに」わたしは文句を言った。

「あらあら、大丈夫よ」母が応えた。「食べられるようにしてあげる」

「ニューヨークにも食べ物はあるのよ、お母さん」

「でも、母親の手料理とはちがうわよね?」

「ちがうわ、それは言えてる」母の肩をぎゅっと握ってから椅子に戻った。

ベンが母の小言から救ってくれた。とはいえ、母がわたしをやんわりとからかうのはさびしかった証拠だとわかっている。

「ところで、大都会の生活を話してくれよ。有名人になるって、どんな感じだ?　専用の楽屋を持てるのか?」

わたしは笑い出した。「まさか。話に聞くほど豪勢じゃないの。演奏は大好きだけど、ホテルの部屋には飽きたし、各地を転々とするのはうんざり」

「各地を転々とするって？」フランが声をあげた。「あなたにまさにうってつけ。二度と帰ってこないつもりなのね？」

「いつか帰ってくるわ」

次はファン・デル・フリート先生がわたしを気まずい立場から助けてくれる番だった。「次はどこで弾くんだね？」

「それが、運よくひとまずここで一週間の自由時間になりました。次に南に向かってから北に行きます。クライストチャーチ、ウェリントン、オークランド。最後のコンサートの翌日にメルボルンへ飛び、さらにシドニーへも。でも、どこも二、三日ずつなんです。少しあわただしくて。その折々に地元のオーケストラと共演するんですよ。これもセールスポイントになるし、経費を抑えられるし。そんなわけで、リハーサルにかなり時間がかかりそうです」

フランが噴き出してわたしの脇腹をつついた。「〝折々に〟」姉はイギリス英語もどきのアクセントで真似をした。「よく聞いて。いつからこんなお上品になったの？」

犬のうち一匹が同感だというように部屋の隅で吠えている。

ファン・デル・フリート先生はどちらも無視した。「それでは、こき使われているのか」

「ええ、そうですけど、自分がどれほど幸運かわかっています。たいていのバイオリニストは夢を見るだけですもの」

「ベネズエラ人の指揮者と共演していたと読んだが」

「はい、シモンです」わたしは早口で答えた。

「赤くなってるの？」フランだ。こちらをしげしげと見ている。「その指揮者とどうなってるわけ？　教えなさい」

「なにもないわ。ただの友だち同士よ」

「あらいやだ、南米に引っ越したりしないでよ」母が口を挟んだ。ショックのあまり両手で顔を覆っている。「ニューヨークだってうちから遠すぎるのに！」

「ベネズエラはニューヨークよりニュージーランドに近いのよ、お母さん。でも、わたしは引っ越さないから」

「じゃあ、ニューヨークではだれと一緒に暮らしてるの？　休暇になったら帰る家はあるの？」

「金管セクションで演奏しているクロアチア人のカップルとルームシェアをしていたけど、ツアーが始まったから引っ越したわ。コンサートの合間に戻ってきた夜は友だちに会ったり、コインランドリーで洗濯したりしてるの」

わたしは料理を見つめた。話がだらだら続くので、ますます居心地が悪くなってきた。なぜ家族にドミニクの話をしたくないのか、よくわからなかった。つきあっていると言うのは簡単だ。彼に背中で手首を縛られたり、やさしく首を絞められながら愛し合ったりするのが好きだと言わず。ほかの人たちが社交の場ではセックスライフをこと細かに話さないのと同じではないか。たとえ彼らがベッドの裾で行為をしないのと同じく、倒錯者ではないとしても。

父はまばゆい笑みを絶やさなかったが、ひと晩中ほとんど口をきかなかった。わたしの全コンサートの招待券を確保してあるそうで、こっちだってツアーを計画してるんだ、と言った。

母はその全部に同行できないけれど、オークランドのクイーンズ通りにあるアオテア・センター で開かれるコンサートには一家揃って来てくれる。「だれかが犬の面倒を見なくちゃ」母は弁解がましく言った。

子ども時代にずっと使っていたベッドルームで、きちんと整えられたシングルベッドに潜り込んでからようやく、どうしようもなくさびしくなってきた。

わたしは一日中響く車の騒音に慣れ切って、街の雑音がクジラの歌や岸辺で砕ける波の音を録音したCDのように耳に心地よくなった。それなのに、ここでは外で物音ひとつしない。張り詰めたほどの静けさは息苦しく、まるで感覚遮断室に閉じ込められたようだ。

また雨が降り出していたのに窓をあけ、ベッドのかたわらにひざまずいて、暗闇に見入った。星が見えると思ったのに、今夜はひとつも出ていなかった。

いつもならニュージーランドは満天の星空で、大気が澄み切っていて星が信号のように瞬いている。

人はわたしを旅人と言うけれど、この地域で生まれた人間は旅人にしかなりようがない。新しいものを追い求める欲望がわたしたちの血管でどきどき脈打っているのだ。もちろん、帰郷する理由もよくわかる。どんなに長く離れていても、わたしはこの土地に寄せる愛を捨てられない。でも、ここを出ていきたいとも思わない人のことは、ぜったいに理解できない。

ドミニクも同じだろうか。彼はわたしのためだけにニューヨークに来たのだとしたら。ふたりでまちがいなく一緒にやっていけるとしたら。だめに決まっているような気がする。わたしが彼を置いてツアーに出るのを心から許してくれるだろうか。いっぽうでは、ドミニクなしで生きると思うと耐えられない。これまでありとあらゆることを彼が一緒にいるつもりでやろうとしてきた。たいていはばかげたことか危険なことで、両方の場合もあった。

最近ひとりで首にロープを巻くのをやめていたのは、その結果が怖くてしかたなかったからだ。そして、怖くなると興奮するという事実に、ますます怯えていた。あのドミニクでもこの行為はいやがるだろう、と思った。わたしがなにかにつまずいてロープがぴんと張り、首が締まる確率はゼロに近いけれど。

ロープはまだスーツケースに入っている。税関を通るときは胸がどきどきして、なかを調べられてあれが見つかった場合の口実をあれこれ考えていた。ロッククライミングをするんです。それとも、ガールスカウトの訓練用です。シモンにおやすみのキスをした夜にそう言ったように。

正直に小声で言えばいいかもしれない。ボンデージの趣味があるんですけど、それがなにか？　でも、結局は一度も質問されずに荷物が税関を通過した。わたしはスーツケースからロープを取り出していない。それは砂地に隠れた蛇のように動かず、つねに存在しながら目につかない危険だった。

どうしてこんなことになってしまったの？　月を眺めてつくづく考えた。わたしの顔も窓枠も雨に濡れて冷えていた。そよ風を受けた木々が口笛を吹き、愛想よく物思いの相手になってくれた。群れからはぐれた動物が庭の暗がりを走り抜けた。

ここではごくたまに街灯が光を投げるだけで、闇がいっそう暗く感じられる。窓を閉めてベッドルームを見渡すと、この家を出たときからようすが変わっていなかった。

子どもたちが家を出たら、両親はもっと小さい家に移って維持費を節約するか、下宿人を置いて多少は稼ぐかと思っていた。せめて、わたしたちの部屋をゲストルームに改装するか、収納部屋にするかと。それどころか、どの部屋も変わらず、わたしたちが家を出たときそっくりそのまま、建築版のタイムカプセルみたいだ。

子ども時代は最小限の物しか持たなかった。本を何冊か、山のようなレコードとカセットテープとCD、これから行く場所を想像しながら何時間も回しては見つめていた地球儀。最初に愛用した子ども用のバイオリンもある。いまも小さな弓と一緒に元のケースに入れられ、弦がほとんど切れている。東洋の模様の、小さな桜の花が描かれた白い壺。これは父がある日わたしにくれたものだ。誕生日でもクリスマスでもなかったのに、店でこれを見てわたしのことを考えたから。「おまえが日本に行く日のために」と父に言われた。まだその国には行っていない。


出身校でスピーチをする日の朝になって、ようやく太陽が再び顔を出した。これほど奇妙なとってない。自分が同年代だったときよりずっと若く見える子どもたちに向かって挨拶するなんて。ここにいるのはわたしの腰くらいの身長の幼児みたいだ。生徒たちに野次を飛ばされ、物を投げられたらどうしようと怖かった。でも彼らは、こんなに退屈したのは生まれて初めてだという感じで、ぶすっとした顔で宙を見つめて座っていた。

廊下と校舎はだいたい覚えているとおりで、在校時の先生たちも大勢残っていた。わたしは初めて職員室に招かれ、意外にも、きらわれていると思っていた先生たちからも温かい言葉をかけられた。数学担当のミスター・ブリークさえ、給水機のそばで会ったら満面の笑みを向けてくれた。昔は代数を理解できないわたしに怒った、ひどくぶっきらぼうに思えた人だったのに。

「よかったな」ミスター・ブリークが言った。「きみは世界に出ていって成功した。ここの子どもたちの半分でも、見ならってくれたらいいんだが」

　顔を曇らせて最後の言葉を言い、彼はマグカップとティーバッグを持って背を向けた。お湯を注ぐまで待っていなかった。

　わたしはマグカップを持って席を探していて、背後に立っていた男性にぶつかりそうになり、手をぶつけて熱いコーヒーを腕にかけてしまった。

「しまった、本当にすみません」男性がうろたえた。彼は自分のシャツの袖でわたしの手首を拭いてから、さっと身を引いた。彼のほうがやけどをしたみたいに。

「グレアム？」わたしは小声で訊いた。

　静けさが波のように部屋を包んだ。そう言えば、わたしが姓ではなく名前で呼ぶ職員は彼だけだ。本来は〝ミスター・アイヴァーズ〟と呼ぶべきだったろう。彼の同僚を〝ミスター・ブリーク〟と呼んでいて、音楽教師を〝ミセス・ドラモンド〟といまでも呼んでいるように。ただ、彼女も笑ってマリーと呼んでとしつこく言っていた。わたしは勉強を教わった先生たちまで名前で呼ぶ癖をつけたくなかった。

　ミスター・ブリークが咳払いをして、隣に立っている人と大声で天気の話を始めてくれた。じきに、おしゃべりをする音が戻り、職員はわたしたちの親密な雰囲気に抱いた興味を忘れ、それまでの仕事を続けた。

　グレアムは高校時代の水泳部のコーチで、わたしがバージンを失ったときの相手でもある。

　ある日、水泳の練習後に女子更衣室でマスターベーションしているところを彼に見つかり、男を体のなかで感じたいかと訊かれて、〝はい〟と答えたのだった。

このことはだれにも言わなかった。あのころ親友だったメアリにも。彼女は薄々察していたような気がするけれど。

知っているのはドミニクだけだが、実は彼にも一部始終を話していない——わたしはグレアムを目当てに延々と泳ぎ続け、プールを往復するたびに彼の鋭い視線を浴びる居心地の悪さを楽しんでいた。

わたしがスポーツに関心を持つようになり、母は大喜びだった。娘は音楽に異様な執着を示していると思い込んでいたのだ。わたしがワイカト水泳大会に出場できるかもしれないという話まであった。わたしは次から次へと口実を用意しては練習後も残り、ほかの女の子たちがみんな帰宅する時間までぐずぐずして、更衣室のドアをあけたままマスターベーションしようとしていた。コーチが入ってきて、またセックスしてくれるというはかない望みを抱いて。

当然ながら、ほかの女子が噂話を始め、それが職員室にも広がったのだろう。ある日、水泳の練習に行くと、グレアムは近隣の高校に転勤になったと告げられた。後任はO脚の中年女性で、着るとますます蛙そっくりになる、緑の水着で泳いだ。

わたしは水泳部をやめて、バイオリン演奏に向かう気力を取り戻した。

「戻ってきてよかった」あのときファン・デル・フリート先生が言った。わたしはバイオリンの練習時間を一時間も削っていなかったのに。「心配になり始めていたんだよ」

腹が立ってもいいはずが、コーチに腹を立てたことはなかった。二度と求められなかったのが悲しかっただけ。正しくてもまちがっていても、わたしはあれを楽しんだ。当時は自分を大人だと思っていたけれど、こうして周囲の女子生徒たちが、清潔感のある顔でランチボックスを持ち、夜は八時にベッドに入ってディズニー映画を見ていそうな姿を見て、あのころのわたしも若かったと気づいて愕然とした。

どうしても責任を感じてしまう。なにもかもわたしのせいだった。ミスター・アイヴァーズもバカな真似をするべきじゃなかった。でも、彼はわたしが望まないことはなにひとつせず、楽しんでイエスやノーと言える立場に置いてくれていた。

グレアムがわたしをこんなふうにしたわけではなかった。生まれつき燃えていた炎に息を吹きかけただけだ。この炎は赤毛と同じようにわたしの性分のひとつ。わたしがこうなったのは彼の責任だとしたら、砂にも浜に打ち寄せる波をつかまえる責任がある。

突然、胃がきりきりしてきた。わたしは座を外して女子トイレに向かった。

鏡を見ると、顔が廊下に負けないくらい灰色だった。水で顔を洗って落ち着きを取り戻し、やれやれと口を拭った。

腕時計を見た。時間が飛ぶように過ぎ、わたしは音楽専攻の上級生に会う時間に遅刻していた。夕方にはコンサートで共演する生徒たちだ。今日はこれからずっと、彼らとリハーサルをして過ごす。

もう一度気を引き締めなくちゃ。

グレアムが女子トイレの外で待っていたところへわたしが出てきた。

「あなたがこんなところでぶらぶらするなんて感心しないわね」早くリハーサルに行きたくてじりじりしていた。

グレアムの顔に赤い斑点が散った。彼は若いころのアスリート体形を維持できず、二重顎になってきていた。豊かだった髪は薄くなり、額はアヒルのお尻から突き出している卵みたいに見える。彼は喫煙するようになり、煙草のむっとする匂いに包まれていた。わたしは息を止めた。

「ごめんなさい」わたしは続けた。「こんなこと言うべきじゃなかった。今夜のコンサートに来てくれるの?」

グレアムがうなずく。

「じゃあ、そのときにね」陽気に言って、音楽室へ向かった。わたしと共演するために並んでいる演奏者たちに会うために。

生徒たちはきちんとしていて、ミセス・ドラモンドに比べれば緊張などしていなかった。わたしは提案する曲を前もって知らせておいた。何時間もかけて計画を練り、おそらく大半の住民がクラシック音楽を聴いたことのない町にクラシックを根づかせようとした。

ほとんどの曲はENZSO、つまりモダンジャズのスプリット・エンズとニュージーランド交響楽団のコラボレーションだ。一曲目は『メッセージ・トゥー・マイ・ガール』。わたしがワシントン・スクエアのホテルの部屋で弾いた曲だ。ヴィクターと別れて、ドミニクが魔法のようにわたしの人生に再登場したときだった。この曲を演奏すると、たとえ十回目でも胸がうずく。映画の『ロード・オブ・ザ・リング』のテーマ曲からも二曲入れた。特に子どもたちに喜んでもらえそうだ。

テアロハ・カレッジのホールは地味かもしれないが、曲に自分なりの解釈を加える初めてのチャンスだった。いくら形式ばらない舞台でも、これはわたしが指折り数えて待っていたコンサートだ。ほかの大きな会場で演奏する曲は、もっとフォーマルで、クラシックの定番揃い。わたしのテーマ曲みたいになったヴィヴァルディも入っている。

ホールには明るい照明がついている。スポットライトや客席に向けた減光装置はなかった。目を上げるたびに観客の顔がはっきり見えそうだ。いつものように音楽に夢中になろうとしても、なかなかできない。もっと広い、暗い場所ではあっさりと、千人の客に見られていてもできる。だれの目も見えなければ、ステージにひとりで立っている気分になるからだ。

生徒たちの励みになっている自覚を持つと、この演奏中はいつにもまして気を使う。生徒の一部は青ざめて、風の強いウェリントンの日中に干した白いシーツのように震えながら出番を待っていた。また、わたしが高校を卒業してから家族や友人の前で公式に演奏するのは、これが初めてだった。

家族はこの日のためにいちばんおしゃれな服を着ていた。友人のケイトとメアリまで、すてきなワンピースを引っ張りだして、わざわざ来てくれていた。ただ、いつもはオークランドやウェリントンで夜遊びをするふたりなので、戸惑っているようだ。みんなの期待に応えられないと思うと、クラシック音楽界で辛辣な批評を浴びせられるよりもはるかに恐ろしかった。

一曲目はうまくいった。そこで十五分間の休憩に入り、ひと息ついた。わたしにはホールを横切る度胸がなかった。おめでとうと声をかけられ、わたしの変化を確かめたい地元の人から好奇の目を向けられるのは気が進まない。エージェントの話では、わたしはもっと聴衆とやりとりしなくてはいけないそうだが、さすがの彼女も今回ばかりはこの無口を勘弁してくれると思う。

バッグの中身をかき回して携帯電話を探し、大事な電話に応えるふりをしながら通用口を出て、ホールの外壁にもたれ、ひんやりした空気に当たった。珍しく雨がやんでいたものの、いつものようにどんよりした雲がたれこめ、いつまでもじめじめした空気で町を覆っていた。窓ガラスは雨に濡れ、木の枝についた雨粒が月光に照らされてガラスビーズのようだ。

そのとき咳払いがした。壁のずっと向こうのほうだ。続いてライターをつける音。わたしの連れは闇に包まれ、煙草の火しか見えないが、彼の匂いがわかり、夜空を背景に頭の輪郭が見えた。ミスター・アイヴァーズだ。

「きみがひとりでいるところに会えてよかった」彼が言った。「話したかったんだ」

煙草の先が蛍のように勢いよく動いた。彼の手が震えているのだ。

「あらそう」

まさか誘いをかけるつもりではないだろう。彼をもう一度見たところ、闇のなかで立っている姿に目が慣れてきた。わたしは煙草の匂いに慣れたらしい。ドミニクとはずいぶん一緒に過ごしていなかった。街から街へ移動してばかりで、ロマンスにかまける暇はなかったし、コンサートが終わるころにはへとへとになり、いまにもベッドに倒れ込みそうになった。

一時はお金で解決しようかと、エスコート・サービスを雇おうかとも思ったけれど、この件ではネットがあまり役に立たなかった。同様のサービスを提供する女性はたくさんいるのに、その男性版となると、まともそうな広告がほとんどなかった。勘ちがいして、きまり悪い思いをしたり、リスクを負ったりするのが怖くて、サービスを利用するのはあきらめた。

この際、昔のよしみでまたミスター・アイヴァーズとつきあうのもいいかもしれない。昔の犯罪現場に戻ってみたりして。

媚《こび》を含んだ笑みを全開にして、彼に少し近づいた。

「ねえ、なんとかしてまた更衣室に入れるわよね。コンサートのあとで。あなた、鍵だって持ってるんじゃない」

「気はたしかか?」彼は傍目《はため》に見てもわかるほど狼狽して、小声で訊いた。

「でも、てっきり――」

「冗談じゃない。ぼくは一カ月後に結婚するんだ。きみと話したかったのは、謝るためと……きみがあのことを話していないか確かめるためだ。金はあまりないが、それできみが……踏ん切りをつけられるなら、支払うよ。貯金があって、大した額じゃないが――」

「わたしがお金を欲しがってるっていうの?」わたしは彼の言葉をさえぎった。

「なあ、そりゃあなんの足しにもならないさ。だいたい、きみはいまじゃ大物じゃないか、ぼくの金なんか必要ないだろうに」彼が鼻で笑った。

「あなたのお金なんか欲しくありません。それに、だれにも言うつもりもないわ」

「助かった。恩に着るよ」

ミスター・アイヴァーズは肩の力を抜き、煙草の煙を深々と吸い込んだ。「ところで、きみはすごくよかった。つまり、バイオリンの話だよ」彼はつけくわえ、にっこりして煙草の吸い殻を草むらに捨てると、踏みつぶした。ふつうは特におぞましい昆虫に向ける勢いで。

彼が背を向けてホールに戻っていったちょうどそのとき、聴衆に座席に戻るよう促すベルが鳴った。

わたしはしゃがみこみ、吸い殻の赤い残り火を眺めていた。彼の靴底に押しつぶされてもなお燃えていたが、やがてちらちらして消えた。

いまここにドミニクにいてほしい。かつてないほどそう思った。

10　ボードウォークの下で

「電話しようと思った」ローラリンが言った。

ドミニクはここ二週間ほど小説の執筆に励んでいた。ほかにすることがない。生活を型通りの日課にしてしまっていた。まず図書館のオフィスで規定の数時間を過ごすか、研究員仲間のオフィスを訪ねて文学界のゴシップを交換して、それから地下鉄でソーホーへ向かう。いまでは外食もやめ、もっぱら各種のデリバリーに頼るようになった。寿司の日もあれば、メキシコ料理の日もあり、グリニッチ・ヴィレッジの外れの店からイタリア料理やオーガニックの健康料理を取ることもあれば、ベーグルだけですませることもあった。

初めのうちはなかなか骨が折れた。ノートパソコンの白い画面でカーソルがいつまでも点滅し、頭のなかではさまざまなアイデアが四方八方に疾走した。ほとんどの場合、ひとつをつかまえきれないうちにもうひとつが浮かんだが、冷静に考えてみると使えなかった。事実について書くならもっと簡単だろうに。当初は新たなプロジェクトにやる気が湧いていただけに、ドミニクはそう思った。リサーチした題材から離れず、わかりやすい、説得力のある文章を展開してから、そこに自説に基づくひねりを与えればいい。フィクションの執筆となると、やり方が百八十度ちがう。

ドミニクは自分が書こうとしているストーリーをラストの細部までほぼわかっていた。登場人物たちの行動、彼らの反応のしかた、彼らが知らず知らず巻き込まれていく死と歓びの踊り。だが、それでも頭のなかで彼らに焦点を合わせることができなかった。「皮膚の下まで入り込む」ほど気持ちをつかみ、登場人物が想像の産物とは思えないまでに、彼らを動かしている動機を十二分に理解する。それができずにいた。

そこでドミニクは、第二次大戦直後のパリについて書かれた、あらゆる本、古い雑誌と新聞のプリントアウトをいったん片づけた。黒人のジャズミュージシャン、実存主義とサン・ジェルマン・デ・プレの通りとカフェにあふれていたボヘミアンたちの記事だ。そして、幾晩もかけて好きな小説を読み返した。作家がどうやって物語を生き生きと描こうとしたか、小説技法に隠れたテクニックを追求しようとしたか、分析を試みたのだ。おかげで、小説の創作じたいがますます問題になった。自分にはできないという気がした。ひょっとすると、これはどうしても自分にはない才能なのだろうか？

サマーはいまオーストラリアにいる。ツアーは順調に進んでいるが、故郷に戻ったせいでさまざまに複雑な感情が湧いてきたようだ。気持ちを伝えようとして数日おきにメールをよこすので、ドミニクは彼女のいる場所を想像しようとした。じめじめした通り、人々の顔、彼女はどう見えるのか、彼女独特の服の着方、歩き方、どこへ行っても漂わせる、あの無邪気なところと無意識に挑発する態度がはっきりと混じり合った雰囲気。

ドミニクは一カ月以上もサマーに会っていなかった。目を閉じて彼女の顔を思い出そうとした。目の色、歓喜にもだえて口をすぼめているときの唇の形を。

あのプライド、突拍子もつかないことをする性格。

ドミニクの目の前で、カーソルが点滅を続けている。

若いヒロインのエレーナは不幸な最初の恋愛から身を引き、生まれ育ったテキサス州東部のナコドチェスという平凡な土地をあとにして、パリにやってくる。そこでイギリス人のジャーナリストに出会う。ふたりの物語が、あまり知られていないが魅力的な時代を背景に展開する。ドミニクが書きたい時代だ。男性の主役はもちろん彼自身をモデルにしている。別の人生ではこうだったかもしれないという姿だ。だが、エレーナのキャラクターはまだつかみどころがなく、彼女に説得力を与えようとしたこれまでの努力は、彼に言わせると、大失敗に終わった。ドミニクはエレーナの外見もわからないのだ。

さいわい、物思いは電話の呼び出し音に妨げられた。ローラリンからだ。

「やあ、ローラリン。どんな調子だい？」

「お願いがあるんだけど」

「言ってくれ」

「一週間休みが取れたの。ニューヨークに行きたくて。こっちの空気にさらされてたらバカになりそう。いくら大学町だからって、すんごくいなかくさいんだから。放っておかれたら『ステップフォードの妻たち』みたいになっちゃいそうで……」

「それはないだろう」

「まじめな話。とにかく、もしかして泊めてもらえる？」

「うーん……」ドミニクはローラリンの頼みに面食らった。

「サマーはまだ出てるのよね」ローラリンが続けた。

「ああ」ドミニクは認めた。「あと二週間は戻らない。いまは地球の裏側《ダウンアンダー》さ……。ミランダの家は思いつかなかったのかい？」

「ブルックリンでパーティをしてから、音信不通なの」ローラリンが言った。「彼女にはやり過ぎだったのかも。根はバニラな子だったみたい。いまごろは恥ずかしくてたまらないのか、気おくれして戻ってきてもっと欲しいとせがめないのか。とにかく、あの子の部屋は狭いし。まる一週間同居するのは落ち着かない。その点、あなたのとこは広々としてるからね」

「ベッドルームがひとつしかないが……」

「ご心配なく。寝袋を持ってく。あなたに窮屈な思いをさせたくない。わかるでしょ、あたしは目立たないよ」

「へえ、そうかな？」

「ぜんぜん」

ドミニクは一瞬考えた。「しかたないな……」

「ありがと。あなたはほんとの友だちよ。迷惑をかけたりしないから。それはさておき、この前だれかにきちんと料理してもらったのはいつ？　サマーは料理できる？」

「基本の品だけは」ドミニクは打ち明けた。「うちは出前を頼むことが多いんだ」

「なんてだらしない」ローラリンが言った。「じゃあ、住所を教えて。昼過ぎにグランド・セントラル駅に着く予定よ。まっすぐそっちへ行くわね。持ってきてほしい物は？」

「思いつかないな。できればある人をオーストラリアから呼び出して転送《ビームアップ》してくれたら嬉しいが、それはきみのたぐいまれな力でも無理だろう……。パドルや鞭、ほかのおもちゃはニューへイブンに置いてきていい。ここでは必要ないよ。そうそう、手錠もいらないからね」

ローラリンがくすくす笑った。「手錠は意気地なしが使うものよ」彼女が言った。「スリルといけないことを求めてる中流階級の夫婦向け。エロい人たち、ってあたしは呼んでる。バニラな連中以外では、手錠を大いに使ってる人たちにお目にかかるのは小説のなかね。あっちはまったくの別世界よ、ドミニク。現実とフィクションを混同してる人が多すぎる」さらにひとこと加えた。「さて、緊縛となると、これはまた話が別で……」

そのときドミニクはひらめいた。

なかなか進展しない小説の主人公、エレーナのどこがいけないのか。

エレーナはいまでもドミニクにとって現実味が乏しい。作り物だ。

サマーの顔を借り、言葉を借り、体を借りれば、本物らしくなるだろう。骨と肉を得る。もうパロディではなくなる。

ドミニクはあわただしくローラリンにスプリング通りのロフトの住所を知らせ、ノートパソコンの前に駆け戻って、大急ぎで一章の見直しを始め、サマーがテキサス東部の荒野とせせこましい小さな町の出身だと想像した。一時間後、ヒロインは新たな面を持ち、現実にいそうな人間になった。サマーはニュージーランドでの生活をドミニクの前であまり話そうとしなかった。そのことも彼女を理解する役に立つかもしれない、と彼は思った。

ローラリンは理想的な滞在客だった。寝袋は丸めてきちんと片づけ、日中はロフトの片隅で目に入らないようにしてある。また、リビングとキッチンのコーナーを進んで掃き掃除して、埃を払い、磨いた。サマーがツアーに出てからはおろそかになっていた家事だ。ドミニクには家庭的なところがまったくなかった。ローラリンがパンティと陽気な笑顔だけを身に着けて掃除をしたがるのは、目の保養になると言えなくもない。だが、彼は以前にも、ミランダを交えた3Pでローラリンの裸を見たことがあり、彼女がトップレスで日光浴をしたところも見た。だから、彼女の態度がひどく挑発的なわけではないのだ。これもまた、自由気ままないたずら心の現れだろう。彼女はそれがドミニクの心にもたらす影響を知り抜いている。いまは夏の盛りで、エアコンをつけていても外から熱気が忍び込み、あっという間に蒸し暑くなる。彼はいつも裸足でロフトを歩いているので、服を脱ぐのもその延長で、理にかなっているとも言えた。

「前はこのへんに住んでたのよ」ローラリンが言った。「あたしはニューヨーク生まれ」

「わからなかったな」

「うちの両親が、ブリーカー通りの角に近い六番街の建物の一階にアパートメントを持ってたの。窓からミネッタ通りを見渡せた。あの通りには小さな劇場があってね。たいてい実験的な作品がかかるけど、子どものころはいかがわしい店だとばかり思ってた。とことん興味をかきたてられた。早いうちから想像力がたくましかったのよ」

「いつ引っ越したんだい？」

「あたしが十歳くらいのころかな」

「ひとりっ子？」

「ううん、弟がいる。ちっとも仲がよくなかったけど」

「それで、引っ越し先は？」

「ニューヨーク市を出て、ロングアイランド。祖父母の家の近くだった。両親がここは子どもを育てる土地じゃないと思ったみたい。あたしとしては賛成できなかった。グリニッチ・ヴィレッジは子どもの天国だもん。ごくふつうのニューヨークっ子はあるのも知らないような、小さな公園や遊び場がたくさんあって、大都会のにぎやかな人ごみに囲まれてて。あたしは大好きだな」

「よくわかるよ」

「親はあたしを買収したの――ロングアイランドで乗馬を習ってもいいと言って」

「きみが馬に乗っている姿が目に浮かぶね」

「レディ・ゴダイヴァみたいに（中世英国領主の妻。重税を廃止するために裸で馬に乗って町を通ったという）？」

「そうじゃない」ドミニクはほほえんだ。「乗馬服がよく似合うだろうと思って」

「そりゃそうよ。そこで初めて乗馬鞭を手にした。いろんなことがあってね。あたしは鞭を弟に試すようになって、それからほかの人にも振るうようになった。もちろん、ふざけ半分だけど、これでお仕置きに味を占めたの。最初はどんなに軽くて悪気がなくてもね。ずぶずぶとはまっていくんだ。人を支配したくてうずうずしちゃって。理由なんか考えたくなかった。これがありのままのあたしだと思う」

「弟さんはいまどこに？　まだロングアイランドにいるのかい？」

「ううん。あの子は海兵隊員よ。いまごろアフガニスタンあたりかな。最近はあんまり連絡を取り合わない。両親はもう死んでるの。母は癌で、父は母の死後間もなく自動車事故で。それから弟と疎遠になった。弟は州外の親戚の家に引き取られて、あたしはもう大学に行ってたし。世の中、こんなこともあるよね」

「海兵隊員が乗馬鞭で打たれるのが好きとは知らなかった」

「きっと驚くよ」ローラリンが言った。

「どこでペストの作り方を覚えたんだ？」ドミニクがローラリンに訊いた。ふたりは食後にソファでくつろいでいた。彼女は風味豊かな緑のパスタソースを作った。材料はたっぷりのバジルと松の実、ニンニク、オリーブオイル、彼女がインターネットで注文して届けられた、特定の原料で作られたパルミジャーノ・レジャーノ。これを、アルデンテにゆでたホームメイド・パスタにあえた。

「イタリアのジェノヴァに住んでたことがあるの」ローラリンが言った。「お仕置きの趣味が合った、地元の会計士と一緒にね。行為の合間に、彼がイタリア料理の作り方を教えてくれた。北西部のリグリアの料理はすごく特徴があって、ニンニクをいっぱい使うの。きつくても気にならなかった？」

「ちっとも」ドミニクが答えた。「もっとも、何時間かほかの人間を避けていたほうがよさそうだね。いやがられるだろうし――わたしたちは一キロ先からでもニンニクの匂いがするはずさ！」唇にニンニクの味が残っていて、彼はもう一度きれいに舐めた。

「ほかの人なんか」ローラリンが声をあげた。「ニンニクを毛ぎらいしてる人を、あたしは前から信用ならないと思ってるんだから」

「それで、まずは乗馬でお次はチェロというわけか。それとも、その逆かな?」

「だいたい同時期ね」ローラリンが答えた。「一家でロングアイランドに移ってすぐよ。両親は昔から音楽が大好きだったのに、楽器を習うチャンスを逃しちゃってね。でも、教会の聖歌隊で歌ってた。ふたりともきれいな声をしてたっけ。あたし、最初はチェロの稽古に熱が入らなかったんだ。ピアノも弾いてて、大したレベルにならなかったし、ほかにもいくつか楽器をいじって、自分に合った楽器を探してた。チェロの音色にはすごくセクシーなとこがあるでしょ?」

「ご存じのとおり、わたしはバイオリン党だからね」ドミニクがにやりとした。「あちらの音色は実に澄んでいる。チェロのように濁《ダーティ》ってはいない」

「みだら《ダーティ》なのはいいことよ」

「言うと思った」

「それに女にとっては、腿で楽器を挟むのってなんとも言えない感じなの。板が肌に触れて、楽器で出してる音が肉で跳ね返って、全身で共鳴振動をコントロールしてるみたいなんだから」

ドミニクは目をあけていられなくなってきた。ローラリンが作ったこってりした食事をとったうえ、午後の暑さに体力を奪われていた。

「CDをかけようか?」彼は訊いた。

「やめて」ローラリンが言った。「今週はオフなの。音楽は一音でも聴きたくない」

「音楽でもかけないと、うたたねしそうだよ」

「じゃあ、ジョギングしにいこう」ローラリンが誘った。

「ジョギングだって？　この暑いのに？」ドミニクは文句を言った。

「いいじゃない」

「趣味は多いほうだが、ジョギングはしないんだ」

「つまんない！　じゃ、散歩ね。あなたみたいなご老体にふさわしく、ゆっくりのんびり歩くのは？」

「それならなんとかなりそうだ」

　ローラリンが晴れやかな笑顔を向けた。「ううん、もっといいこと考えた。ビーチに行こうよ」

「どこに？」

「アトランティック・シティに行って、遊歩道《ボードウォーク》を見たことある？　あそこにはビーチもあったはず」

「行ったことがないね」

「あたしもない」ローラリンが言った。「さ、行くわよ」きっぱりとした口調だった。「ペン駅かグランド・セントラル駅で電車に乗るのか、そんな先まで地下鉄で行けるのかな？」

「調べるよ」ドミニクがノートパソコンを開いてインターネットにアクセスした。

「デートに行くみたいな感じになるね」ローラリンが言った。

「映画のなかに入った気分だな」ドミニクは言った。

　アトランティック・シティのボードウォークは見渡すかぎり続いていて、長いベージュの絨毯が、片側は海、反対側はあざやかに塗られた建物が不規則に並ぶ通りとの境界になっているようだ。まだ午後もなかばであり、遠くにある背の高いホテルのネオンはついていなかった。

「アイスクリーム食べたい」ローラリンがドミニクに言った。

「フローズン・カスタードにしたほうがいいんじゃないか？」ドミニクは勧めた。遊歩道に散らばっている多数のカフェやパーラーの正面に表示されたメニューに目を留めたのだ。

「ぜったいにイヤ。あたしに言わせればそんなの地獄。今日は天国のかけらが欲しいんだから」

ローラリンは子どものように笑った。

「あとで〈スティール・ピア〉にも行ってみようか」ドミニクは誘ってみた。「ライドに乗らないか？」

「そうね……。どうしようかな」ローラリンはいちばん近いカフェに歩いていって、メニューに出ているアイスクリームのフレーバーをよく確かめた。

だらしない服装の週末旅行者と、パステルカラーの服を着た子どもを連れた観光客の一団が、小型スクーターでボードウォークをやってきて、ふたりのまわりを走り回った。

「チョコレートファッジ。あたしが欲しいのはこれ」ローラリンがメニューを指さして、夢中になって宣言した。「あなたは？」目は見開かれ、ほほえみがやすやすと浮かんでいた。

ドミニクはメニューを最後にもう一度眺め、ラズベリーとベルギー・チョコレートのコンビを選んだ。

「コーンとカップ、どっちにする？」

ローラリンがぴったりした白のTシャツを見下ろして、真っ青な空に太陽を見上げた。「カップのほうがお勧めじゃないかな」

「了解」ドミニクはカウンターに身を乗り出して、制服を着た若者に注文しながらジーンズのポケットに手を突っ込んで十ドル札を探した。

「わくわくしない？」ローラリンが言った。

なぜサマーをここへ連れてこようと思いつかなかったのだろう？　あるいはコニーアイランドか、ほかにもごくふつうに楽しめるよう作られた場所へ。ふたりはセントラルパークで芝生に座って凧が飛ぶのを眺めるとか、ピクニックをしたことさえなかった。人生を悟るささやかなひとときを経験しなかった。自分たちはあまりにも感情に、渇望にとらわれていたのだろうか？

どこかまちがっているのかもしれない。そもそも自分たちはふつうなのか？

「なに考えてるの？」ローラリンの声が頭にかかった霧を通して聞こえた。ドミニクはカップの底に残った最後の、溶けかけたアイスクリームをこすり取っていた。

「大したことじゃない」ドミニクは答えた。

ローラリンが探るような目で彼を見た。「サマーのこと？」

「そうらしい」

「本当にあの子に夢中なんだね」

「まあそうかな」

「あなたはもう主導権を握ってるように見えないけど」

「ときどき、こんなことにどんな意味があるのかと思うんだ」

「そこがあなたの困ったところだよ、ドミニク。考えすぎるんだ」

「言うのは簡単だがね」

「もっとリラックスしなきゃ。流れに任せればいい」

「うーん……」ドミニクはつぶやいた。

「こうしなよ」

「なんだい？」

「砂に寝そべるの」

ドミニクはボードウォークの下の狭いビーチを見下ろした。あちらこちらに人影が見え、いくつかの頭が海から出たり入ったりしている。

「まさか泳げないぞ」ドミニクは言った。「なにも持ってきてないんだ」ふたりは下着姿にもなれなかった。ローラリンはブラをつけていなかったし、ドミニクは下着をつけずにジーンズをはいてきた。

「つま先を波に浸すだけよ」ローラリンが言った。「ボードウォークの下で《アンダー・ザ・ボードウォーク》。あの歌と映画みたいに。でしょ？」

ボードウォークをさらに歩いていくと、ビーチに続いている階段があった。ふたりはそこに下りて靴を脱いだ。砂は目が粗くて湿っていた。波打ち際を少しぶらついて海水に足首を洗われてから、元の場所に戻ってボードウォークの板の下の乾いた砂に腰を下ろした。

ローラリンが子どものようにくすくす笑った。

「どうした？」ドミニクは彼女に訊いた。

「あたしたち、モノクロだったらよかったのに」ローラリンは若いころに見た数え切れないほどの映画を思い出しているようだ。

「それから無声だね？」

「当然でしょ」ローラリンがにっこりした。「こっちへ来て」彼女が手招きした。ドミニクは砂の上をよろよろと歩いて隣まで行った。

するとローラリンがドミニクにそっとキスをした。

頭上では、家族連れや通行人たちがボードウォークをそぞろ歩き、子どもたちが全力でスクーターをこぐ、活気のある音が絶えず響いている。

ドミニクは目を閉じた。片手をローラリンの腿に置き、もう片方の手は二本の指で湿った砂を掘って、頭のなかを真っ白にして謎めいた字を綴った。ローラリンの突然のキスがセックスと関係がないのはわかっていた。いまはこれでいいと思っていることを確認しているだけだ。別にやましいところはないと。それでも、ドミニクはペニスが硬くなるのを感じ、ローラリンにフェラチオ程度はしてくれるか訊いてみようかと考えた。そう言えば、ミランダと一緒だったときはしてくれた、と彼女の唇に包まれる感触を思い出した。だが、そんなことをせがめば、このひとときが台無しになる。ドミニクは興奮を抑えた。

あとになって、ローラリンが言った。「連れてきてくれてありがとう、ドミニク。今日はほんとに楽しかった」

「あわててニューヨークに戻ることはない」ドミニクは言った。「夜までいてもいいじゃないか」

「それはいいね」ふたりはボードウォークに戻っていた。すでに日は傾いていたが、空はまだ青く、曇ってきて暑さがやわらいだ。いつしか人通りがまばらになっていたように、彼らの服装も薄着になっていた。夜型の人たちが外へ出てきて、まるで棺から出た吸血鬼か、ほかの夜行性の動物のように、ボードウォークの彼方に点々と見えるネオンの明かりに手招きされている。

「うまい食事でもどう?」ドミニクが言った。

「こんな服じゃだめじゃない?」ローラリンが訊いた。ふたりともジーンズ姿。彼女は薄い白のTシャツで、生地の下から硬い乳首の形がはっきりと見える。足元はフラットシューズだ。いっぽう、ドミニクはグレイのボタンダウンの半袖シャツ一枚しか着ていない。

「ここはアトランティック・シティだ。このへんの店はそれほどかしこまっていないさ」ドミニクは言った。それとも、以前に出かけたロンドンのクラブのように、ドレスコードに合うよう店側にネクタイやジャケットまで借りなくてはいけないのだろうか?　ボードウォークにはまだあいている店がある。必要なら、サマージャケットを買えばいい。

ローラリンの目がぱっと輝いた。「食事のあとでカジノに行ってみたいな」

「いいとも」

結局ふたりは〈トロピカーナ〉に入った。ジャケットは必要なかった。

ドミニクが意外に思ったのは、ローラリンが向こう見ずで衝動的にギャンブルをすることだった。彼のほうはそれとは程遠い。ギャンブルの聖地であるラスヴェガスにセミナーとコンベンションで二度出かけ、空港の通路からホテルやレストランの化粧室にまで大量に置かれているスロットマシーンに十セント硬貨一枚も使わずに戻ってくるという離れ業をしてのけた。ましてテーブルに着く気にはならなかった。

大学生のころは友人たちと年中ポーカーをしていたが、賭け金は低かった（それに出せるだけ出してからはマッチ棒を使ってプレイした）。しかし、ほかのカードゲームは知らず、ルールを知りたいとも思わなかった。

ローラリンはまずルーレットのテーブルに挑戦して、赤と黒にほぼ交互に賭け、ときどき勘に従って変化をつけるという慎重なゲーム運びで少ない賭け金を三倍にした。運がいいのか、占いの才能があるのか、どちらかだ。二回続けて失敗すると、彼女はそのテーブルを離れて別の一台に移った。次のテーブルでは、カードを使っていたが、ドミニクにはなんのゲームかわからなかった。ここでも彼女は目覚ましい成功を収め、みるみるうちにチップの山が高くなっていった。ドミニクは色分けされたチップの価値がわからず、ローラリンがどれくらい稼いだか見当もつかなかったが、彼女が注目の的になっているのはたしかだった。見物人の集団が、彼女がプレイしているテーブルのまわりに集まってきた。多くは男性で、強欲な雰囲気を漂わせている。ただし、女性もいた。

やがて勝ち方も落ち着き、ローラリンがまた別のテーブルとディーラーに移動して、しばらく静かになった。ドミニクは彼女を見ているのに飽きてきた。いくら彼女がほかのプレイヤーに囲まれてひどく目立っていても。滝のように流れるブロンドの髪が肩にかかって真っ白なTシャツの襟を叩き、誇り高く堂々としている姿はサラブレッドのようだ。

ついにローラリンもギャンブルに飽き、チップを集めて立ち上がると、テーブル中の目が彼女を追った。

「一杯飲みたい」彼女がドミニクに言った。

「いまのきみなら払えるだろう」

今回、ドミニクはバーテンダーに氷を少なめにするよう言い忘れた。コーラは味がなく、水で薄められていた。

「きみはリスクをいとわないんだね」ドミニクはコーラを飲んだ。

ローラリンの目はギャンブルの興奮でまだうるんでいた。「人生はリスクを負うことばかりでしょ」

「リスクを負うことと無謀になることは紙一重だよ」

「だから、そこがあなたの問題なんだってば、ドミニク」ローラリンが言った。「頭のどこかでは、突進して、リスクを負いたがってるくせに、別のどこかでは、あれこれ天秤にかけて、考えて、尻込みしてる。思いっ切り打ち込めない人だね」

「そうかな?」

「ま、あたしはただの貧乏なチェロ奏者でおまけに女だし。心理学の学位を持ってるわけじゃないもんね」彼女がにっこりした。

「なんだいそれは」

「媚びてるのよ」ローラリンが言った。乳首がTシャツを引き伸ばしている光景がいやでも目についた。「いまここでセックスしたらすてきだろうな」彼女はバーにいるほかの客を見回した。カップルかひとりで飲んでいる男性ばかりだ。彼女に興味がありそうな者はいない。

「でも、男は相手にしないんだろう?　わたしも?」

「あたしは友だちとはしない」

「キスしたり、しゃぶっていかせたりするのはいいのか。ときと場合によっては」

「ああ、あれね……」ローラリンが言った。「その場のノリで、ああいう特別な場合に働く力関係に従っただけ。ミランダとの場合よ。悪いことしちゃったな。ヴィクターが彼女を不愉快にさせちゃって」彼女がさらに説明した。「それとも、怖気づいただけかも。でも、セーフワードを使わなかったんだ。その気になれば言えたのに。だから、もっと力があるのかと思った」

「とにかく」ドミニクが言った。「お義理でわたしにつきあうことはないんだ。ひとりで街まで戻れるよ。きみが相手を引っかけたいなら、遠慮なく……」

「ううん、それはあんまりでしょ」

「まあ、お好きなように」

「じゃあ、こうしようよ」ローラリンが言った。「あたし、さっき千ドルばかり儲けたの。これでタクシーを拾って帰るのはどう。わざわざ電車に乗りたくないし。どうせこの時間なら車のほうが速い。代金は持つから」

「実に気前がいいね」

マンハッタンへ向かうタクシーの長時間の車中、ローラリンはほとんどうたたねしていた。頭をドミニクの肩にもたせかけ、ゆっくりと呼吸して、体から放つ熱がやわらかく温かい毛布になった。

ロフトに戻ると、ローラリンはドミニクに軽くキスをして、背を向けた。見られていると気づかないのか、彼女はTシャツとジーンズを脱ぎ、薄暗がりに置かれた寝袋にのんびりと入り込んだ。長身がみるみるうちに折り襞に隠れ、反応がなくなり、ぴくりともしなくなった。ドミニクはベッドルームとリビングコーナーのあいだにそっと仕切りを渡して、服を脱いでベッドに横になった。

あっという間に眠りに落ちた。

一時間あまりたつと、ドミニクは目が覚めた。ローラリンのほうから静かな音が続いている。彼女のうめき声を聞いて、思わず昂ぶった。ローラリンは彼女自身に触れているにちがいない。どんなことを考えたり、想像したりしているのか。だれの顔や体を思い描いているのだろう? ドミニクは気になり、自分の下腹部に手をやってマスターベーションを始めた。もっと穏やかな調子だが。

ふたりは数分のうちにそれぞれクライマックスに達した。

「ある日、彼女はよそよそしくなる。その次の日にはがつがつして、わがままになり、おまけに怒りっぽくなるんだ」ドミニクはローラリンに、サマーと彼女がニュージーランドに向かって以来ちらほらと届くメールのことを話していた。「彼女がこの関係から本当に望んでいるものがわからずじまいだ。あるいは、わたしが望んでいるものも……」

「〝一緒に生きられないし、離れ離れでも生きられない〟の典型的なパターンみたいね」ローラリンが言った。

「たぶん」

「問題はひとつ」彼女が続ける。「あなたたちがごくふつうのドミナントとサブミッシブのカップルなのかどうか、だね。それがハッピーエンドへの対処法」

「サマーは火遊びが好きだ」ドミニクは言った。「わたしは彼女のそんなところに惹かれ、ときに極端な行為に走る気になる。とはいえ、それが恐ろしいとも思う。彼女がなにをしたいのか、次になにをしてほしいのかわからないからだ。彼女がわたしに期待し過ぎているように聞こえるだろうが、逆らいもする。いずれクラリッサとエドワードのようになりたくないいんだ。あの保守的な遊び人夫婦はわれわれのパロディだよ」

「エドとクラリッサは、よく知り合えば愉快な人たちだよ。役割を演じてるだけで。ヴィクターの芝居の主催者ね。それに、あんなふうにならなくてもいいじゃない」

「同感だが、いまは先行きを見極めようとしているんだ。サマーのツアーが終わったらどうなるのか。そのころにはわたしの研究期間も終了する。ニューヨークに残るか、ロンドンに戻るか決めなくてはならない。一緒に来てくれと頼んでもいいんだ。ソロ演奏者として、彼女はどこを本拠地に活動しても大丈夫だろうね？」

「そうだと思う」

「たしかに、命令することもできる。どうしても来い、ロンドンに戻れとも言えるが、断られるかもしれないのが怖くてたまらないんだ。それでわたしたちを結びつけていたすべてが終わってしまいそうだ」

「いいから命令しちゃえば？」

「それができるかどうか。いまひとつ、彼女をきちんと理解している手応えがなくてね」

「理解してる？」

「どう思っているのか、なにを思っているのか……」

ローラリンはオレンジ色の細長いソファの端に腰かけている。ドミニクは反対側の端に座り、ノートパソコンを膝に載せていた。画面にはまだウィキペディアのモダンジャズのページが映っていて、現実を思い出させた。彼は執筆のために、一九五〇年代前半にパリ左岸で演奏していた黒人ミュージシャンについて調べていた。そのひとりとヒロインのエレーナに関係を持たせようと考えているが、ストーリーの前半で異人種同士の行為を出すのは、よほど慎重に描かないかぎり、人種差別だと責められる懸念があった。

「サブミッシブになったことある?」ローラリンが訊いた。

その質問にドミニクはふいを突かれた。

「いいや。一度もないね。わたしはそういうたちじゃない。きみはよく知っているはずだ」

ドミニクの頭に、キャスリンのことがすばやくよみがえった。何年も前、彼女は彼に潜んでいたドミナントを本能で感じ取って呼び覚ましたのだった。キャスリンの目の表情は服従のしるしであり、性的な興奮だけでなく、体ともども魂の表現でもあることはまちがいなかった。クラウディアは、やり過ぎるきらいのある彼に限度を引き上げるようそそのかし、彼が暗い一面を明かしてもひるまなかった。サマーは……。

「ときにはね」ローラリンが口を開いた。いつものさりげない口調ではない、とドミニクは気づいた。淡い青の目にかすかなちゃめっ気が見える。「経験しなくちゃきちんと理解できないよ」

「どういうことだ?」

「あなた、他人を自分のものにして、思いどおりにして、生殺与奪の権を握るまでに力を振るうのがどんな気持ちかわかってる。そうね？」

「ああ、だがその言い方はちょっと大げさで……」

「でもさ、相手の気持ちを本当にわかってるかな？　所有物にされ、いわば利用され、満たされることを」

「できるものなら知りたいが、わたしはストレートだからね。その手の経験をすることはなさそうだ。でも、ほかの男に利用されると考えてもそそられないね。そちらの性には惹かれないんだ。偏見ではなくて、ただの好みだよ。アルコールを嗜まないのと同じだ」

「ばかにしたものじゃないよ」ローラリンがほほえんだ。「満たされれば、はっきりとした歓びを得られる。うまくいけば最高の快感になる。経験者は語る――いまは女が好きだけど、過去はいろいろあってね……生まれつきこうじゃなかったんだ」

ドミニクは生々しい経験を思い出した。あるときサマーと絡み合っていた最中、いきなり彼女に指を一本入れられ、あっという間にのぼりつめ、いつになく激しい絶頂を迎えたのだ。あれは急に貫かれたためだろうか？　それとも、サマーがひどく積極的で奔放に振る舞ったために歓びを得られただけだろうか？

ドミニクを見ながら、ローラリンがにっこりした。「考えさせちゃったみたいだね」

ドミニクはあれこれ考えた。「そのとおり」正直に認めた。「わたしはあそこが過敏でね。ペニスは面白い経験になるかもしれないが、それを振るう男とはいくらかでも離れたものでなくては困る。顔のない男、肉体のないペニス、その他もろもろさ」彼も笑みを返す。「どんな感じか知りたいが」彼はなんとか自分の意見をはっきり言おうとした。

「あら、あたしならもっとうまくできるけど、それには信用してもらわないと。要するに、なんでもありでよければね。そのほうが楽しいいし、意外性もある。なんなら、〝ストップ〟をセーフワードにしようか」ローラリンは唇を湿し、額に落ちた髪を優雅なしぐさでかきあげた。ドミニクは彼女が興奮したときにたびたびこうするのを見ていた。

ドミニクはローラリンにいぶかしげな目を向けた。「いやな感じがするが、どうにかできると思う」

「今度の週末、電車でニューヘイブンに来たらどう？」ローラリンが言った。その日、あとから彼女は向こうに戻ることになっていた。「土曜日の午前中はリハーサルがあるけど、午後一時半の電車に乗ってくれれば、夕方前に着く。そうそう、一泊する支度をしてきてよ」彼女がつけくわえた。「面白くするからね」

「それは約束かな、脅迫かな？」

ローラリンは駅までドミニクを迎えにきた。数えるほどの乗客しか電車を降りなかった。まるでゴーストタウンだ。ふたりはプラットフォームからまっすぐ駐車場へ歩くと、そこでは一台きりのタクシーが客を当て込んで寝ずの番をしていた。ローラリンはドミニクを連れて、ありとあらゆる色と大きさのトラックやジープ、SUVが並んだ横を歩き、アイボリーと黒のカワサキのバイクがとまっている場所に行った。彼女はドミニクに予備のヘルメットを渡した。

「これはきみの？」ドミニクは訊いた。

「自慢の愛車」ローラリンは長い髪を持ち上げてヘルメットに詰め込み、乱れた髪が風に吹かれないようにした。黒のジーンズと青のレザーのライダーズ・ジャケット、カウボーイ・ブーツらしき靴といういでたちだ。ニューヘイブン駅という郊外の砂漠に君臨する戦士の女王といったところか。

たしかにローラリンは意外性の塊だが、ドミニクは神経をとがらせていた。彼女が次に用意している不意打ちは彼に向けたものだ。

まず川沿いの小さなカフェで軽食をとった。

ローラリンは食欲旺盛で、ドミニクの二倍食べた。彼は特大のBLTサンドイッチをほとんど残した。量が多いつけあわせのサラダを食べ終えるくらいの食欲しかなかった。

ふたりはパワーのあるカワサキに戻り、ドミニクはローラリンの腰にしっかりつかまった。バイクは十分間の騒々しいドライブで活気のない町を出て森に入り、急に左に曲がって木陰の私道に入ると、すぐにキーッと音を立てて止まった。ぽつんと立っている家は建築家が設計した、むやみに広い、疑似コロニアル様式の邸宅で、そばには静かな小川が流れていた。

「あたしは裏手のアトリエを借りてるだけ」ローラリンが前もって断った。ふたりは苦労してヘルメットを脱いだ。「専用の入口があるんだよ。でも、いまは家主がインド旅行中だから、自由に使っていいんだ」

「のどかな感じのところだね」ドミニクは言った。「まったく人目につかなくて」

「そうそう」

ローラリンがアトリエのドアの鍵をあけて、ふたりはなかに入った。

円形の部屋は広々として、高い天井には天窓が並び、そこから日光が差し込んでくる。ここは画家やどんな芸術家にも快適な仕事場になりそうだが、音楽家にとって音響効果はどうだろう。間に合わせに作られた部屋の片隅には、ローラリンが自分のスペースを作っていた。椅子二脚、フトン、服を掛けている長い金属製のレール。そしてチェロのケースが寄木張りの床に。二個のスーツケースはあけたままだった。ローラリンはつねに移動しながら暮らし、即座に次の土地へ移れる用意をしているようだ。

彼女がドミニクの背後に近づき、肩を叩いて誘うようにささやきかけた。「始めるよ、ドミニク。目を閉じて」彼は言われたとおりにした。

ドミニクはしばらく待っていたが、ローラリンがのろのろと歩き回る音がした。いったいなにをしようというのか。

やがて、伸縮性のある布が髪をかすめ、耳の上で強さを調節されてから目を覆われた。ドミニクは目をあけた。これで真っ暗闇のなかだった。

彼はほほえんだ。あの地下納骨堂で、伴奏した演奏家たちに目隠しをするよう指示したことを思い出す。すると、ローラリンは恨みを晴らしているのか？　同じやり方で仕返しを？

「服を脱いで」

今度もドミニクは指示に従った。ローラリンにはすでに、ミランダと過ごした夜に裸を見られているので、隠すものはなにもなかった。だが、一瞬腹部を押さえずにいられなかった。本能で。

「膝をついて」

再び、ローラリンのブーツを脱いだ足がそばで小刻みに動く音がする。

とがった爪がドミニクの脇腹に立てられ、むき出しの尻を走り、どうしても揺れてしまう袋を乱暴につかんだ。

ドミニクはたじろいだ。女王さまが商品を点検している。彼は自分が硬くなってきたのがわかった。どうしようもなかった。ローラリンを〝女王さま〟と呼ぶつもりなど毛頭ないが。ぜったいに。

「両手を。肩より上に上げて」

ドミニクがすぐに両腕を上げると、手首が縛られた。おそらくスカーフを使ったのだろう。生地がすべすべしている。ローラリンが近づくたびに、彼女の体から熱気を感じ、名前も知らないスパイスと汗が混じった匂いを嗅げる。彼の喉がぴくりと動いた。

ローラリンが下がり、ドミニクは彼女がすぐそばにいないと寒気がした。家の裏手では鳥がさえずり、小川の水は穏やかに流れている。さらにのろのろと歩く音が、ほぼ二方向から同時に聞こえる。彼女はひとりではないのか？　だれかがこの部屋に入っていたのか？　アトリエのどっしりしたドアが開閉する音はしなかったが、母屋を通ってくる方法があるのかもしれない。

今度も平手で尻を叩かれた。

次になにかを使って痛烈に打たれた。最初の痛みが震えになって全身を駆け抜けた。冗談じゃない、とドミニクは思った。こんなのはばかげてる。彼女はわたしが叩かれたら燃えるとでも思ったのか？　ドミニクは体に隠れた睾丸が反応するのを感じた。次の一撃を予想して上唇の上に汗がにじんだが、それは来なかった。

「どんな感じがするか知りたいんでしょ？」

ドミニクはうなずいた。

そのとき耳の奥になにかを詰められた。綿だ。なにかの蕾《つぼみ》か？　静けさが不愉快なほどになり、ドミニクはさびしい世界を漂っていた。裸で。ひとりきりで。五感のふたつ、視覚と聴覚を奪われて。ローラリンは彼にさるぐつわをして口をきけないようにはしないだろう。それでは逆効果だ。彼女は彼のうめき声を、ため息を、おそらくは抗議の声を聞いて喜ぶのだ。なにもかもゲームの一部だ。

ドミニクは待った。

背後から影がのしかかるのを感じた。天窓からのぞいている青空が見えなくなったようだ。熱い息がうなじにかかった。ローラリンがかがみこんで、ひんやりしてべとべとした指をドミニクの肛門に差し入れ、濡らし、弾力を試し、入口に潤滑剤をたっぷりと塗った。次にどうなるかを察し、彼は息を止めた。

先端の丸い、模造ペニスらしき物が押し入り、意外なほどすんなりと入口を突破し、彼が先端を受け入れられるまでに壁を引き伸ばした。続いて激しく突かれ、すっかり犯されて、体が引き裂かれそうだという気がした。彼は唇を噛んだ。痛みは強烈だ。肛門の周辺がこじ開けられ、文字どおり火がつき、まるで見当ちがいのクリームを塗られたように、痛みがやわらぐどころか燃え上がっていた。彼は興奮を抑えようとして、どんな音も漏らすまいとした。

筋肉を締めつけて異物を奥へ侵入させないようにしてみたが、結局抑えが効かなくなった。ローラリンは何度か弱々しく突いて、完全に彼のなかに入った。

ファックされている、とドミニクは思った。女性にとって満たされるのは、体の奥に精力を注ぎ込まれるのはどんな感じがするか、これでわかった。

ドミニクは目隠しの陰で目を閉じていた。この際、あけていても変わりはなかったが。

彼は再び頭が冴えてきて、これから自分のなかでローラリンがピストン運動を始めるとわかった。すばやく身を引いてから、さらに深く突き進み、ひと休みする。何度も何度も空っぽにされては満たされる気分だった。初めは思わず、やがて自覚して、彼は突かれるリズムに合わせて姿勢を変え、リズムに乗り、浸るうちに、最初の痛みは薄れていった。期待していたように、痛みが歓びに変わったわけではないが、なじみのない肉体的な刺激が押し寄せ、彼はそれを刻一刻と頭に刻みつけていた。相変わらずの観察者であり、学者だった。体は分け入ってきた人工ペニスの滑らかな動きを助けるようになった。

ドミニクはなにも見えず、なにも聞こえない繭に隔離され、すぐに時間の感覚を失った。

ある時点で――いったいどれくらい時間がたったのか――ローラリンが体を引いた。なぜだ？ドミニクの尻はアトリエの空間を流れる空気に撫でられるのではなく、再び満たされたくてたまらず、利用され、捨てられたいとせがんでいた。

すると、ローラリンがもう一度ドミニクにまたがった。今度の突き方はやさしく、ストラップつきのハーネスにつながったバイブレータ本来の性能で（ドミニクは彼女が手でバイブレータを操作していないとわかった。体が揺れていたし、彼女が近づくたびに彼の広げた尻に温かいヒップが触れたからだ）しなやかに、こわばらず、まるで実物のペニスが侵入してくるようだ。やはりドミニクは、ローラリンと交替した男に尻を犯されている気がした。まさか？　それから考え直した。だからどうだっていうんだ。いまさら体裁を繕えるものじゃない。この失敗を今後の教訓としよう。ローラリンがなんでもありと言ったときは、文字どおりなのだ。ドミニクは硬さを保っていられなくなった。だが、一時は危険なほどだった。片手で股間の丸みを包まれ、ペニスを握られ、上下にさすられながら、後部から貫かれ、状態を調べられ、なぶられ、もてあそばれていたのだ。

とうとうローラリン（あるいは彼女のふりをしている人間。実際に第三者の男がアトリエにいるとしたら）が疲れを見せ、ドミニクを突く力が衰えてきた。最後に一度猛烈に、彼をベッドに叩きつける勢いで突き立てると、彼女（か彼）は引き抜いた。今度もまた、あの独特のむなしい感じに襲われ、あざのできた入口が空気に撫でられた。穏やかに包み込むようなそよ風が穴に吹きつけ、早くも性交後のもの悲しさに襲われた。

ドミニクの聴覚が戻ってきた。ゆっくり歩く足音。小川のせせらぎ。遠くで小鳥がにぎやかに鳴く声。

次は目隠しが外されるのを待っていた。膝をついた姿勢からやや痛む尻を床につけて座るのを。くつろいで。

ローラリンが伸縮性の目隠しをそっと外して、ドミニクの額から髪にかけてゆっくり上げ、乱れを直した。もうきちんと服を着ている。それとも、服も脱がずに行為をしたのか？　なにごともなかったかのようだ。淡い色の唇にうっすら笑みが浮かび、ブロンドの髪は天窓から差し込む日光を浴びている。

「これでわかったね」

ローラリンがベイクドポテトを作り、ボウルいっぱいのサワークリームを添えて出した。つけあわせはハム、ソーセージ、パテなどの冷肉の盛り合わせだった。

　ふたりは家の前の芝生に座っていた。中庭の投光照明を灯し、流れる小川を眺めていた。

「ヴィクターに聞いたけど、彼の送別会に出ると言ったんだってね」ローラリンが言った。

「そうだよ。なにをするかはよく知らないが」

「あたしも」ローラリンが言った。「いつになく隠しだてしちゃってね、あのずるがしこい男。口が堅いったらない」

「きみも招かれたのか？」

「どうせその週末にはボストンで演奏があるけど、ううん、声をかけられてない。どうも怪しいんだよね」

「ただのパーティさ」

「わかってる。でも、ヴィクターには気をつけて。あの人、見かけより危険だから」ローラリンは自分のプラスチック皿に残った、湯気をあげているポテトにスプーンを突き刺した。

　ドミニクのポケットで携帯電話が振動した。メッセージだけだ。

　携帯電話のメッセージをよこす知り合いはひとりしかいない。

　彼は携帯電話を取り出し、ローラリンに断って小川のほとりまで少し歩いた。

〝どうしてもあなたが欲しい〟

　サマー。

　いま彼女がいるニュージーランド、またはオーストラリアでは早朝にちがいない。

　なぜサマーには間の悪いときに連絡してくる癖があるんだ？

11　訪　問

予想どおり、長距離のフライトではよくあるように、わたしはかっこ悪くてうっとうしいビジネスマンの隣に座って、はるばるサンフランシスコへ移動した。少なくとも、泣きわめく幼児の隣よりましだけれど。彼はわたしにえんえんと質問を浴びせないときは、デジタル・メディアを使ったデータ転送技術の方法を無理やり詳細に話して聞かせようとした。彼の話に何時間も耳を傾けたのに、わたしはこの話題をよくわかっていない。シドニーからの長時間のフライト中はずっと頭のスイッチが切れていた。

彼は赤いサスペンダーをつけ、髪を横分けにして、短く丸っこい指をしていた。のっけからわたしに話をする気をなくさせる、完璧な組み合わせ。

眠ろうとしたけれど、一日足らずでドミニクに会えると思うと、目が冴えてしまい、かといって機内上映も見ていられなかった。

エージェントのスーザンの話では、ヨーロッパ・ツアーの見込みがあり、成功に終わった今回のツアーを続けるそうだけれど、それは早くても半年先のことだという。わたしとしてはかまわない。いまはへとへとに疲れ、またステージに上がると思うとぞっとする。

わたしがサンフランシスコで乗り換えるために六時間暇つぶしをすると知り、ぼんやりした顔のビジネスマンが空港付近のホテルに部屋を取ろうと露骨に持ちかけた。〝一発やっちまおう〟とか言って。そのくせ、ぼくが乗るオマハへの乗り継ぎ便は、きみが乗るラ・ガーディアへ向かう便よりずっと前に発つから、きみには二時間くらいしか割けないな、と念を押すのだ。

誘いを断ると、彼は心底驚いた顔をした。到着後の表示を見て彼が脇へそれ、入国審査でアメリカ国民の列に並んだときはほっとした。次は彼の荷物がわたしより先に出てきたら、厄介払いできるのに。

〝故郷には戻れない〟とかいう言葉を残したのは、たしかアメリカ人の作家だったはず。以前、ドミニクのロフトでごろごろしながら雑誌でそれを読んだけれど、深く考えなかった。最近までは。今回の帰郷でしみじみわかった。いまではアメリカがわが家であり、ニュージーランドは、自分がどんなに美化したところでかつての面影を失っていくだろうと。

わたしはこれまでも自分で選択してきた。

腕時計を見た。これは十代のころ愛用していた古いマルチカラーのスウォッチで、子ども時代のベッドサイド・テーブルの引き出しに埋もれているのを見つけたもの。ニューヨークはもう深夜だろうから、ドミニクが出かけていたとしても帰宅しているころだ。彼の携帯電話にかけてみた。

「もしもし」やっぱり、彼の声は眠そうだけれど、温かく、深みがあって、なじみ深い。

「わたしよ」

ドミニクが咳払いした。「声を聞けて嬉しいよ」

「起こしちゃった?」

「当然だ。まあ、かまわないさ。知ってのとおり、わたしは早起きだからね」

「いま、サンフランシスコよ。空港で、乗り継ぎラウンジにいるの。深夜飛行便に乗るから、早朝にはニューヨークに着くわ」

「実はいま、ロンドンにいて……」

「ロンドン?」鋭い痛みが胸を貫いた。ドミニクはイギリスに戻ってしまったの?

「ほんの数日間だ。片づけなくてはいけない用件ができた。家族の問題で、いろいろとね。週明けにスプリング通りに戻る」

安堵感が全身に押し寄せた。

何日か前に送った携帯メールはなぜか届いていなかった。わたしはニューヨークに帰る途中だ、コンサートツアーはようやく終わった、と知らせておいたのに。

それはささいな問題だ、届いていてもなにも変わらなかったということでふたりの意見が合った。ドミニクはすでにロンドン行きの手はずを整えていたので、どのみち空港にわたしを迎えにこられなかった。ロンドンは深夜であり、わたしは彼を起こしてしまって申し訳なくなったが、彼の声は蜂蜜みたいに心をやわらげてくれた。ラウンジに座り、夜間のまばらなアナウンスに眠りを誘われて生ぬるいビールを飲みながら、できるだけ長く彼を電話の向こうに引き止めておきたかった。

ドミニクに言いたいことがたくさんあるのに、物理的に離れ、時差があり、そのうえわたしは疲れていて、言いたいことが喉の奥につかえ、世間話しかできなかった。

あいまいな約束をして電話を切った。お互い、また近いうちに会えるのを楽しみにしようと。

翌朝、わたしはラ・ガーディア空港で到着ホールによろよろと歩み出た。片腕でバイオリンのケースを抱え、もう片方の腕で重いスーツケースを引きずって。車輪がきしんでいるのは、ニュージーランドの家族や友人からのプレゼントが詰まっているせいだ。赤い目をして、半分眠っていたわたしは、大声で名前を呼ばれてはっとした。

「サマー！」

シモンだ。彼の足元を見下ろして、わたしはほほえもうとした。つま先のとがった派手な靴。乱れ放題の巻き毛。いつでもエネルギッシュな笑顔。

「この時間に着くとよくわかったわね」

シモンがわたしの両頬に軽くキスをした。アフターシェーブ・ローションの香りはさわやかでくらくらとした。彼はやさしくわたしの手からスーツケースを引き取った。

「共通の友人がいるじゃないか。忘れた？　スーザンが、きみが戻ってくると教えてくれたんだ。彼女はたまたま、ぼくのエージェントでもあるんだよ。それとも、知らなかった？」

「知ってるわ」

「ところで、元気そうだね」

「おかげさまで」

「ツアーは大成功したようだ。きみは街の話題になってる。なにはともあれ、グラマシー・シンフォニアの話題には……。みんな、きみの活躍を喜んでるよ。わくわくしてる。団員一同がね」

「ありがとう、シモン」

「おかえり」

なんとリムジンが待っていた。制服からなにからなにまで揃えた、ちゃんとした運転手つき。シモンは全力を注いでわたしをくどくことにした、と見える。

リムジンはのろのろと進んだ。マンハッタンへ向かう通勤者であふれた、ひどい交通渋滞にはまったためだ。わたしは話をする気力もなかったが、シモンにはふたり分の気力があったので、これまで演奏した場所や彼が手伝って選んだ曲目がどう受け止められたかについて、次々と質問を投げかけてきた。彼は個人的な話に立ち入らないよう気をつけ、どこで降ろしてほしいかと尋ねて、ドミニクのことやわたしの将来の計画のことを訊くまいとした。

車がソーホーに着くころ、太陽が夏空高く上がっていた。ニュージーランドとオーストラリアを発ってから、まったく新しい世界になったような気がする。わたしの世界。

運転手がわたしの旅慣れたスーツケースをトランクから出して、ロフトの建物の階段に置いた。シモンが訊いた。「きみのボーイフレンドは空港に迎えにきてくれなかったのかい？」

「彼はロンドンにいるの」わたしは言った。


ドミニクが戻ってくるまであと四日ある。最初の日は眠った。死んだように。ベッドからほとんど動かず、我慢しきれなくなってからそっとトイレに向かったり、よろよろとキッチンに入って冷蔵庫から古いチーズをつまんでは賞味期限前の牛乳をカートンから飲んだりした。だらだらするのは最高に幸せ。計画も義務もない。ロフトは覚えていたとおり、広々として、なじみ深く、スタイリッシュで無駄を一切なくした空間にも家庭的な感じがある。わたしはまともに荷解きをせず、せめてあと一日は放っておくつもりでいた。裸になり、磨かれた板張りの床で踊り、近所の屋根の陰になった一角で鳩の群れが羽を休めているところを窓越しに眺めていたい。いっそ思い切ってビルトインのクローゼットに忍び込み、掛かっているドミニクの服を愛撫したい。素肌をカシミアのセーターにこすりつけ、指をスーツの上等の生地に滑らせる。

結局、ごく穏やかに、ふつうに待っていることにした。

シモンが二度電話をよこしたが、折り返しかけることはしなかった。それから携帯電話の電源を切ってしまった。たとえドミニクがかけてきて残念に思っても、彼はもうすぐ戻ってくることだし、電話で話すより面と向かって言葉を交わすほうがいい。

二日目までに、わたしはだんだんいかれてきた。そこでついにシャワーを浴び、マンハッタンの通りに繰り出した。おなかがぺこぺこなので、ラ・ガーディア・プレイスとハウストン通りの角にある繁盛しているダイナーで、ぶ厚いハンバーガーとごろごろしたフライドポテトを豪勢に食べた。健康を度外視した食欲で噛みついた。ランニングシューズが家で待っているけれど、それはまた別の日にしよう。

ワシントン・スクエア・パークでは、外国人のナニーの一団が預かった子どもを乗せたベビーカーを押して遊び場のそばに集まり、ドッグウォーカーたちは小道を大股で行き来しながら、犬たちを引っ張ったり、逆の方向に誘導したりしている。リスたちが木から木へ跳ね、まばらに生えている芝生の縁を駆け抜けていく。北西の隅では、身なりの悪いチェス・プレイヤーがゲーム用テーブルにつき、パートナーか挑戦者を探している。今日は演奏家がひとりもいない。腰を下ろして人ごみを探り、幼い子どもたちに注目し、頭のなかに無謀な考えが四方八方から突っ込んでくるなか、ドミニクにもどんなふつうの面がありそうかとひたすら見つけようとした。それとも、わたしたちがふたりで一緒になれば、なおふつうになれるかしら。

携帯電話をロフトに置いてきたけれど、ユニバーシティ・プレイスの角に公衆電話があると思い出し、そこからチェリーに電話した。ぎくしゃくしたままだったから、謝っておきたかった。番号はもう使われていなかった。今夜、彼女がよく通っていたバーやクラブを回ってみよう。

ようやくダウンタウンに戻った。

わたしはもう一度シャワーを浴びた。体はまだマンハッタンの夏に再びなじんでいない。ニュージーランドでつかの間の冬を過ごしただけに、蒸し焼きにされている気分だった。それから少しヨガのエクササイズをした。太陽礼拝のポーズと犬のポーズをするたびに頭がすっきりする。ロフトの片隅にあるオレンジ色のソファのそばに、わたしのバイオリンのケースが見える。二日前に戻ったときに置いたままだ。さびしそうにわたしに声をかけ、ここへ来て蓋をあけてとせがんでいる。わたしははっとした。長時間フライトしたりここ二日だらだらしたりして、もうまる三日間バイイに触れてもいなければ弾いてもいない。これほど長く練習もせず、音階も弾かずにいたのは初めてだ。それなのに、どうしても弾きたいと思わなかった。弾いていないと気がつきもしなかったなんて。

初め、そう考えるとぞっとしたけれど、わたしも変われるということに気がついてほっとした。いつまでも変化しないものはない。わたしの音楽に寄せる愛でさえも。

あえてバイオリンのケースを忘れ、小さなデスクに近づいた。ここにドミニクがノートパソコンを置いて仕事をしている。彼はパソコンをロンドンに持っていったから、いまデスクの上には文房具が散らばっている。鉛筆やペンが数本、放り出したメモリースティックが二本、スマートな黒のホチキス。それから、薄いフォルダが少し、ほぼがらんとした天板に置かれていた。

その一枚を無頓着にあけてみた。そこには原稿の束が入っていた。ドミニクは図書館のオフィスで印刷していたのだろう。ここにはプリンターがないのだ。

最初のページを手に取った。

第一行を読んでみた。

パリについての本なのかと思った。ドミニクがリサーチしていた時代――日付、事実、引用――は知っていたけれども、これではない。

これは物語だ。

舞台はテキサス東部の、聞いたこともない小さな町。主役は燃えるような赤毛の若い女。興味を引かれ、一章と思しき原稿の残りをつかんでソファに腰を下ろした。足を引き上げて、お気に入りの読書の姿勢を取る。そう言えば、ここ何カ月も本をろくに読んでいなかった。

よく知っている小さな町の生活の縮図、わたしがドミニクに話した故郷の思い出に妙に似ているエピソード。でも、もっとすばらしいのは、本当の話に巧みにバリエーションが用意された結果、もっと面白くて、同時になじみがない。現実をつかみきれない部外者の目を通して見た光景のように。

当然だわ。

ドミニクは小説を書いている。

わたしは一章にざっと目を通した。まだ書き終わっていないらしい。それから急いでほかのフォルダも手に取った。そのひとつだけに小説の抜粋が入っているようだ。たったの四ページ。何カ所か段落の合間が大きな空白になっている。ヒロインのエレーナがパリに来たのは一九五〇年代、ドミニクが熱心に調べていた時代だ。ヒロインにエレーナという名前をつけたのも偶然だろうか。

先を読み進める前に、玄関ブザーが鳴った。だれかが階下に来ている。わたしはインターコムに近づいた。今夜は約束をしていない。ひょっとしてシモンが、わたしがいるかと見にきたのかも。ブザーに応えるかどうか迷った。いまシモンに向かい合って、わたしたちはプラトニックな友人同士でいるのがいちばんだとわかったと、そう断言する覚悟があるかどうか心もとない。ほかの人か、大事な用件、たとえばドミニクに届け物だといけないので、インターコムのボタンを押した。

「どちらさま？」

「入れてくれよ、サマー」

その声を聞いて寒気を覚えた。なんの疑問もなくだれだかわかった。

ヴィクターだ。

わたしは彼を入れた。

「どうしてわたしの住んでいるところがわかったの？」

「おいおい、見くびるなよ、お嬢さん」

「お互いに言うことはないはずよ、ヴィクター」

ヴィクターの薄笑いは相変わらず見るに耐えない。彼はグレイのスーツとシャツとネクタイで正装している。元愛人を訪ねるよりビジネス上の契約をまとめるほうがふさわしい格好だ。黒の靴はぴかぴかに輝く寸前まで磨いてある。

「へえ、だけどこっちにはあるんだな……」

ヴィクターが一歩進み出てロフトに入り、背後でドアを閉めた。まるで自分の家のようだ。わたしが隠れ家のソファへ下がっていくと、彼もついてきた。落ち着いて、なにも言わずに。まばらな顎髭はいつもの要領で、剃刀で几帳面に手入れしてあった。

「まだやり残したことがある」ヴィクターの口調はやわらかい。

「わたしは出ていった。気が変わったのよ。あれはもう二度とたどりたくない道だわ」わたしは訴えた。

「いまや大した有名人だな。くだらない楽器を抱えて世界中を旅して……」

「くだらない楽器じゃなくて、バイオリンよ」ヴィクターの挑発に乗ったと知りながら、食ってかかった。

ヴィクターの視線を全身に浴び、わたしは気がついた。自分はドミニクのシャツ一枚しか着ていない。前身ごろのボタンを半分だけ留めたシャツは、丈が腿のなかばまでしかない。シャワーを浴びて体を拭いたあと、これをなにげなくはおり、原稿を読みふけっていた。そこへヴィクターが訪ねてきて、わたしはショック状態になり、もっと肌を見せない服に着替えようとも思いつかなかった。わたしはシャツの裾を引っ張った。大したちがいはないけれど。

「ふしだら女はいつまでたってもふしだら女だ」ヴィクターが言った。

見下ろした。わたしはオレンジ色のソファの端に脚を引き上げて座っていた。自分をすっかりさらけ出して。しまった。

「剃ってあるほうが好みだね」

「もうあなたになんか関係ない。わからないの？」

「わからないかだと？　そんなことを言える立場か」

「どういう意味？」

「自分に嘘をついている女。きみは自分の正体を受け入れまいとしているんだよ、サマー。それで幸せなのかね？　いまのきみは？」

ヴィクターの問いかけにふいを突かれた。

たしかにわたしはちっとも幸せじゃない。戸惑い、迷っているけれど、それはドミニクのこと と、どうやって彼とわたしがともに生き、生活にちょうどいいバランスを取れるかという問題だ。ヴィクターと彼のばかげたパーティとはまったく関係ない。

「飲み物も勧めないのか？　コーヒーをいれる必要はない――水でけっこう」

「いやよ」

この男にはなにもしてやりたくない。水を一杯運んでくるのもごめんだ。

「好きにするさ」

ヴィクターはキッチンコーナーの端に立っていた。さっきは座らなければよかった。おかげで、特に背が高くもない彼に見下ろされている。彼が一歩前に出ると、わたしは非難がましい声を出した。「それ以上近づいたら、触ろうとしたら、悲鳴をあげるわよ。嘘じゃないから」

「とんだお笑いだ。第一に、悲鳴をあげたところでだれにも聞こえやしない。この古い建物は恐ろしく壁が厚い。おまけにこの部屋の窓は閉まってる。あけたところで屋根しか見えない」彼がロフトの奥のほうを指さした。「第二に、ぼくにはまたきみをものにしたいという色気があるとでもいうのか？　冗談じゃない。きみは受け身もいいところだ」

わたしは赤くなった。男性にそんなことを言われたのは生まれて初めてだ。この男は人でなしだから、ばかげた反応をしているのはわたしのほうだけれど、それでも傷ついた。

「それで、なにが望み？」やっとのことで訊いた。

「中断したところから続きをやりたい。きみの調教を仕上げる。きみを生まれ変わらせるんだよ、かわいこちゃん。きみには大きな潜在能力がある。無駄にするのはもったいない」

「わたしは所有物になりたくない」

「そこは気がついた。それがきみの目標だと勘ちがいしていたが、ほかにもいろいろと手はあるさ……」ヴィクターがにやりとした。いかにも不誠実な笑みを見て、彼の横柄な顔を引っぱたきたくなった。

「そうかしら？」

「もちろん」

「それでもわたしがいやだと言い続けたら？」

「さっきも言ったが、手はいろいろとある」

つかの間、わたしは勢いづいた。煉瓦の壁でヴィクターに立ち向かい、彼のたくらみには乗らないと断ったことで、彼が姿を消すか、いまわしい計画をあきらめるというように。

「いやなものはいやよ、ヴィクター。もう興味がないの。わたしがベッドルームでどうすることにしようと、あなたの知ったことじゃない。言っておくけど、その部分にはぜったいにあなたに首を突っ込んでほしくないの。とにかく、わたしはずっとドミニクと一緒にいるのよ。彼がいまにも帰ってくるから、早く出ていったほうが身のためね」わたしは嘘をついた。

「ドミニクはロンドンにいる」ヴィクターが穏やかな声で言った。

彼はもう目の前に立っていた。わたしはそわそわとシャツの上のボタンを留め、胸の谷間を隠した。

ヴィクターがグレイの上着のポケットにさりげなく手を入れ、ブラックベリーを取り出した。彼は指で小さなキーをすばやく叩いてから、わたしによこした。

「きみは〝いい〟と言うね」彼が言い、わたしは不安な気持ちでブラックベリーを受け取った。

「どうして?」

「いいから、〝プレイ〟を押してみろ」

携帯電話の小さな画面を見下ろすと、静止画像が映っていた。

わたしだ。

見知らぬ人たちでいっぱいの部屋に裸で立ち、首輪をつけている。

去年、ヴィクターが主催したオークションで撮られたものだ。

わたしは動けなくなった。急に記憶がよみがえり、それとともに抑え切れない興奮も覚えた。

指がブラックベリーのキーの上で止まった。

「楽しめよ」ヴィクターが言った。

ほんの軽く、ひと触れしただけで、画像が動き出して、写真のギャラリー全体が開いた。眼鏡をかけてはげかかった男がオークションでわたしを買ってからいいようにした部屋には、もう一台カメラが隠されていたようだ。気がつかなかった。あまりにも呆然としていたのだろう。画像はビデオではなくスライドショーだった。だれかがカメラに自動タイマーをセットして、適当な間隔で部屋の写真を撮ったのだ。

わたしは画面に次々現れる写真に見とれていた。ホラー映画を見ていて、目をぱっちりあけてもいられないが、背けることもできないようなものだ。これは、わたしが自分を他人と同じ目で見た初めての経験だった。十代のころにも、バスルームの鏡の前でヌード写真を何枚か撮った。両親か兄か姉に見つかったらどうしようと怖くなり、あとであわてて捨ててしまった。でも、今回の写真ははるかにリアルだ。

スクリーンで、ポルノ映画でだれかを見ているような気分だ。なんとかして、ヴィクターのところであったことはなにもかも忘れようとした。この写真はあの夜の記憶よりなお衝撃的だ。ベルトを宙に浮かせてわたしを打とうとしている男性と、毛布に顔を埋めているわたし。あのとき、痛みがあったおかげで快感に溺れたから、なにが起こっているのか考えるまでもなかったのに、写真の形になると、頭のなかに残っている映像よりずっと醜く見える。

その後この男性がどうなったか、ずっと思い出せなかった。彼がだれであっても不思議じゃなかった。顔かたちも説明できず、ペニスのサイズも言えなかっただろう。こうして画面で彼を見ていると、一枚一枚の写真が撮られるたびに、口をゆがませ、姿勢を変えていった。あのときヴィクターはわたしの許可を求めただろうか？　そんな覚えはなかった。わたしはぞっとした。自分が彼を止めようとしなかったと思うと、なおさらぞっとする。

ブラックベリーは手のなかで手榴弾並みに物騒になったが、画面から目をそらすこともできず、それを窓の外に放り投げることもできなかった。静止画のリズムは執拗で、写真はどれも荒々しい場面だった。男性がわたしに激しく抜き差ししている姿を見るのは猥褻極まりなく、わたしが体を起こして彼を迎えているのは心底ショックだった。連続して現れるわたしの顔の表情は、美しいのと醜いのと順番で、凍りついていた。

とうとうスライドショーが終わった。

でも、こんなんじゃないのよ！　叫びたかった。ヴィクターが写真を公開したら、その気にちがいないけれど、世間の人はこれを見るんだわ。ドミニクと一緒にいるとき、チェリーとロープの縛り方を習うとき、ひとりで行ったクラブでも、だれもこうじゃなかった。ああいう行為は楽しくて、面白くて、どうかしているほどセクシーで心地いいのに、世間の人がヴィクターのひどいスライドショーを見たらそうは思わないだろう。わたしが首輪をつけ、ときどきたまらなく悲しそうな顔をして、わたしにベルトを振り下ろしている男性はどう見ても激怒している。ああいう夜はまた別問題で、わたしが誘い込まれた悪夢であり、さっきまではほとんど忘れかけていたものだ。ヴィクターの喉に携帯電話を突っ込みたいけれど、そんなことをすれば、ますます厄介な目に遭うだけだ。

「ためになるだろう、どうだ？」ヴィクターの声が、ずっと向こうから聞こえた。

恐ろしくてうろたえ、自分が濡れていると気がついた。ドミニクのシャツ一枚がむき出しのあそこを覆っている。意図はゆがんでいて、ヴィクターの動機は犯罪的なのに、画像そのものは、行為の記憶は、わたしを昂ぶらせた。

わたしは黙っていた。なにを言っても、ヴィクターに揚げ足を取られるだろう。

「ファックされてるときは嬉しそうな顔をするんだな、サマー？　ハードコア・ポルノの大女優になるだろうに。映画を作れなかったのは残念だ。動いたり歌ったり！　どっちもきみが与えられる歓びに感謝しながら、きみの全神経で逆らっている。気に障ったかな？　え？」彼は自分のいかがわしい冗談に声を立てて笑った。

「あなたって最低！」

ヴィクターはキッチンのカウンターに近づき、グラスを取って水を汲んだ。わたしはその場で凍りついた。

ブラックベリーを壁に叩きつけてめちゃくちゃに壊れるところを見たかった。いっぽう、写真を何度も何度も見たい気持ちもあった。きっと、ヴィクターは写真をどこか別の安全な場所に、保険として、ダウンロードしてあるだろう。そうすれば、わたしに無茶なことをされても大丈夫だ。

「オスカーは取れないだろうがね、お嬢さん」ヴィクターが言った。「だがこれが外に漏れたら、きみのクラシック音楽家としてのキャリアは壁にぶち当たるだろうね。セックスが映ったビデオやその関連物は二流の女優かリアリティ・ショーに出る娼婦のためにあるもので、クラシックの音楽家に用はないさ。そうだな。それに……おっと……きみのすばらしいドミニクに、素人のドムに見られたら？　彼は満足するだろうか？」

ヴィクターを怒らせるためだけでも、わたしは最後の問いかけに〝イエス〟と答えそうになったが、彼がそんな暇を与えなかった。

背筋をぴんと伸ばして立ち、ヴィクターが空になったグラスを置いた。「選ぶのはきみだ、サマー。最後にもう一度だけ、きみの奉仕を要求する。それに応じれば、あの写真を破棄しよう。紳士として約束する。これがニューヨークでの電話番号だ」小さな長方形のカードを花崗岩のカウンターに置いた。

「いったい……？」

「質問は受け付けない。イベントに出ると同意したら、あらゆる指図に従い、やりとげることになるぞ。それだけだ。肉体的に傷ついたり、被害を受けたりはしない。この点も約束する」

奴隷の登録を思い出し、口を開いた。

ヴィクターがわたしの疑問を察した。「刻印はつけない。ずっと残るものは」

「でも――」

今度もヴィクターにさえぎられた。「ある日ある時。ある場所で。きみが体を見せる。これ以上は知らせたくない。きみの神経をとがらせておきたい。弱々しく見えるときのきみは、ふだんよりずっときれいだからねえ。比べものにならないなあ」

わたしは言葉を失った。

「四十八時間以内に電話で返事をするんだ。見送りはけっこう」

ヴィクターはくるりと背を向けて出ていった。

ヴィクターの訪問とドミニクの帰宅の合間に、わたしはひどく落ち込んで、逆巻く感情の海で一粒の砂のように翻弄されていた。

あんまりだわ。

ドミニクとうまくやっていけそうだと思い、型破りかもしれないけれど、ふたりの生活を築けると考えた矢先に、またヴィクターの計画を突きつけられるなんて。あれには築き始めたばかりのキャリアを台無しにされかねない。警察に駆け込んでもいい。でも、結果を考えると気が重くなる。なんと言えばいいの？　向こうはわたしのライフスタイルを聞いたら、あざ笑って署から追い出すだろう。たとえ、意外に柔軟だとしても、ヴィクターがあの写真を一枚でも外に出したら手遅れだ。わたしはなにもかも失いそう。噂がいっきに広がれば、それはテアロハにも届く。両親が新聞でわたしの醜聞記事を読むなんて、耐えられない。

だれかに相談したいけれど、チェリーは忙しいみたいだし、ロンドンにいる親友のクリスにはとても話せない。彼はドミニクをいやなやつだと思っている。ときどきひどく過保護になるようすを思うと、彼は殺し屋を雇ってヴィクターを始末させるかもしれない。

クリスのことを考えると、なつかしくなった。会いたくてたまらない。クリスは、ファン・デル・フリート先生を除けばただひとりの、わたしをくどいたりしなかった男性だ。クリスのそばで話している安心感がなつかしい。彼とは友人以上の存在にならず、ベッドに連れ込もうという下心で助言をくれるのではないとわかっているから。どうしてクリスとは肉体的に惹かれ合わなかったのかと考えるのは、とっくにやめてしまった。彼はほかの女性にとってはとても魅力的で、コンサートのあとはグルーピー気取りの一団につきまとわれる。わたしたちはどちらもミュージシャンだから、わたしはファンの女の子みたいに彼にときめかなかったんだと思う。

　クリスはやさしくて根はすごく古風だ。わたしたちはお互いのセックスライフを話さないが、彼がたまたまわたしの嗜好に詳しくなったことが何度かあり、きみの行動が気になるとはっきり言われた。わたしがしている行為から得られるスリルを理解できず、それは危険だと決め込んで。抑制のきいた場面でも、安全で楽しいものだとも思わないようだ。クリスに言わせると、ドムはわたしを傷つけかねないコントロール・フリークにすぎなかった。いつか彼の考え方を変えられるといいけれど、さしあたりはゆっくり時間をかけて引き込むつもりでいる。なによりも、彼を失いたくない。ヴィクターとの問題を話す相手は、別の友だちにしなくてはだめだ。クリスではなくて。

　そのときローラリンを思い出したが、彼女の電話番号も知らないし、一年くらい会っていないし口もきいていなかった。彼女はいつも自信に満ちていた。きっとこの問題にも、なるほどと思える助言をしてくれるだろう。気がつくと、わたしはすっかり孤独になっていた。あの短い時間を故郷で家族と友人たちと過ごし、友人の少なさを思い知らされた。

　ドミニクがわたしの港になっていた。わたしが錨を下ろした地点。嵐のなかの避難港。なのに、今回の事情とそれが招いた結果を打ち明けたら、もう彼とは終わりになってしまう。

　わたしは途方に暮れていた。


　その夜、酔っ払った。記憶にあるかぎりで初めてだ。ビールと蒸留酒をわざと混ぜ、ウエストヴィレッジまでふらふらと歩き、マクドゥーガル通りとサリヴァン通りあたりのバーの半分で飲み比べをした。いったいなにを探していたのか。アルコールに慰めを求めたか、酔い潰れるという、やわらかく温かい逃げ場を求めただけか。わたしが陽気な飲んだくれになったためしはない。陰気で怒りっぽくなるのがおちだ。それはたぶん、バーではちっとも気を引けないからだろう。そりゃあ、ありがたいことだ。賢明にベッド・パートナーを選べる状態ではないんだから。現状では、なにも、またはだれも求めてはいない。人生はただでさえこじれているのに。

体を引きずるようにしてロフトに戻ってきて、ぎりぎりのところで便器の前に間に合い、盛大に吐いた。疲れ切り、むなしくなって、意志の力でベッドルームに這っていき、ベッドに倒れ込むなり意識をなくした。

翌朝目を覚ますと、まだ日の出前で、頭が割れるように痛かった。バスルームのキャビネットに頭痛薬は見当たらない。ドミニクは病気を自分で治すタイプではないので、なかにあったのはわたしの避妊用品だけだった。わたしは鏡をのぞきこんだ。ひどい顔。目の下に隈ができ、右の頬にみっともない吹き出物、生垣のなかであとずさりしたみたいな髪。ため息をついてベッドルームにとぼとぼ戻り、もう一度眠ろうとした。シーツは汗とアルコールでくさかった。ドミニクが帰ってくる前に洗っておかなくては。

頭を切り替えられず、ベッドで何時間もぐずぐずしていた。視界の片隅で、リビングのコーナーの向こうにバイオリンのケースが見えた。見捨てられ、わたしを手招きしている。でも、起き上がって少しでも練習する気力が湧かなかった。時間が這うように過ぎていった。時計に目をやるたびに、一日の進み具合がどんどん遅くなっていく。

ヴィクターが決めた期限まで半分を過ぎ、頭が混乱しきっていた。こめかみがずきずき痛むのは消えなかった。

　泣きたかったけれど、泣く元気すらなかった。

「わたしよ」

「そろそろ来ると思ってたよ」あの端整な顔ににやにや笑いが広がるのが見えるようだ。

「まあお利口なこと」

「それで？」

「ええと……」感情を抑えようとして喉が詰まった。わたしが絞り出そうとしている苦しげな声を聞かせて、ますます彼を満足させたくない。

「ずばりと答えろよ、サマー」ヴィクターが言った。「簡単なことだ。はいか、それともいいえか。さあ」

「写真はかならず消去されるし、コピーはされてないのよね？」

「そうだ。その点は請け合う」

「そこが気になるのよ。本当に信用していいの？」

「とにかく信用してもらうしかない。だろう？」

「そのようね」

「すると、返事は〝はい〟だな？」

　わたしはため息をついた。「それと……これが終わったら、もうわたしを悩ませないで。放っておいてちょうだい。二度とかかわらないでくれる？」

「それがきみの望みなら」

「そうよ。もちろんだわ」

「いいさ」

それでも決定的なひとことを言う気になれず、話をずるずると引き延ばそうとしていた。「今回はカメラなしで、電話もなにも置かないでよ」

「当然だよ」

選択の余地がある？　こうしなければ、演奏家としてのキャリアを捨て、その途中でドミニクも失うことになる。

「とにかく」ヴィクターが言った。「今回はきみに仮面をつけてもらうつもりだ」

「なんてださい」

「とんでもない。だれだって儀式が好きだ。きみは目をみはるほどすばらしい姿になる。言うまでもなく、黒がふさわしいが、きみに好きな色があれば話は別だ」

ふと、ニューオーリンズで見た鳥かごの女性の姿が目に浮かんだ。彼女が実際に仮面をつけていたかどうかもわからないが、ヴィクターの儀式という言葉で記憶がよみがえり、腹部におなじみのうずきを感じた。

「どうでもいいわ」吐き出すように言った。

「では、合意に達したな？」ヴィクターが尋ねた。

「そうよ」気が滅入った。

「いいだろう」

それは特別な一夜になる、何千何万の夜のうちで、思うままに、はめを外して楽しめる夜になるのよ、とわたしは自分に言い聞かせた。一夜かぎり。それに、楽しむのはわたしの体だけ。頭でも心でもない。そのふたつは何時間かしまい込んで、ヴィクターの底意地の悪い考えとゆきずりの人たちの視線から守り、純粋なままにしておこう。残念ながら、体はたちまち癒え、外見にだけは恥ずかしさも名残をとどめないのは百も承知している。あと一夜だけ、最後の冒険に挑んだら、わたしは自由になってまた自分の人生をコントロールできる。高すぎる代償ではないはずだ。それとも、ちがうかしら?

「いつなの?」

ヴィクターが笑った。「そんなに急いでるのか?」

「いいえ。早く終わらせてしまいたいだけ」

「そういうことなら、少しやる気を抑えるんだな。詳細はいずれ知らせる」

「え……」

ドミニクが戻る前に片がついたらいいと思っていた。わたしたちがまた一緒になれるころには、彼に隠しているほかの多くの秘密のように、今回の話も過ぎたことになっていたらと。

「また連絡するよ、サマー」ヴィクターがきっぱりと言った。

「待って——」

「ああ、心配するなって。慎重にも慎重を期すようにする」彼はそう言ってから電話を切った。

こうなったら待つしかなかった。

ドミニクがスーツケースを置いて近づいてきた。わたしは彼のシャツを着てソファに座っていた。チャコールブルーのラルフ・ローレンのもので、裸で寝るには寒い時期に彼がわたしにこれを着せたがる。わたしは前日にＧＡＰで買った白のコットンのパンティもはいていた。おとなしめで、あどけないといってもいい格好だ。

「帰っていたんだね」ドミニクのかぎりなくやさしい笑みが悲しみの広がる顔を一変させた。

「ええ、ツアーが終わったの。ここ数カ月の予定はなにもなし」

「朗報だ」

わたしは立ち上がってドミニクにキスをした。

彼の唇はやわらかいのに乾いている。わたしはそれを舐め、彼の肉体の存在感に、ぬくもりに、匂いに夢中になった。

ドミニクの目がわたしを見通した。そこには、わたしがいま答えたくない、とりとめのない質問が山ほど浮かんでいた。

「お帰りなさい」わたしは言った。

「そちらこそ」

ドミニクの手がわたしの肩に回り、きつく引き寄せられた。わたしは口を開いたが、彼は自分の口にさっと指をあてた。もうひとこともしゃべるなというしぐさだ。

「しーっ」

あのいつもの快感が腹部を駆けめぐった。わたしたちがわかちあったすべての沈黙の記憶。沈黙のあとにはかならず音楽が流れた。明確にわたしたちのものになった自発的な儀式。わたしが知っているドミニクが戻ってきた。彼は過ぎたことを知りたがらない。たいせつなのは、〝いま〟、この部屋にふたりで一緒にいることだけ。世界中のなにもかもを締め出して。

ドミニクはわたしをきつく抱き締めて、お互いの心臓がほんの数センチ離れて同じリズムで鼓動を刻んだまま、空いたほうの手を上に這わせてわたしの髪をぎゅっとつかんだ。引っ張った。頭がのけぞり、彼が動く角度に従い、喉があらわにされた。ドミニクはそこに口をつけ、次に唇で、張り詰めた肌をつまんで引っ張った。わたしは震えた。そして唇が離れ、歯が肌に立てられた。嚙みついたのではなく、しなやかさを試したのだ。わたしは頭の奥で考えていた。人食い人種に喉を裂かれるのはこんな感じだろうか。それとも、わたしがツアーに出ていたあいだにドミニクが吸血鬼に変身して、血を吸おうとしているのだろうか。脚ががくがくした。

首筋に嚙み跡が残るはずだ。ドミニクの刻印が。

ドミニクはそこでぐずぐずした。わたしを完全に嚙み、肌に鋭く歯を立てて血を吸おうか、それとも一息に、猛然と襲いかかり、むさぼってしまおうか、迷っているように。

ようやくドミニクはわたしの髪を放すと、胸元からすばやくいっきにシャツを引き裂き、ボタンを板張りの床に飛び散らせた。

立ったままドミニクに向き合い、半裸になり、わたしは衝動に襲われた。この場に膝をついてドミニクの黒のパンツのジッパーを下ろし、硬いペニスを取り出して、わたしの喉が詰まるまで突き刺したい。彼のためならいつでもなりたい、ふしだらな女を演じたい。でも、わたしは待った。彼が次にどうするのか確かめたかった。

ドミニクはわたしのまわりを歩いて、また肩を叩き、オレンジ色のソファの裏が見えるまで向きを変えるよう指示した。それからわたしにかがみこみ、ゆっくりとパンティを下ろし、足首のまわりに重ねたままにしておいた。一本の指がわたしを試した。どちらの穴も。彼がわたしの脚を広げ、いきなり入ってきた。びっしょり濡れていたので、侵入も滑らかだった。わたしは彼のペニスに満たされ、固い手袋のようにフィットする感覚を楽しんだ。

いまこの場では、ロープも、拘束具も、さるぐつわも、おもちゃも必要なかった。でも、またの機会のために、ドミニクがどれかを買ってくれればいいのにと思う。わたしの望みは、体のなかで彼のペニスがしっかりと動くこと。彼の歓びが募るにつれて息づかいが聞こえ、彼がわたしの奥に届くたびに丸いふくらみがお尻に触れれば、それでいい。

ここはニューヨーク。もう秋が近づいていて、ドミニクがわたしのなかにいて、彼が動く音楽にときおり指が荒々しくお尻をもてあそぶ動きが加わった。その瞬間、わたしは幸せだった。明日のことは考えなかった。あるいはきのうのことも。

この時間が止まって、けっして変わらなければいいのに。

12　ワルツを踊って

サマーはいやがるだろうな、とドミニクは思った。彼はヴィクターがイベントのために手配した建物に入り、室内を見渡していた。

インテリアは豪華で、けばけばしいほどだ。大金がかかっていそうだが、おそらくヴィクターの裕福な知人の自宅だろう。

建物はハドソン川を見渡す堂々とした邸宅で、マンハッタンでもドミニクがめったに足を踏み入れたことがない地域に立っていた。知る人ぞ知る、大富豪の家並みだ。宮殿を真似て赤い絨毯を敷き詰めてあるが、不気味になってしまい、古いホラー映画に登場する、床が血まみれの建物を思わせた。

金色の縁取りの鏡が廊下の左右の壁に並び、幅が広いと錯覚させる。ドミニクにはあらゆる角度から自分の姿が見えた。あまり見たくない鏡像から逃げ、なるべく早く廊下を通り抜けた。

廊下の突き当たりで階段を上ると、そこから道が二方向に分かれていた。ゲストはどっちへ行けばいいのか表示がない。ドミニクは左手の道を選んだ。

古風なノッカーに手を伸ばす暇もなく、目の前のドアが開いた。若い女性が入口に立ち、しとやかに手を動かして彼を招き入れた。

彼女は血のように赤いランジェリーのセットを身につけていた。絨毯と同じ色だ。乳房と性器を覆うというより、ちっぽけな布地はそれを囲っているだけだった。Ｇストリングは脚のあいだが開いていて、ブラは小ぶりの乳房が突き出している三角形にすぎなかった。茶色の髪はピンで留められ、シニョンのてっぺんには赤い羽根が載せられている。そのため背が高く見えるので、雌のキリンに見えた。彼女は銀のトレイを持っているが、細い腕には重すぎるようだ。トレイにはショットグラスが何個か載っている。

彼女はトレイをドミニクのほうに差し出した。

「いや、けっこう」ドミニクは丁重に断った。「酒は飲まないんでね」

「あら、ちがいます」女性が言った。「アルコールではありません。チョコレート・ドリンクです。古代アステカ族はチョコレートを最強の媚薬と信じていたんですよ」

「なるほど、きみがそう言うのなら、もらわないのは失礼だね」

ドミニクは甘い飲み物が温かいことにも驚いた。まるで、コンロにかけて溶かされた鍋いっぱいのチョコレートから汲んできたようだ。かすかにぴりっとした味もする。チリパウダーとナツメグを少し混ぜたのだろう。

「おいしいよ、ありがとう」

女性はそれに応えてわずかに頭を下げた。

家は宮殿と見まがうばかりだった。ドミニクは自分がやってきた広々としたスペースを見回した。

絨毯が部屋の隅々まで届いていないのを見て嬉しくなったが、そのすぐ外で、中央のダンスフロアの境界を作っていた。音楽は流れていないが、板張りの床で一組のカップルが実際にワルツを踊っている。

ドミニクはそれがエドワードとクラリッサだと気づいた。ミランダを巻き込んだパーティを主催した夫婦だ。クラリッサも絨毯の色に合ったドレスを着ている。丈が床まで届く赤のロングドレスで、ヴィクトリア朝の社交界の花形のような白いレースの襞襟《ひだえり》がついている。ドミニクはどうもおかしいと思うようになった。ヴィクターはほかの招待客にはなんらかの服装規定を指示したのではないか。

エドワードは軍服の礼装に身を固めていて、考え方によって、英雄にも独裁者にも見えた。

ドミニクは部屋の端にある細長いテーブルに向かった。そこにはシャンパンがアイスペールで冷やしてあり、フルートグラスが何個も並び、ぶどうの大きな房とひと口にカットしたマンゴーが木の皿に入れられ、氷の彫像まで置かれていた。ぽっちゃりしたキューピッドが部屋のなかに矢を射ろうとしている姿だ。多くの人が考えているような恋愛の神じゃない、とドミニクは思った。キューピッドは性愛の神であり、その矢に射られた者は抑えのきかない欲望に駆られる。

ドミニクは笑いをこらえなくてはならなかった。チョコレート・ファウンテンがある。おそらく、以前に人のいいおばがくれた品だろう。彼女はまさかこんなパーティの呼び物になるとは思わなかったはずだ。つまり、こういう具合にチョコレートが保温されているのか。ヴィクターは一種の魔法使いかもしれないという気がしてきた。

「楽しんでる?」

ドミニクが振り向くと、日本人の女性が立っていた。可憐な赤い花模様の白のコルセットをつけている。ほかの場合なら、その模様に目を引かれるところだが、この状況では女性が最近脇腹を撃たれたのかと思ってしまう。

「ああ、どうも。まあ、いまのところは——来たばかりなんでね」

「ヴィクターのパーティに出たことはあるの?」

「一度だけ。ただ、もっとくだけた集まりだった。これとはまったくちがう」

女性がグラスを取り、テーブルに身を乗り出してボトルを取ろうとして、乳房の半分と淡い茶色の乳首をのぞかせた。

「任せてくれ」

ドミニクは女性の手からボトルを受け取って傾け、泡立つ液体があふれないようゆっくりとグラスに注いだ。

「ありがとう。乾杯してくれない?」

「ソフトドリンクが見つからなければだめだな。ふだんは飲まないんだよ」

ドミニクはもういいわけをしないことにした。他人はなぜ酒を飲まないという彼の主義に困惑するのか。あたかも、人は酔っていなければちっとも楽しみがないと言わんばかりだ。

「こういう場合は賢明でしょうね」

ドミニクは眉を寄せ、代わりになる飲み物を目で探した。飲み物の種類からして、禁酒家のパーティではないようだ。戻ってくると、先ほどの話し相手は、金と黒のラバーのショーツをはいてプロレスのマスクをつけた男に連れられ、大勢の客がいるところへさっさと向かっていった。ドミニクは男がたくましい背中の筋肉を震わせて去っていくのを見つめ、一瞬妬ましくなった。ローラリンに言われたとおり、ランニングを始めるべきかもしれない。せめて、大学時代のようなスポーツ好きに戻ったほうがよさそうだ。

サマーはドミニクがやせようと太ろうと、毛筋ほどの関心もないようだ。はたして気がつくのかどうかも怪しいものだ。

エドワードがドミニクの物思いをさえぎった。「どこかで会ったような気がするんだが、正式に紹介されていないのではないかな。きみは前回のヴィクターの夜会に来ていたね？」

「ええ、おふたりはクラリッサとエドワードですね？　わたしはドミニクです」

「エドと呼んでくれ。エドワードと呼ぶのはヴィクターくらいのものだ。あとはクラリッサがわたしをからかいたいときに。見てのとおり、ヴィクターはいくぶん芝居がかった調子が好きなんだ」

エドワードが皿のひとつからぶどうをつまみ、チョコレート・ファウンテンに浸してから、満足そうにほほえんで口に放り込んだ。

クラリッサは話を続けた。「ヴィクターはいつもできるだけのことをしていますのよ。どうやら、今夜もあとで意外なものが用意されているようです。見当もつきませんけれども。彼をよくご存じですの？」

「いいえ、とりたてて。ただの知り合いです」

「まあよかった。お友だちでしたら、お気を悪くされては困りますもの。正直なところ、ヴィクターはあまり好かれるほうではないと思いますわ。みなさん、見世物が目当てで彼が主催するパーティに集まりますし、出されるシャンパンは上等の品ばかりですけれどね」

「それだけですか？　ヴィクターにしては退屈に聞こえます。もっと大きな期待を寄せていたんですが」

「催しの大半は地下牢で行われるはずです。あとプレイルームで。お客さまが揃って、雰囲気が盛り上がったらね」クラリッサが向かい側の壁にあるふたつのアーチ形の入口を指さした。どちらにもどっしりした赤いベルベットのカーテンが掛かっている。「あれは午前零時に開くと思います」

「地下牢とプレイルームですか？」

「ええ。今夜ヴィクターはありとあらゆるお楽しみを用意しましたわ。いつもの道具を備えたBDSMプレイの部屋もあれば、スワッピング愛好者のための部屋もありますの」

「つまり、奔放な者だね。スワッピング好きと呼ばれたくないわれわれのための部屋だ」エドワードが口を挟んだ。薄い口髭の下のほうにチョコレートがこびりついていた。

「そうねえ、あなた」クラリッサが呆れた顔をした。「では、こちらの集まりには初めてですのね？」

「そういうことになりますね」

　ドミニクは組織されたスワッピングやBDSMパーティの愛好家になったことはなく、自分の頭のなかか自宅でひそかに空想を実行に移すほうが好きだった。ロンドンでの出来事は、大勢の男に交じって過ごした放蕩の夜は、振り返ると、どこかエロチシズムに欠けていて、情欲が解放されただけの話だった。彼はフェチ・クラブに行ったこともなく、ヴィクターがミランダに加えた行為以外に公然のフェチ・プレイを見たこともなかった。少なくとも、ヴィクターがミランダに乗っかっていたのであり、暴行していたのでなければいいと思っていた。ヴィクターについてわかったことから判断して、どちらの可能性もあった。

「これだけいろいろと楽しめるんですもの、運がいいですわ。あたくしたちが始めたころは、自分たちは世界にふたりきりの倒錯者だと思っていました」

「では、あなたがたも初めてではないんですね？　どうやって見つけたんですか？」

ドミニクは好奇心を刺激された。どうやら、こうした環境でも夫婦関係を維持できるものらしい。

「ええ、ベテランですのよ。あたくしたちどちらも。主人とは高校で出会いました。結婚して三十年ですの。しばらくして倦怠期に入り、少し刺激を与えようとして、そこからあれこれ重なりまして、ここに至ったわけですわ。まだ子どもたちが家にいたころは大変でしたけれども。両親が自分たちをベビーシッターに預けて映画を見にいくと言いながら、実はニューヨークでいちばん人気のある秘密クラブに忍んでいくとは、子どもたちは夢にも思わないわけですから。いまでは夫婦ふたりきりで住んでおりますから。なんでも好きなようにできますの」

「それで、お子さんたちは……」ドミニクは切り出したが、途中で言葉をのみこんだ。頭のなかをかき回して、この居心地が悪いほど親密な話題を避ける、無難な方法を考えた。

「まともに育ったか、と訊きたいのかしら？　ええ、ふたりともすばらしい子たち。ひどく退屈ですけれどね。息子は、よりにもよって離婚専門弁護士になり、ウィスコンシン州に引っ越しました。いまではこちらに戻って、オーケストラでトロンボーンを吹いていますわ。娘は地元の牧師の息子と結婚しました。どうしてそんなことになったのかしら。あの夫婦はあたくしたちが気に入らないんです。孫に悪い影響を与えると決めつけられてはいけませんから、慎重に秘密を守っていますけれど。人間は愚かなものですわね」

「ええ、そのようです」

「おや、来ましたわ。領主さまが。少しばかばかしいと思いません？　ラテックスは若くてほっそりした人だけが着るべきものなのに」

エドワードが妻をにらみつけた。「くだらん。若くてほっそりした人間だけに魅力があるわけじゃない。われわれはその証拠じゃないか」彼はにやりとした。

「ええ、そうですとも」

ヴィクターは、赤と黒と金のラバーでできたサーカスの団長の衣装を着ていた。顔にはピエロを思わせる化粧を施し、口のまわりに口紅でほほえみを描いてある。片手に鞭を持ち、頭に品よくトップハットを載せている。客の前に来ると、彼は帽子を取ってお辞儀した。

「きみが来られてよかった」ヴィクターが蛇を思わせる満足げな笑みを浮かべ、ドミニクに声をかけた。

「招待に感謝する」

「今夜のために用意したショーに満足してもらえるだろう」

「どんな出し物か、ヒントもくれないのか？」

「お楽しみをぶち壊せと？　とんでもない。さあ、いったん失礼して、ほかの客にも挨拶しなくては。主人役を務めるのは楽じゃないが、だれかがやらなくちゃな」

ヴィクターが声の届かないところに行ってから、クラリッサが話を再開した。「あの人は滑稽ですよ。どうかしているわ。どんな策略を練っているのか確かめてきますからね」

「はたしてそれが賢いことかね？」エドワードが訊いた。

「あら、だれかがあの男の動きを追わなくてはだめですよ。倒錯者と変質者はちがうんですから。なにも知らない見物人の前で卑劣な行為を披露されたら、あたくしたち全員がどうかしていると、新入りのかたに思わせてしまいます」

クラリッサがくるりと背を向け、入口から地下牢へ姿を消した。


サマーは四日前にヴィクターから電話を受けていた。ブラジリアン・ワックスでビキニラインをきれいに処理して、肌の赤みがきれいに引くだけの余裕を持って。

彼が電話をよこしたタイミングは偶然ではないだろう。エステティシャンがサマーの肌に熱くどろりとした液体を塗り、それからパックをはがし、すばやく手を当てて痛みをやわらげた。

サマーは痛みには二種類あると聞いていた。ある人が尻をフロッガーで打たれるのが好きだからといって、いそいそと歯医者に通ったり、足指をぶつけて喜んだりするわけではない。

サマーはけっしてマゾヒストではないが、ビキニラインをワックス処理してもらうのは生活のささやかな楽しみになった。おそらく、他人の目の前でパンティを下ろす行為のせいか、若い女性のやわらかい指に下の唇を分けられ、ワックスが隅々まで行き渡って大事な部分が傷つかないようにされるせいか、あるいは彼女がすこぶる美人でシャンプーの匂いがするせいかもしれなかった。

理由はどうあれ、サマーはこの施術が官能的だと感じて、その夜ドミニクが眠っている横で目を覚ましたまま、自分を歓ばせてのぼりつめた。自分にさえ説明のつかない理由で、彼がなにも知らずに寝ている場所でマスターベーションしている事実にスリルを覚えた。自分はいけないことをしている、セックスに気が向いたとたんに見つかってしまうと思ったのだ。そのことと、自分の肌触りも刺激になった。あのエステティシャンに奉仕されて、いまではすべすべになっていた。

ドミニクはまだサマーが毛を処理したことに気づいていなかったが、気づくのも時間の問題だ。イメージチェンジをしてみたと彼に言ってもいい。シャーロットのパーティで、ドミニクは客の前で剃刀を使ってサマーを剃って以来、身だしなみについて指図しなくなっていた。

ドミニクはサマーがドレスと髪型で気分を表すようすを眺めるのが好きらしいが、それをなんとかして自分好みに変えようとはしない。サマーは彼のそんなところが好きだった。好きなように装うことは、手放せないとわかった自由のひとつだった。

サマーはドミニクに、今夜はチェリーに会って仲直りをすると伝えておいた。遅くなっても心配しないで、帰らないかもしれないと。

ドミニクは自分にも約束があると小声で返事をしたが、詳しく話さなかった。心ここにあらずといったようすで内にこもっている。また一緒になって初めての土曜の夜を別々に過ごすのはまずかったかもしれないが、いまさらどうしようもなかった。

サマーはヴィクターのもくろみをドミニクには話せなかった。今回の件をだれにも漏らさないかわりに、過去の件をヴィクターに黙っていてもらえるのだ。おまけに、自分がしたことをドミニクに知られたら軽蔑されるのではないかと、それが恐ろしかった。ドミニクは彼女の性分をある程度は知っているが、彼女がどこまで度を越したのか、彼のいないところでどんな限度を次々と越えたのかに気づいていなかった。

さいわい、その日の午後早くドミニクが図書館の仕事に出かけ、サマーには支度をすませてヴィクターから教えられた住所へ向かう車を手配する時間があった。

出かけようとしたところへシモンから電話がかかった。

「うちのスターはどうしてる？　もう長旅の疲れは取れた？　今夜、緊急のリハーサルに出られるかな？」

「実は、具合が悪いの。あと一日、二日、お休みしてもいい？」

「なにか隠してることはない？　イギリス人の彼氏のせいで動揺してるのか？　リハーサルを断るなんてきみらしくもない。心配だな」

「大丈夫よ、疲れてるだけ。本当に」

シモンは納得していないようすだった。

ヴィクターが催しのために調達した建物の地下駐車場に車が乗り入れると、彼がサマーを待ち受けていた。

見るもおぞましい建物だ、とサマーは思った。入口の金属製の門ががらんと音を立ててあいた。ドミニクと出かけたニューオーリンズの邸とちがって、アールデコ調の飾りはいっさいない。これはサッカー選手が思いつきそうな家だ。それが周囲に溶け込むかどうかは考えず、財産を派手に見せびらかす手段でしかない。サマーはベルベットと金メッキの内装を想像していたが、確かめる機会はなさそうだった。ヴィクターにさっと室内に連れ込まれて薄暗く長い廊下を歩き、地下牢の器具が揃った部屋に入ったのだ。

いまでは道具一式を見ると安らぎを覚え、好奇心を煽られたり怖くなったりはしない。パッド入りの斜め十字架、スパンキング用のベンチが二台、檻、少し馬に似ている金属フレーム、ずらりと並んだ乗馬鞭と鞭とパドル。こうした道具を見ていると、なじみのない場所がなじみ深くなる。

部屋の真ん中には赤いベルベットのカーテンが、円形のレールに掛かっていてテントを作っていた。ちょっとしたサーカスの大テントのミニチュア版だ。

ヴィクターがカーテンを押しのけて、布と花で飾られた演壇を見せた。どこかいけにえを乗せる祭壇を思わせる。演壇の上の天井にはスポットライトがあった。

「見てのとおり、きみのためにさんざん手間をかけたんだよ、お嬢さん。お気に召すといいんだが」

「スポットライトには慣れてるの。なんとかできるわ」

「待ち遠しくてしかたないらしいね」ヴィクターが悦に入った調子で言った。

サマーは答えなかったが、彼の言葉はナイフのように彼女を引き裂いた。

わたしは待ち遠しいのかしら。

きっとそうだろうと彼女は思った。心の底では、ヴィクターが卑劣な男だとわかっている。でも、心のどこかでは彼の命令に応えていた。サマーの体の芯に暗闇があるとヴィクターは気づいたのか、彼女の秘密を引き出して思いのままに操ることができた。彼は厄介な男であり、性的な嗜好を打ち明けていい相手ではないとわかっていながら、火に吸い寄せられる蛾のように、サマーはヴィクターを拒む気持ちが欲望の強さに屈していくのを感じていた。

でも、それが本当だとヴィクターに知らせて満足させたくない。

「こっちへ来るんだ」彼が言った。

サマーはヴィクターの前に立った。いちばん高いヒールの靴をはいてきてよかった。これで彼より五、六センチ背が高くなった。

「脱げ」

サマーはこう命令されるのも予想していて、ストラップレスの黒いコットンのロングドレスを着ていた。これなら一回の動きであっさりと脱ぎ着できる。観客の前で服を脱げずにじたばたするくらい屈辱的なことはなかなかない。とりわけ、その観客がヴィクターだとしたら。

そのときヴィクターがロープを取り出した。

まさか、ヴィクターに見張られていたのだろうか？　彼はいつもサマーの急所を正確に押さえているように思われた。

ロープは太く、使い込んであり、何度も洗ってやわらかくなっていた。あれなら長時間締めつけられても痛みが続かず、不快感を覚えたり神経が傷ついたりしないだろう。

「ひざまずけ」

ヴィクターが祭壇に近づいた。見ると、かなり心地よさそうにパッドを入れてあり、マットレスで囲んである。雰囲気に合わせて固い石で縁取られていると思ったのは早合点だった。祭壇は低く、両端には階段がついていた。だいたいちょうどいい高さで、男性なり女性なりが横たわっている人間に手を出せる。彼女に。

サマーは身震いした。ロープがそっと肌を這っていった。

思わず漏らした歓びのため息に、ヴィクターが忍び笑いで応えた。サマーは彼を蹴飛ばしたい気持ちをこらえた。そんなことをしてもなんにもならない。

ヴィクターはサマーをやさしく縛った。あまりにも丁寧だったので、気を抜いてはいけないと思いながらも、力を抜き始めてしまった。

まったくもう、とサマーは思った。今回を最後に、二度とヴィクターには会わないのに。縛り方なんてどうでもいいじゃない。

結び目は堅いが、特にきつくはない。ヴィクターは安全なボンデージのルールをかたくなに守っていて、サマーの神経が集まっている箇所を圧迫せず、ロープと体のあいだに指一本分の隙間をあけて血流を妨げないようにしていた。彼は以前にも経験したことがあるらしい。また、いまのところ、彼女の肌にずっと残る跡をつけたり傷つけたりしないという約束どおりに振る舞っている。

サマーは頭を動かそうとした。身をよじらせ、もう一度試してみて強烈な感覚に襲われ、ヴィクターになにをされたかわかった。

「やっとできた」彼が静かに言った。歓喜に彩られた声だった。「そこに寝そべってるだけじゃなく、おまえにしてもらうことを用意した」

ヴィクターはサマーの下半身をハーネスにくくりつけ、脚のあいだを通したロープの結び目に固定し、それを髪にもつけた。つまり、彼女が頭を動かすたびにロープがぴんと張り、脚のあいだで敏感な芽がこすれるのだ。タイミングをとらえて少し身もだえするだけで、だれの手も借りずにクライマックスに達することができる。自分の手も、ほかのだれかの手も必要ない。

「口がきけなくなったか？」

サマーはできるだけじっとして、内心では裏切り者の体に悪態をついていた。脚のあいだがロープに触れると、しだいに自分の愛液で湿り、濡れていったのだ。

ヴィクターがロープを何度か強く引っ張った。「いい感じだろ？」彼が言った。サマーはうめき声をこらえようとして失敗した。「よしよし。さあ、約束したとおり、おまえのそのかわいい顔に仮面をつける。今夜の客におまえの正体がわからないようにな。有名なバイオリニストを匿名にしておくのさ。なあ？　これでなにも見えなくなるが、おまえのことだ、かえってお楽しみが増えるだろう」

サマーは頭を下げてヴィクターに仮面をつけさせ、顔の上半分が隠れた。口の部分が丸見えだとすぐに気づいた。言うまでもなく、ヴィクターは彼女の穴という穴を利用する機会を逃すまいとしているのだ。

サマーの顔が隠れて満足し、ヴィクターは彼女の全身に両手を這わせた。猫を撫でるような手つきだった。乳房に手が届くと、両方の乳首をふざけてつねった。サマーは彼を相手にしなかった。

「まったくつまらない女だな。あの男はおまえのどこがいいんだか。さあ、今度こそ客のところに戻らなきゃならない。またすぐに来るからな」

ヴィクターが出ていくときにサマーは顔を上げなかったが、裸の体を空気が吹き抜けた。彼がカーテンをレールの向こうに回し、彼女と部屋のほかの部分とを切り離したのだ。

数分後、ゴングが轟く音がした。

ヴィクターが機嫌のいい子どものように手を叩くと、メインルームに集まった人々が彼の挨拶を聞こうと集まった。

「ころあいだ」エドワードがドミニクにささやきかけた。「早く好き勝手にさせてくれないと、バイアグラの効果が切れるんじゃないかとやきもきしていたんだよ」

ドミニクは顔をしかめた。彼はその薬に頼ろうと考えたこともなかったが、ここにいる男の多くはのんだ経験があるのだろう。自分はそこまでセックスに悩まない。では、なぜここに来たのかよくわからなかった。また、なぜサマーに言わなかったのか。たぶん、好奇心のためだろう。

サマーのことを考えると、ドミニクは疑念にさいなまれるようになった。ツアーから戻って以来、彼女の振る舞いがおかしくなった。悲しげな雰囲気が消えず、なにかを隠しているような気がしてならない。

ヴィクターがなんらかの形で関係しているのだろうか？　あの男なら嘘をつきかねない。今夜はやけににやけていた。こちらが関心を持ちそうなことが起こると匂わせていたような気がする。

じりじりしていた客はエドワードひとりではなかった。周囲のいたるところで、カップルやグループが抱き合い、キスして、愛撫し合っている。客の前に立っている男は連れの女性のスカートをぼんやりと引き上げ、エドワードとドミニクに見られていると知りながら、彼らになかをよく見せた。

「お邪魔してもいいでしょうか?」エドワードが男に愛想よく声をかけた。ディナーに同席したふたりの他人に頼むように丁寧な口調だ。

男のほうがパートナーを見ると、彼女は承諾のしるしにうなずいた。

「行きますか?」

三人はプレイルームに向かった。

エドワードがドミニクのほうに振り向いた。「一緒に来ないか」彼が言った。「この際どういうものか見たほうが話が早い」

ヴィクターがどの部屋も使っていいと知らせてほんの数分たったが、その間に、少なくとも半数の参加者が部屋に駆け込み、入ったころにはもうベンチやクッションの上で乱交に及んでいた。ドミニクはこれほど多くの人が一度にセックスしているところを見たことがなかった。

その場に立ち尽くし、周囲を見回してばかばかしくなった。見えるのは肉体の山だ。乳房は揺れ、ペニスは萎えてぶら下がっているか屹立していて、脚はぼんやりと開いて唇が見える。ドミニクはそんなものに刺激されなかった。客観的になら、見ているのも面白い。おしゃれなギャラリーや美術館でモダンアートの展示を見ているときの要領で。

先ほど見ていた女がドミニクの目に留まった。彼女が近づいてきて、彼のベルトのバックルに手を乗せ、問いかけた。ドミニクはうなずいた。彼女は巧みにバックルを外してパンツを下ろし、それからペニスの先端を舌先でからかい始め、活気を与えた。

妙なもので、セックスにふけっている集団に囲まれていて、ドミニクが硬くなろうとしたら、ほかの肉体を頭から締め出して目の前の女性にひたすら神経を集中するしかなかった。

彼女は同年代らしい。といっても、近ごろでは年齢を言い当てるのは不可能に近くなったが。黒っぽいロングヘアがカーテンのように左右の乳首を隠しているが、かなり豊かな乳房までは隠し切れない。うしろから見ると、がっしりしていて、肉体労働者かスポーツ選手の太腿を備え、大きなやわらかい尻をしていた。男がもみながら、うしろから突き入れられるタイプの尻だ。

そう考えると、ペニスが急にそそり立った。最初の不安はどこへやら、ドミニクはこの女の脚を広げて腰に巻きつけたくなったが、そちらの方面はふさがっていた。ペニスを含んだ口の動きがますます狂おしく速くなる。時折歯を立てられて、ドミニクはたじろいだ。彼女がパートナーに貫かれるたび、その勢いで顔がぶつかるのだ。

ドミニクは体を引こうとした。ペニスを傷つけられないように、ほかに手を伸ばそうとすると、女が絶頂を迎えそうになっていた。ここで相手を見捨てていくのは無作法だろう。

エドワードがラテックスの手袋をつけて彼女の肛門をまさぐっていた。どこかマッド・サイエンティストのようだが、追加の刺激は彼女にとびきり大きな歓びを与えていると見えた。女はドミニクと背後の男たちのあいだをピストンのように揺れ、ますます激しく腰をゆすり、ペニスか指のどちらでもなかにいたほうにぶつかり、ついに体が小刻みに震え出して長々とため息を漏らし、満足げに男たちの上に倒れ込んだ。

「ありがとう」彼女がだれに言うとでもなく、小声で言った。目は閉じて口元は大きくほころんでいた。

ドミニクはかがみこんで女の髪を撫でた。彼女が腕に寄り添うと、やさしい気持ちが湧き上がった。

やはり、こうするのもそう悪くないのかもしれない。

サマーがヴィクターは倒錯行為の主要な掟を破って自分を縛ったまま置き去りにしたのかと思い始めた矢先、室内の空気が微妙に変わり、きつい香水の香りが漂ってきた。レモンの匂いが混じっている香りだ。

悪意を持っているかもしれない正体不明の人物に、自分がいることを知らせるのは気が進まず、サマーは息を止めて身じろぎひとつしなかった。カーテンが先ほどと同じように開いた。だれに見つかったかわからないが、ヴィクターがなんらかのショーがあると知らせたにちがいないし、ステージと幕《カーテン》があるかぎり、その陰に目を引くものが控えているはずなのだ。

サマーはうつむいたままでいた。動かなければ、来た人が放っておいてくれるといいのだが。

「ふうん……。では、あなたがショーのスターなのね？」

サマーはその声に聞き覚えがあった。以前のことを思い返し、頭のなかで音声と姿をくまなく探ってこの人物の身元を探ろうとした。

これだ。女王さまのクラリッサ。彼女に飲み物が欲しいと命令されたおかげで、携帯電話と服をしまわれていたサイドボードの鍵をヴィクターから盗み、ドミニクにメールを送ってあとで逃げ出せた。

「そのようです」サマーはため息をついた。ロープの結び目が秘密の部分をこする感覚に慣れて、もう興奮を覚えなくなり（まさかヴィクターがいたせいで昂ぶったのか？）、ただ退屈して、早く家に帰ってベッドに入りたかった。

長い間があいた。

「アクセントと髪の色でわかったわ。それから、実を言うと、その体つきでね。もちろん、赤毛で倒錯者のニュージーランド人はほかにもニューヨークにいるでしょうけれど。あなた、前にもヴィクターのパーティに来ていたわね？　たしか、メインイベントの前に逃げ出した。ヴィクターは今回あなたを逃がすまいとしたんでしょうけど、なにも縛らなくてもよかったのに」

「ええ、あれはわたしです。でも、ちがいます。逃げないように縛られたわけじゃなくて。ここには自分の意志で来ました。ヴィクターとは仲たがいをして……わたしはタトゥーを入れられたくなかったんです」

「彼はあなたの主人ではなく、それに、ドミナントでもないと？」

「はい。わたしにはほかの人がいます」

「その人はあなたがここにいることを知らないの？」

「はい」

「それは賢明だと思う？」

クラリッサの口調はおせっかいというよりいぶかしげだが、それでもサマーはいらいらした。どうして人はよけいな世話を焼くのだろう。もしわたしがパーティの出し物として吊るされることを選んだとしても、それはわたしの勝手ではないか。

「賢明ではないでしょうが、必要なんです」

「自分がどんな行為に首を突っ込んでいるかも承知のうえね。ヴィクターはあなたにどんなことを計画しているの？」

「かなり多くのセックス、でしょうね。たまたま、それはわたしも楽しみにしてるんですけど」

サマーはふてぶてしい態度で言った。

「まあ、あなたに自信があるなら、あたくしにも、ほかのお客さまにもあるはずよ。お邪魔してごめんなさい。ヴィクターが計画したことがなにもかも……まともだといいんですけどね。では、そろそろショーが始まらないうちに失礼するわ」


ドミニクはうきうきした気分になり、飲み物を探して部屋を出た。エドワードとあのカップルと行為をして、クラリッサと話をして、希望が湧いた。ほかの人たちがうまくやれるなら、自分とサマーだってやれるだろう。お互いの望みをじっくり話し合う必要があるが、とにかく不可能ではないとわかった。

クラリッサに手をつかまれたのは、ドミニクがチョコレート・ドリンクを飲んでいた女性を探しにいったときだった。その女性は薄手のランジェリーを身につけ、立っていられるかぎり羽飾りをどっさり頭につけていて、どの客も着ている突拍子もない衣装の見本になっていた。

「まともなことばかりでしたわ」クラリッサが言った。「おまけに、特別なお楽しみもありますの」

「ほう、そうですか？　では、サーカスの団長はなにを手配したんでしょう？」

「出し物として若い娘を用意しているんですのよ。実は以前に会ったことがありますが、前回は順調に運びませんでしたの。また会うとは意外でしたけれど、先ほど話しかけて、本人が乗り気になっていると確かめてきましたわ」

「それはそれは。でしたら、安心だ」

「赤毛ですの。エドワードが喜びます——赤毛に目がないんですから。近ごろでは男性はみんなそのようですわね。紳士は金髪がお好き、なんてだれが言ったんでしょう?」

ドミニクの肩に不安がずしりとのしかかった。室内の空気がすべて鉛に変わったようだ。

ドミニクはクラリッサに断って、地下牢へ急いだ。

あたりを見回した。ほかの参加者たちはパートナーと行為にふけっていて、さまざまな道具がむき出しの尻や背中にぶつかる音が彼の足音をかき消した。

ドミニクは部屋の真ん中に移動して、カーテンを上げてなかをのぞいた。

恐れていたとおり、サマーだった。高くなった台に裸で縛られて寝かされ、静かにうめき声をあげている。

とっさにサマーを解放しようと思い、ロープを解いて、腕に抱こうとしたが、彼女の表情を見て、明らかな興奮の色を見て、足を止めた。

ドミニクは目を閉じてサマーはどんな気持ちだろうと想像した。感覚は鈍っていても、周囲で起こっている行為の音と匂いはわかる。フロッガーが素肌に打ち下ろされる音、興奮した人々であふれた部屋に響くうめき声と叫び。汗と香水の匂い。彼女のつぼが緊張して期待に包まれ、他人の手に触れられるのを待ち構える。

気がつくと、ドミニクはこわばってきていた。

そのとき彼はぱっと目をあけた。

サマーは嘘をついた。今夜は友だちに会うと言ったのに。

ドミニクはクラリッサの言葉を思い出した。彼女の話では、サマーは乗り気になっていると言ったそうだ。自分からこの役を買って出たと。

なぜだ、サマー？　ドミニクはサマーを揺さぶりたかった。ヴィクターに招かれたなら、ふたりでカップルとして参加すれば、なにもかも一緒に楽しめたものを。隠し立てするしかないと思うほどわたしを見下していたのか？

ドミニクは手前の小部屋に下がった。そこにヴィクターが立っていて、残酷な笑みを浮かべていた。

「彼女、美しいだろ？　おれは本気で冴えないと思ってると言わざるをえないがね。ショーを始める前に彼女が見つかって残念だ。気になるだろ？」

ヴィクターはいろいろなものの匂いがした。ラバーとタルカムパウダーと、なんだか知らないがラバーを光らせているもの、それを塗ってあるため明かりの下で光っている。

「いったいどういうつもりだ？　わたしも来ることを彼女に知らせてあるのか？」

「とんでもない、彼女はおまえがいることを知らないよ。どうせ彼女も、今夜ここに来る予定をおまえに教えてなかったんだろう？」

ふたりとも、ほかの人々を邪魔しないように小声で話していたが、ドミニクの声に潜む怒りがささやき声をなじり声に変えた。

「ああ、だがそれなりの理由があったんだろう。おまえがサマーを追いつめたのなら、殺してやるからな、ヴィクター」

「その必要はない。おまえは彼女をよく知らないんだな。おれたちの関係を聞いたことがあるか？　おまえのサマーがこの手のパーティを楽しむのはこれが初めてじゃない。おれの知り合いには人気者なんだぜ」

ドミニクはがっくりした。ヴィクターの話をするたびに、サマーは珍しく無口になった。彼女がこの男とつきあったり、パーティに出たりしたいなら、それはそれでいいが、こそこそ行動されるのは許せない。ドミニクはいつでも正直に話すことだけを彼女に求めてきたのだ。

ドミニクはヴィクターが観客のために用意したベンチのひとつに腰かけた。

再びゴングが鳴った。

ヴィクターが参加者たちの行為が終わるのを待って、ショーの開始を告げた。

ひとりずつ、客が笑いさざめきながら集まってきた。大半が段階はちがうが、服を脱ぎかけていて、多くが酒に酔っていた。ひとりの女がドミニクの右側に座った。模様入りのタイツらしきものを乳房の下まで引っ張り上げて、ジャンプスーツのように着ている。太いスパイクを打ちつけた首輪が首にはまっていた。

エドワードが左側に座った。顔に三色の口紅がついている。「面白いショーでなければ困るな」彼が言った。「せっかく向こうの部屋で楽しくやっていたんだ」

ドミニクは同意して低くうなった。もう話す気分が失せていた。

明かりが薄暗くなった。金属同士がこすれあう音がして、カーテンが引かれた。

そのとき天井からスポットライトが照らされ、ひと筋の光になってサマーに降り注いだ。彼女はもう戒めを解かれ——ヴィクターがカーテンの陰にいて自由にしたにちがいない——膝と肘をついて、前とうしろの両方から利用されるのを待っているかのようだった。

ヴィクターがスポットライトのなかのサマーの前に歩み出て、手を叩いた。

「紳士淑女のみなさま」彼が切り出した。「今夜のショーは、美しい志願者が来ています。彼女に心の奥深くに眠るファンタジーをかなえてほしいと頼まれました。もうだめだと思うまで、他人に利用されて酷使されたいと。もちろん、喜んで引き受けました。ここに正真正銘のふしだら女をご紹介しましょう」

サマーの用意が整っていることを見せようと、ヴィクターが彼女の腿のあいだに指を突っ込むと、彼女は声をあげてあとずさった。まるで、もう一度彼を迎え入れようとするかのように。

「ご覧のとおり」ヴィクターがそっけなく言った。「準備万端です」

ヴィクターが前かがみになり、サマーの仮面をつけた顔からそっと髪を払った。

「しかし、みなさんはおまえの口からお聞きしたいだろう。おまえはなんだか教えて差し上げろ」

「わたしはふしだら女です」サマーははっきりと、きちんとした言い方をした。

一語一語がドミニクの脇腹に刺さるナイフのようだったが、彼女の姿にショックを受け、その場に釘づけになっていた。

「それで、おまえの望みはなんだ?」

サマーはためらい、唇をなめた。「ファックされたいんです」

ヴィクターがドミニクを見て、その顔には凶暴な笑みが広がった。「これはすばらしいお招きです。さて、当然ですが、安全で、健全で、合意に基づいたお楽しみとしましょう。セーフワードは〝ヴィヴァルディ〟とし、彼女が行為をやめたくなったらいつでもこう言います。コンドーム、潤滑剤、その他の付属品はベッドのすぐ横にあります。どうぞ、お楽しみください」

エドワードがドミニクの脇腹をつついた。「こういう場合はいちばん乗りしないとな。そう思わないか？」

「どうぞお先に。わたしはしばらく見物しますから」

エドワードはドミニクの言葉を最後まで聞かずに立ち上がった。

サマーはふたりの音楽までセーフワードにしてしまった。よりにもよって、ヴィクターを相手にして。ドミニクはばかみたいな気分だった。いきなりガールフレンドに捨てられた十代の少年のようだ。

ほかの客たちが輪を作り始めた。エドワードがサマーの髪に手を通し、引っ張った。サマーは頭をのけぞらせ、喉をさらし、口元に引きつった笑みがよぎった。それはドミニクがふたりの愛の行為の最中に何度も見た表情だった。彼女がとびきり燃え上がったときに見せた顔だ。

少なくとも、いちばん乗りはエドワードのペニスで、ヴィクターのものではなさそうだ。ドミニクはそれを受け入れられたかどうか自信がなかった。あのばかな男はラテックスの服を簡単に脱げなくて、遅れを取っているのだろう。

もうひとりの、ドミニクが先ほど姿を見なかった男がサマーの口に向かっていった。彼はひときわ目につく立派なペニスを弾ませて近づいた。

ドミニクは一瞬息を詰めた。あのペニスがいきなり口に突き入れられたら、サマーはセーフワードを使うかもしれない。ところが、彼女は口を大きくあけ、とっさに身を乗り出して男を迎え入れた。

サマーの肌に汗が涙のようににじみ、ドミニクはそのひと粒ひと粒が体を落ちていく道筋を目でたどった。乳房が振り子のように揺れ、肉がぶつかるやわらかい音が相手の大きなうなり声でかき消される。

髪を刈り上げた、やせぎすで両性的な体つきの女が、サマーの体の脇から寄り添い、乳首を吸い始めた。

サマーの口元に立っていた男は律儀に立ち去り、小柄な女の前にひざまずいて、唇で彼女の下の唇を開かせた。ドミニクが息をつく間もなく、別の男がサマーの頭のところに入った。男は彼女の赤毛をつかんで、その助けを借りてマスターベーションしている。

ドミニクは目がかすんできた。小さな演壇は、なんとかサマーに触れるか彼女を満たすかしようと待ち構えている男女に囲まれている。

ときどき、ひとりの客があとずさりして額を拭ったりコンドームを替えたりする。と思うと、別のひとりが輪に入っていく。ドミニクにはサマーの青白い肌がちらりと見えた。肌は汗でつやつやして、体はひっきりなしに、埋められたペニスの圧迫に応えて前後に動いたり、あるいは愛撫に応えてぴくっと小刻みに震えたりしている。

ドミニクが目を閉じれば、なじみ深いサマーのあえぎ声を聞き分け、彼女の鼓動が速くなるようすを想像し、自分のペニスを彼女に包まれる感覚を思い描ける。ふたりで愛を交わすときに彼女は体を強く意識していたようで、彼のどんなに軽い愛撫にも反応したことを。つい、ドミニクはまた硬くなりかけていた。彼はサマーがまた別の男のペニスを口に含んでいるところを眺めた。もう疲れてきたにちがいない、とドミニクは思った。だが、サマーはペースを落とそうともせず、満足したようすを見せようともしない。以前に経験した満足できなかったセックスをこの一夜のマラソン・セックスで帳消しにしようとする勢いだ。

ドミニクを動かしたのは怒りだったのだろう。あるいは、彼自身の欲望か。

サマーの口元にいた男がどくと、ドミニクが場所を替わった。

ドミニクはサマーの顔を見下ろした。唇のカーブ、集中して皺を寄せた額、姿勢の変化に気を配る感覚。彼がサマーの首から肩をさすると、彼女が力を抜くのが感じ取れた。彼女の髪をつかんで頭をのけぞらせ、キスをした。

一瞬、サマーはいつものように応えた。口を開いてやさしく満足げなため息をハミングした。そのときサマーが体を引いてマスクを引き上げた。ドミニクの触れ方に気づいたのだ。

「やめて、お願い」彼女は起き上がった。

周囲に集まっていた人々がたちまちあとずさった。

サマーは前に移動して、周囲を見回して体を隠す物を探した。タオルか自分のドレスか。だが、なにもなかった。彼女は体に腕を回して胸を隠した。

「ここでなにをしてるの?」

「ヴィクターに招かれたんだ。どうやら、きみも招かれた口らしいね」

「彼になんて言われたの?」サマーが小声で訊いた。

「ほかのパーティでのことを教えてくれたよ。それが知りたいならね。なぜ言わなかった?」

「じゃあ、あなたはなぜ言わなかったの？　これが初めて出たパーティなの？」

「いや、ちがう。だが……きみは気にしないと思ったし、打ち明けるタイミングが見つからなかった。きみは出かけてばかりいた。リハーサルだ。シモンと一緒に」

「そうね。だからあなたは好きな相手と、好きなときに寝られるのに、わたしはだめなのね？」

「そういう意味じゃない」

「でも、あなたはそういうことを言ったの。それに、そういうことをしてる。最低よ、ドミニク」

サマーは演台で脚を揺らして向きを変え、立ち上がると、胸を張り、顎を引いて、つかつかと歩いて出口に向かった。

部屋に気まずい静けさが流れていた。ひとりの男が手を叩く音がドミニクの耳に響いた。

ヴィクターだ。

13　戦いのあとの風景

タクシーがソーホーのアパートメントの外で止まると、シモンが待っていた。玄関前の階段で座って脚を投げ出して、いつもの蛇革のブーツをはいた足を足首で組んでいる。

「そのうちきみも帰るしかないとわかってた」

「いったいここでなにしてるの？　午前三時なのよ」

「何べん電話しても出てくれないだろ。心配になったんだ」

携帯電話を取り出してメッセージと着信リストを調べると、シモンはわたしがリハーサルを休むと言ったときから、ほぼ一時間おきにかけていた。

「ごめんなさい。音が出ないようにしておいたから」

玄関の鍵を出そうとしたのに、指がぶるぶる震えている。

シモンがわたしを見つめ、ぱっと立ち上がって手を握った。そして、わたしを上から下までじろじろ見た。わたしはヴィクターの邸《やしき》の廊下に並んでいた鏡をのぞきもしなかった。いまはどんな格好をしているのか見当もつかないけれど、汗くさくて震えていて髪が乱れているのはまちがいない。肌に嚙み跡なんか残っていなければいいけれど。

「なにがあった？　ドミニクに痛い目に遭わされたのか？　もしそうなら、思い知らせてやる」

「いいえ、そんなことじゃないの。わたしたち、パーティに出てけんかをしちゃって。彼ももうすぐ戻ってくるわ」

「ぼくのところへおいで。きみもいろいろ考える余裕ができる。安全な場所で」

「急に姿を消すわけにいかないわ。彼はわたしが出ていったと思うでしょう」

「彼もしばらく時間ができたら嬉しいだろう。どちらもこういう状況では、筋の通った話はできないもんだよ」

わたしには逆らう気力がなかった。それに、ドミニクとしなくてはいけない話は気が進まなかった。一日、二日冷却期間を置くほうが、お互いのためになるだろう。

「いいわ。荷物をまとめてくるわね」

「放っておくんだ。彼の外出中に戻ってくればいい。必要な物はうちになんでもあるよ」

「バイオリンが……」

「ぼくのを一丁貸そう」

シモンはわたしの手を取ってウエスト・ブロードウェイに出てタクシーを拾った。この時間にいちばんタクシーがつかまりやすい通りだ。最初通りかかった二台は回送のサインが出ていたが、三台目はシモンの合図で止まった。

対向車が通り過ぎるたびに胸がどきどきした。その一台にドミニクが乗っていると考え、すぐに申し訳なくなった。ヴィクターとのあいだにあったことをなにもかも打ち明けよう。ふたりで仲直りできるわ。白紙の状態でやり直すの。

でも、ドミニクは来なかった。

シモンがタクシーの車内でわたしを抱き寄せた。わたしは彼の胸に頭を持たせかけ、彼はわたしの肩に腕を回した。さらに、もつれた髪を手で梳かれ、わたしは彼にもたれてくつろぎ、そのやさしさに不安を消してもらった。せめて今夜だけは。

「今日は匂いがちがうね」シモンが眠そうに言ってわたしを揺り起こした。車が彼の家の通りに入った。「香水を変えた？」

それは十人の男とふたりの女の匂いよ。そう思ったけれど、口には出さなかった。

「パーティに人がたくさん来ていたの。シャワーを浴びなくちゃ」

「必要な物はなんでも用意するよ」

「ほんと？」

「お任せを」

シモンの焦げ茶色の目を見上げると、温かみに満ちていた。その瞬間、わたしは彼が欲しかった。ほかの人たちの感触を追い払うためだけだとしても。わたしは身を乗り出して、彼の唇にキスをした。

シモンは髭を剃っていなかったので、顎がざらざらした。彼の無精髭に頬を擦り寄せ、こすれる感覚を楽しんだ。

シモンはさっきのわたしと同じように両手を震わせ、アパートメントの入口で暗証番号を打ち込んだ。

「たしかきみは、あんまりいい考えじゃないと言ってたよね」

「もういい考えには興味ないの」

「まあ、それは反論の余地がないね」

シモンはわたしをエレベーターに乗せ、抱き締め、取りつかれたように唇に唇を押しつけた。めざす階に着いた合図のベルが鳴ったころには、わたしはシモンのシャツのボタンを外してバックルを外そうとしていた。どちらかの気が変わる前に、お互いをむさぼりつくそうとして。この夜はすでに、翌朝は情けなくなりそうな行為をさんざんしたあとだから、もうひとりの男性とセックスするのはやむをえない気がした。箱に残った最後のクッキーをたいらげるようなもの。

わたしたちはこれが最後の夜とわかっているふたりの奔放さでキスをした。シモンがわたしをベッドルームに連れていき、ベッドに押し倒した。そしてドレスの下に手を這わせて生地をウエストまでまくり上げた。強引な態度で、隠しようもない欲望で目をぎらぎらさせて。シモンがわたしの脚のあいだにひざまずくと、わたしは彼の豊かな髪をつかんで顔を上げさせた。

「だめ、やめて。奪われたいだけなの」

シモンは喜んで望みをかなえてくれたように見えた。前戯をする気分ではなかったし、まだ肌に染みついている匂いを彼に味見させたくなかった。他人のいろいろな匂い、潤滑剤の匂い、コンドームが残す、化学薬品の鼻を突く匂い。シモンはドミニクより重かった。彼の体がわたしを心地よく押しつぶし、髪が顔にかかっている。わたしは彼の香りを吸い込み、黒っぽい巻き毛に両手を差し入れた。両脚を彼の腰に巻きつけてしがみつくと、なかに入ってきた。突かれるたびに、ほかの男の感覚を吹き飛ばしてくれたらいいと思った。ほかのなによりも、ヴィクターの記憶を消したかった。彼にはほとんど触れられなかったけれど、うんざりするコロンの匂いが鼻孔に残り、息を吸うたびに吐きそうになる。

すぐに終わってしまった。シモンは疲れている。ずっとわたしを待っていたせいか。とにかく、彼は弁解しなかった。また次もあると思っているようだ。それはそのとおりかもしれない。

「どうしたのか、教えてくれるかい？」シモンが訊いた。ふたりで並んで横たわっていると、彼の腕がわたしの腹に乗せられ、ずっと抱き締めていたいとばかりに引き寄せた。

わたしの重い沈黙がドラムロールのように部屋中に広がった。静けさにも独自の音があるように。

「たぶん。でも、今夜じゃなくて」

「いつでも相談に乗るよ。きみの準備ができたらね」

シモンが寝入るのを待ってから、起き上がってシャワーを浴びた。わたしが汚れた気分になったのは自分のそばにいたせいだと、彼に思ってほしくない。彼がそんな思いをするいわれはない。

このアパートメントには何度も通い、いまでは第二のわが家のように感じている。清潔なタオルがしまってある場所はわかるし、バスルームには全身を映して確かめられる姿見があるのも知っている。

跡はないと言ってもよかった。なんとなく、罪の重さで肌に汚点がついているような気がする。いったいなにが見えると思っていたのか。心臓の上に、その昔に姦通者がつけさせられた緋文字が焼きついているとか？　でも、そんなものはない。鏡のなかからこちらを見つめ返している姿は、吹き溜まりの雪のように純白だ。でも、性器は赤く膨れているはずで、しばらくしないと元に戻らないだろう。

目は心の窓だという。でも、もっと下のほうへ意識を向けたら、お互いのことをよくわかりあえると思う。

シャワーの栓をひねって、ヘッドの下に入り、向きを変えて栓をいじった。湯の温度をできるだけ熱くしたけれど、それでも物足りなかった。

この気分を洗い流せるシャワーは世界中のどこにもない。


ドミニクはあの出来事が自分とサマーの関係を永遠に変えてしまったとわかっていた。だれがいけないかという問題ではない。みんな、不運ななりゆきの責任を分け合わなくてはならないのだ。ヴィクター、サマー、そしてドミニクと、三人が同じ割合で。

あれほどむごい形で壊れた関係は、もう言葉では繕えない。

すべてヴィクターがたくらんだことだった。怪しげな司会がサマーとドミニクをどちらも利用しようともくろみ、ふたりをこのもはや引き返せない点まで追い込んだ。それとも、ただの悪ふざけなのかもしれない。子どもが積み木を完璧に積み上げておきながら、蹴り倒して絨毯に撒き散らさずにいられないようなもの。秩序から混沌を創り出すわけか。

選択できたとすれば、ドミニクは言葉の使い方を誤った。やさしい心根で許したり理解したりせずに、激しい欲望に潜んでサマーとプレイする悪党になってしまい、ふたりを結ぶ絆はとうとう切れる寸前まで伸び切った。そう、これは彼のせいだ。ロンドンの地下鉄の駅でバイオリンを弾くサマーを一目見てから、彼女を自分の手中に誘い込みたいと考えていた。自分のベッドに入れたいと。いまではつかみどころがなくなった自分の人生に。

では、サマーはどうなのだろう？　これまで自分の性衝動を操る力をどのくらい学んだのか？　サマーがドミニクに心を開いたことはあったのか？　あるいは、彼女は自分の内なる欲望に取りつかれただけで、勝手気ままに欲望にふけってきただけか？

いまサマーに会えたら、彼女の目をのぞきこんだら、そこに答えがあるだろうに。感情と渇望がめちゃくちゃに混じり合い、彼をお手上げにさせるこの難解なジグソーパズルのヒントが。

パーティから四十八時間たったが、サマーはまだロフトに戻らなかった。

友人の家にいるのかもしれない。チェリーか、エージェントのスーザンあたりだろう。もっと怪しいのは指揮者のシモンだ。彼はなぜかサマーにいつもリハーサル用の場所を提供していた。

サマーの服はいまでも共用のクローゼットでドミニクの服の隣に掛かっていた。こうなると、気まずいほどの近さで。ドミニクはたびたび彼女の服のやわらかい生地に手を通し、さまざまな生地の奥から彼女の体の匂いを吸い込んで、胸を痛めていた。これでは変態のじいさんだ、と彼は思った。少なくとも、彼女の下着をあさってはいない。そんなことは思いつかなかった。

ドミニクはどうしてもバイイが気になった。いまではくたびれたケースに入れられたまま、リビングのずっと向こうの端に置かれている。サマーがこれを置いていき、取りに戻らないのが意外だった。バイオリンを放り出したのは、二度と彼に会うつもりがないという最後通牒のように思えた。ふたりを結びつけた、痛ましい形見の品だ。

いや、今回のことは自分のせいではない、とドミニクはわかった。サマーのせいでもない。どちらもゲームの駒であり、自分たちの欲情の犠牲になり、欲望に逆らった。

だが、ヴィクターとなると、話がちがってくる。彼は自分のしていることを最初から承知していた。彼には、みじめで下劣とさえいえる展開に大きな責任を取ってもらわねばならない。

「やあ、ローラリン」

「あら、ドミニク。元気?」

「正直に言うと、むかっ腹を立ててるんだ……。ボストンはどうだい?」

「チョロいもんよ」ローラリンが答えた。「なにを怒ってるの?」

「きみの友だちのヴィクターだ」

「ちょっと待ってよ、またあいつのやり口ね?」

「詳しくは話したくない。彼の住所を書き留めた紙をなくしてしまったが、話し合う必要があるんだ」

「本気?」

「頼むよ、ローラリン……」

「後悔するような真似しないでよ、ドミニク」ローラリンは釘をさしてから住所を教えた。ドミニクがそもそも聞いたことのないものだ。ローラリンもその点は察していたようだった。

「ドミニク?」だが、電話はすでに切れていた。

うまくいかないものだ。

ヴィクターのアパートメントで待ち伏せしたところ、彼はドミニクをなかに入れようとせず、外で話すことになった。ふたりとも、バーのように人がたくさん集まっている場所は避けたかった。ヴィクターが住んでいる建物はセントラルパークから数ブロックで、ダコタ・アパートメントに近いので、ふたりは池のほとりに落ち着いた。ハレット・サンクチュアリにほど近い場所だ。夜が迫っていて、通行人と観光客はどんどん少なくなってきた。

ドミニクがパーティの件を持ち出し、ヴィクターがサマーを操って参加させたと言うと、最初ヴィクターはふざけた答えを返していた。

「しかし、おまえは止めようと思えば止められたじゃないか。ところが見物をしていたな？　彼女に最後までやらせておいた。あのときおれはただの観察者だったんだ」ヴィクターが訴えた。いつものにやにや笑いを浮かべ、わざと人を怒らせているようだ。

ドミニクはかんしゃくを起こしそうになってきた。ヴィクターが放つ言葉にいちいち胸をひと突きされるようだ。悪評が立つ、どう考えても人生最大のあやまちになる、と自分に言い聞かせた。

「わたしはすっかり驚いてしまったんだ」ドミニクは言い募った。「そもそもサマーがなぜきみとかかわったのか、あのグロテスクな乱交パーティの真ん中に入ったのか、相変わらずさっぱりわからない。最初からきみが仕組んだことだろう」

「ま、おれにも含むところがあったと認めないでもない」ヴィクターは暗くなってきた小道を両手をポケットに突っ込んで歩いた。

「きみがなにもかも仕組んだんだ、ヴィクター。たしかに、わたしにもサマーにもあからさまに嘘をついたとは言わないが、怠慢の罪を犯したんだ。明らかに。よくもそんな」

「おまえたちはどっちも世間知らずじゃないだろ、ドミニク。だいいち、友人同士のあいだならささいな罪じゃないか。罪が世の中を回してるんだよ」ヴィクターが穏やかに笑った。

「この変態野郎」ドミニクの辛抱もいよいよ尽きかけ、ヴィクターののんきな態度にいよいよ神経を逆撫でされてきた。彼は自分が引き起こした状況に無頓着だと見える。いやに取り澄ましていて、ドミニクの怒りをお笑いぐさにしている。

ヴィクターが立ち止まり、ドミニクのほうに振り向いて彼の肩に手を置いた。「いいか。あれはただの女だ。取り替えがきく。そんなに機嫌を損ねるんじゃない。どうせ、たいした乗り心地じゃなかった。なあ?」

ドミニクはヴィクターの手を振り払った。

ドミニクの腸《はらわた》が煮え繰り返っていた。そして出し抜けに、怒りと激怒の境目を飛び越えていた。彼はこぶしを固めてヴィクターの顎を一撃した。相手はよろよろとあとずさり、ドミニクの手の衝撃はもちろん、不意打ちのショックで地面に倒れた。ヴィクターは手を上げ、本能的に次のパンチを止めようとして、口を開いた。

「どうかしてるよ」ヴィクターが叫んだ。

少しして、傷ついたこぶしが痛み出し、そのときドミニクはたじろいだ。彼は乱暴な人間ではない——この前けんかをしたのはいつだったか思い出せないくらいだ——が、ヴィクターがサマーを物扱いするのを聞いて、彼女の精神や肉体に敬意を払わない態度を見て、抑えのきかない怒りに駆られたのだった。女性の名誉のために戦ったのは初めてだが、この瞬間サマーを守るためならどんなことでもしただろう。彼女をヴィクターのようなけだものから守るためなら。あの男は彼女の弱さと素朴さを見抜いて、食い物にしようとしていた。

ドミニクは小さく悪態をついてヴィクターの顔を見た。苦痛とショックでゆがみ、口をすぼめて唇を震わせている。

「自業自得だ」ドミニクが大声で言った。ヴィクターはすっかり小さく見えたが、それでも彼にあざ笑われている感情は根強く残っていた。最後にもう一度にらみつけ、ドミニクは立ち去ろうとした。

「そうか、あのくだらない娼婦のところに戻ればいいさ」ヴィクターはこれをつぶやいたが、その声はドミニクの耳に届く大きさだった。彼は立ち止まり、振り向いて、思っていたより威勢よく蹴り上げ、ヴィクターを這いつくばらせた。

現実がいっきに襲ってきて、ドミニクは自分のしでかしたことにあきれて退散した。ヴィクターはうめきながら芝生に転がっている。ドミニクは周囲を見回した。だれも近くにいなかった。暴行の現場を目撃されなかったはずだ。これからどうするべきだろう？　ヴィクターの具合がよくなるまで付き添うべきか。

近くの木では鳥が陽気に鳴き、ドミニクは自分の行為に打ちのめされていた。彼は自分より小柄な、ゆうにひと回りも年上の男を殴ってしまった。しかも女性をめぐって。これではよくある話よりなお悪い。どうしようもなくお粗末だ。彼は立ち去った。

ドミニクなしで過ごした数日間は死ぬほどつらかった。

シモンに外で待っていてもらい、ロフトから荷物を取ってきた。わたしにはあまり荷物が必要ないこと、すでに三つの大陸で暮らしたこと、すでにひとつのスーツケースは詰めてあることをシモンに話そうとしたのに、彼はついてこようとした。一時間でも目を離したらわたしを失うと思っているのだろうか。

結局、シモンを建物に入れたが、ロフトのなかにまでは入れなかった。それは決定的な痛手になる。もしドミニクが帰宅してシモンを見つけたら、わたしたちが使ったベッドルームにほかの男がいた気配を察したら。

ロフトはがらんとしていた。わたしは多少の衣類と靴と化粧品をスーツケースに詰めた。ツアーがあったので、何カ月も留守にしたあげく、これっきり帰らないことになりそうだ。

「へえ」シモンは声をあげた。わたしはスーツケースを持って階段を下りてきた。「本当に荷物が少ないんだね。大げさに言ってるのかと思った」

さっき、ドミニクにメモを残してからロフトを出ようとした。いわゆる壁を作っていたことを謝ろうと思った。でも、言葉が思いつかなかった。彼は作家だけれど、わたしには無理だ。

とうとう、荷物だけ持って外に出た。わたしが伝えられなかったことをドミニクがわかってくれるように祈りながら。

シモンと暮らすのは、よく考えたうえではなかった。最初は、そこに行くのは当たり前のような気がした。彼の家には客用の部屋があり、最初わたしは彼のベッドを借りたのだ。おまけに、すばらしいリハーサル用の部屋がある。これで近所に迷惑をかけない場所を探さなくてすむ。ホテルに泊まるのはばかばかしい。バルドとマリヤの部屋に身を寄せてもよかったし、チェリーを探し出して事情を説明すれば、ソファを貸してくれただろう。でも、彼女の言うとおりだったと認めるのはプライドが許さなかった。わたしはたいていのことにかけてプライドが高い。

シモンはあっという間にクローゼットのスペースを空けてくれた。バスルームのキャビネットも、ひと晩で引き出しがあいた。彼のアパートメントのなかに、だんだんわたしの物が増えていった。わたしたちはデートをして、ディナー・パーティに出かけた。彼の友人たちにはカップルだと承認され、一時のつきあいだと言うチャンスがなかった。

いつのまにか、わたしはまた恋愛関係に入っていた。

シモンは情熱的で、これまでつき合ったどんな男性よりも性衝動が激しかった。ドミニクよりも。わたしたちは朝も夜もセックスをした。たびたび、真昼間にも。愛の行為は頻繁で猛烈だった。ほかの男性との生活に飛び込む前に少しはひとりで過ごしたほうがいいと思いながらも、セックスなしでは生きられそうもなかった。重ねられた彼の体のおかげで、真夜中に追ってくる不愉快な考えを忘れられたから。

わたしはドミニクのことばかり考えた。わたしたちはもっとうまくやれただろうか。わたしが彼に対して正直だったら。彼があんなに嫉妬深くなかったら。わたしがツアーに出かけなかったら。たくさんの、もし……を考える。

ドミニクのきつい愛撫が恋しい。シモンはなにをしてもやさしく温かい。体のぬくもりから黄金色の肌、おおらかな笑い声。セックスから料理から音楽まで手を出すものはなんでも精力的。どんなことにも食いついて、ドミニクには欠けている陽気な楽観主義があるけれど、それがときにはわたしの神経に障る。彼は巻き毛に似合い、足取りも軽やかで、いつでも弾まずにいられないらしい。

日の光と暮らすようなものだ。そのうち雨が恋しくなってきた。

ある夜、ふたりで映画に出かけた。シモンは上映中ずっとわたしのスカートのなかに手を入れていた。わたしは反応しないよう必死でこらえ、隣の客を不快にするまいとしていた。映画はスーパーヒーローものだった。大人だけでなく子どもも来ていて、周囲には家族連れもいた。この点でも、シモンはドミニクと正反対だ。きちんとした格好をしないうえ、それも大問題だが、彼は人前での振る舞い方を知らない。

シモンはタクシーに乗らずに歩いて帰ろうと言った。同居するようになってからパンツがきつくなったのに気づき、毎日運動するように気をつけているのだ。それとも、それはシモンの計画の一部であって、十八丁目を過ぎた六番街にあるポルノショップはたまたま通りかかったのではなく、前を通るように仕組んだのだろう。

「目新しいことをしてもいいと思うんだ」シモンがわたしの耳にささやきかけた。いたずらっぽい声で。

「どんな?」

いやな気持になるのかどうかわからなかった。ふたりのセックスはとてもいいと思っていたのに。たしかにもう充分というくらい楽しんでいる。だから、彼が満足していなくても、わたしは平気だった。

シモンは拘束具のコーナーへまっすぐ進んでいった。サテンのロープからスプレッダー・バー、厚手のレザーの手錠までなんでも揃っている。

「どう思う?」シモンが訊いた。

わたしはピンクのふわふわした手錠を取った。女子だけの結婚祝いパーティに登場してもおかしくない。レザーのほうがわたし好みだけれど、こっちのほうがはるかに経験を積んでいるところを見せつけて、彼を怯えさせたくない。

「おいおい」シモンが言った。「こんなのをつけたらバカみたいだ」

「バカみたいですって？」

シモンが真っ赤になった。彼が赤くなったのを見たのは初めてだ。「なんでもない。くだらない思いつきだった」

店員がわたしたちをじろじろと見ていた。

「いいえ、くだらない思いつきじゃないわ。わたしに買ってくれるのかと思ったの」

「初めてキスした夜を覚えてるかい？」

「ええ、もちろん」

「きみはバッグのなかにロープを入れていた。それでてっきり……。きみは主導権を握るタイプの女性かと。ずっと試してみたいと思ってたんだ。主導権を握るほうじゃなくてね」

がっくりした。まったく偽善的だとわかっていたけれど、わたしはサブミッシブの男性に、クラブでも、個人的に見た経験でも、どうしても慣れることができなかった。シモンがわたしの前で四つんばいになると思うと、鳥肌が立つ。まさか彼にそんな趣味があるなんて。またしてもわたしの観察力に落第点だわ。というか、わたしがいかに自己中心的かという証拠が増えたのかしら。彼は生まれつき有無を言わせぬリーダータイプで、特にオーケストラを率いているときはそうだ。でも、これまでの事情を考えると、彼の希望をかなえないわけにはいかなかった。わたしが惹かれた相手なら、またちがっているかもしれない。

黒のサテンのスカーフのセットとシモンが選んだ変わったランジェリーを買って店を出た。

店員が品を目立たない袋に入れたとき、ドミニクの笑い声が聞こえるような気がした。

その晩、わたしはシモンの手首と足首をベッドの支柱に縛りつけた。一生分のクリスマスが来たように、彼の目がうるんで小さく声を漏らしていた。わたしはヘッドボードの上の壁を見つめて彼にまたがり、これが本当にわたしの望みなのかと何度も何度も考えていた。目を閉じて自分をもてあそびながら、頭のなかではイメージがあふれていた。そのすべてにドミニクが現れた。でも、わたしは達しなかった。

シモンは絶頂を迎えた少しあとで、縛られたまま眠りについた。そっと解いてやり、手足を重ねて、隣にわたしが寝られる場所を作った。

眠りは夜盗のようにわたしの元から逃げ去った。

静かに起き上がり、廊下のクローゼットからスーツケースを出した。ファスナーつきのポケットにロープを入れたままだった。シモンがうっかり見つけることのない唯一の場所だ。スーツケースを戻して、ロープと潤滑剤を持ってバスルームに入った。

シモンは眠りが深いけれど、念のため水道の水を流して、マスターベーションで漏らす声を消した。

自殺をするつもりはないし、自傷行為をするつもりもない。被害をもたらすほどロープを強く引かず、呼吸をそっと妨げて、興奮が高まり、すぐにオーガズムに達する手助けをするだけだ。

首に回したものがロープではなく、ドミニクの手であればいいのに。

ドミニクは地下鉄に乗ってスプリング通りに戻った。ロフトのドアをあけたとたん、サマーがつかの間戻っていたとわかった。彼女の香水がかすかに漂っている。また、リビングに続く短い廊下の壁に沿って並んでいた靴が消えていた。

バイオリンもない。サマーはあわてていたのか、服をすべて持っていった。歯ブラシと化粧品、クリームやシャンプーのたぐい、使用期限切れのピルなどをバスルームに残していった。彼女がオーストラリアとニュージーランドにツアーに出ていたあいだ、形見のようだった品々だ。

置き手紙さえなかった。

意外ではなかったが、ドミニクは沈み込んだ。

ふたりの関係の店じまいのような感じがあった。

それから二日間、ドミニクはロフトに引きこもり、図書館での小さな仕事を放り出した。集中力がなくなり、リサーチや執筆さえはかどらなかった。いまにもドアのブザーが鳴り、ヴィクターか、警察が現れるのではないかとびくびくした。たとえヴィクターが告発しないとしても、通行人に見られたかもしれなかった。殴ったのはやりすぎだったとわかっている。もし通報されていたら、逮捕されたのは自分のほうだったろう。

土曜日の朝までにドミニクは結論を出した。荷物をまとめ、口実を並べたメールを何通も出し、図書館の研究員をやめ、すでに振り込んだロフトの家賃の払い戻しを不動産会社から受けた。タクシーでジョン・F・ケネディ空港へ向かった。いつも頼んでいたリムジンサービスは彼が引っ越したという記録をつけたと考えて。そして、いちばん早く乗れる夜行便でロンドンに戻った。

ハムステッドは日曜日の早朝でまだ町は眠っていた。ドミニクはタクシーを降り、機内持ち込みのバッグの底から鍵を探して、自宅の玄関ドアをあけた。遠く離れたヒースは、かつてないほど緑が萌えている。なぜかイングランドの地にだけ見られる独特の色調だ。荷物を抱え、そっとドアを蹴ると、本の乾いた匂いがふわりと漂ってきた。お帰りなさいと手招きするように。

わが家に戻ってきた。

二カ月が過ぎた。ドミニクが生活を立て直すべきときだった。大学側と申し合わせて休暇をあと二期分延長して、だんだん執筆のペースもつかんだ。以前のように、日の出前に起きて、その日のノルマをこつこつと書き、午後はのんびり過ごし、読書したり、ＤＶＤを観たり、イギリスの天気に意地悪をされなければヒースを散歩する。

もちろん、サマーのことはまだ頭を離れず、楽しい思い出だけでなくつらい思い出のせいで、押し殺した感情を揺さぶられない日は一日もない。ヒースの湿った草地を踏み締めると、どうしてもサマーの姿が目に浮かぶ。あの日、彼女は草地を横切って屋外ステージに向かい、初めてドミニクだけのために演奏した。いまではもう大昔のことのように思える。こうなったのも自然のなりゆきで、逆らっても無駄だとわかっていた。この甘く切ない気持ちを受け止め、できるだけそれに耐え抜くしかない。ときがたてば悲しみもやわらぐだろうが、そうとも言い切れなかった。

ある晩冬の日、ある登場人物がある箇所で思ったように動かず、一章を丸ごと手直しする必要が生まれた。そうすれば、主役の動機が筋が通ったものになるからだ。ドミニクが疲れ切ってあてをなくしたころ、ドアベルが鳴った。

ドミニクはドレッシングガウン姿で、何日も髭を剃っていなかった。ベルトをきつく巻いて、階下へ向かった。郵便配達が夜間の配達に来たのだろう。

外は雨が激しく降り出していた。踊り場の窓を通り過ぎたときに気がついた。もう一度ベルが鳴った。この家の玄関ポーチには雨宿りできる場所がない。

ドミニクはドアのチェーンを外し、上部のロックから鍵を外して玄関ドアをあけた。

「こんばんは！」

「これはこれは……」

ローラリンが立っていた。ブロンドの髪に新聞紙をかざしてむなしく雨から身を守ろうとしている。雨にびっしょり濡れ、ぴったりしたTシャツは豊満な体に張りついている。

いつもの妖婦とは似ても似つかない。土砂降りのなかを歩いてきてずぶ濡れだが、セクシーなオーラは健在だった。当たり前だろう。

「濡れ鼠の女を入れてくれないの？」ふっくらした唇にかすかな笑みを浮かべた。

「もちろんどうぞ」ドミニクがドアを大きくあけて招き入れた。「驚いたが、会えて嬉しいよ。このひどい格好を勘弁してくれ。お客が来るとは思わなくて」

ローラリンが首を振り、水滴が四方八方に飛んだ。「あたしだっていい勝負よ」彼女が言った。「雨が降ってるせいね。あたしが地下鉄の駅を出たとたんに降り出しちゃって。ところで、なかなかドアをあけてくれなかったじゃない。ベルが聞こえなかった？　明かりがついてるから、いるのはわかったけど」

「二階の書斎にいたんだ。最初はベルが聞こえなかったと思う」

ローラリンは黒のスキニージーンズをはき、白のTシャツの上にいつもの黒のレザージャケットをはおっている。

ドミニクは彼女をキッチンに案内した。「温かいものはどうだい？」

「嬉しい。まずはあなたがおすすめする熱々の飲み物を。そのあとはもっと強いものがいいな。あなたは飲まないけど、でもちゃんとした人だし、お客さん用にお酒の一本や二本置いてあるでしょ」

「よくご存じだ」ドミニクは電気ケトルのスイッチを入れ、インスタントコーヒーを探した。

「インスタントなんだ？」ローラリンが言った。「ぴかぴかのかっこいいエスプレッソ・マシーンくらいあるかと思ってた」

「がっかりさせて悪かったね」

ローラリンはロンドンに戻ってすでに十日になるという。イエール大学での産休代理の契約は終了し、さらに六カ月間の延長を打診されたが、郊外で身動きが取れない生活は性に合わなかった。彼女は根っからの都会好きだった。ニューヨークに住めるなら、喜んでアメリカにとどまるだろうが、マンハッタンへ遊びにいくたび、時計をにらんでグランド・セントラル駅からニューヘイブン行きの最終電車に駆け込むのはいやになってきたのだ。

「超特急で帰国したね」あとで、ふたりで腰を下ろしてコーヒーを飲みながらローラリンが言った。

「まあね」

ふたりは目を見交わした。

「ヴィクターなら大丈夫だよ」ローラリンが言った。「あなた、訊かなかったけど」

「訊かなかったよ」

「鼻を折ったんでしょ」

「それですむなら安いものだ」

「あなたにそんなとこがあるとは思わなかった」

「知ったら驚くぞ」

「彼もいまごろニューヨークを発ったんじゃないかな。キエフの大学で教えることになったんだって。なつかしの故郷で……」

「今後はウクライナに足を向けないようにするよ」

「それが身のためだね」ローラリンが話を終えた。

「ところで、ロンドンではどんな予定があるんだい？」

「特にこれといって。多少はお金もたまったし。焦ってなにかする気はないな」

「泊まる場所は？」

「カムデン・タウンの友だちの家でソファに寝かせてもらう。でも、すぐ長居していやがられちゃうけど」

「やっぱり今回も寝袋を用意してあるのか？」

「もちろん。寝袋があれば旅行したくなるんだから」

「この家は広い。本の合間にもまだ隙間があるんじゃないかな。寝袋くらいは収まる場所が」

「それって、誘ってるわけ？」

「精いっぱいの誘いになりそうだ」ドミニクが言った。

「そういうことならお受けしますわ、教授」

「話し相手がいれば楽しいだろう。以前はひとりでいるほうが快適だったが、事情が変わった。サマーとの仲が続いているあいだはよかったが、わたしが台無しにしてしまった」

「問題は、あなたが自分の望みをわかってないことだよ、ドミニク」

「そのとおり」

「あなたに必要なのは教師だね」

「そうかな？　役割を逆転するのも面白そうだが」

「あたしがしようか？」

ローラリンはなんの話をしているんだ？

彼女はドミニクのけげんそうな顔に気づいた。「あなたは本のことや小難しいことをいろいろ知ってるかもしれないけど、あたしにもあなたに教えられることがたくさんあるよ、ドミニク。女、性欲、自制心、人を突き動かすもの」

「それはお誘いかな？」

「おまけにレッスン代は無料。途中でボーナスもつけちゃう」

ドミニクはミランダとの3Pを思い出し、したたかなローラリンの考えていることがよくわかった。

「どこで入学するんだい？」

「いまここで」ローラリンが言った。「で、どこにお酒を隠してあるの？」

人生は続いていく。いつものように。

一年半あまりが飛ぶように過ぎ、シモンとの穏やかな暮らしと演奏家としてキャリアを積む日々に時間が流れ去った。

わたしは二週間ニューヨークを離れ、メンフィスとチャールストンで演奏していた。ツアーに出るのは繭のなかを旅するようなもので、自分だけの世界の主人になれるのが好きだった。いい気分転換にもなった。シモンのそばにいると、ひとりでなにかをしようとするたび、歩いて角の店まで行くだけでもいいいわけを並べなくてはならない。ホテルの部屋ではテレビさえつけない——くだらない小説を読むか、音楽を聴くだけだ。ひっそりしたなかで座って、なにもない壁を見つめていることもある。世界に終末が訪れて過ぎたかもしれないが、気づかなかっただろう。日々のニュースなどどうでもよかった。

ツアー中は毎日走った。それがわたしなりに新しい街と親しくなり、景色と匂いを吸収して、観光ルートには目もくれず、郊外の奥に分け入る方法だ。どう考えても、博物館より人間のほうが興味深い。

マンハッタンに数日だけ戻ると、買い物のついでに新しいランニングシューズを買った。古い靴はつま先に穴があくまではきつぶし、ちょっとした満足感を味わった。わたしは靴をはき古すのが好き——それなら新品には見えない——だけれど、古い靴はすっかりクッションが効かなくなった。足首を捻挫したくないので、地下鉄でユニオン・スクエアに行き、ブロードウェイと、アスター・プレイスの南北両方にもずらりと並ぶ靴屋をのぞくつもりでいた。

春の買い物客がどっと押し寄せて、店を出たり入ったりしている。まるでショッピングは流行遅れになりかけているみたいだ。さびしいホテルの部屋に引きこもっていただけに、押し合いへしあいして店員の前に行列してほかの靴の片方を取ってもらうのは、すぐにいらいらしてきた。ハウストン通りの南ならもっと落ち着けそうだ。店は文句なく高級で、客は少ないし殺気立ってもいない。わたしはちょっとくらいの贅沢ができない身分でもなし。おまけに、お気に入りのアイスクリーム・パーラーの一軒の前を通りかかる。ヨーロッパにいたときからピスタチオ・アイスクリームを食べていなかったので、むしょうに食べたくなった。

最初の信号で通りを渡った。

向かいの舗道を渡ってきたわたしを、〈シェイクスピア書店〉が迎えてくれた。ここは市内に残った数少ない独立の書店で、ドミニクが大好きな場所だった。彼はここで心ゆくまで過ごし、わたしは近くの店で服を買い、ドレスや靴の買い物にどれだけ時間をかけても気にしていないようだった。店員が許してくれたら、ひと晩中でも機嫌よく書棚の前で本を立ち読みしていたかもしれない。

ウィンドウにはいろいろなサイズと厚さと色の本が揃っていた。わたしはよく考えたものだ。ドミニクがこういう場所を好きなのは、秩序なんてない、自宅の本棚を思い出すからだろうかと。そのままブロードウェイを歩いていこうとして、ウィンドウの端に置かれた本のカバーに出ているバイオリンの絵に目をとらえられた。歩調をゆるめ、ウィンドウをのぞきこんだ。はっとして足を止めた。買い物客に左右から押されるようになった。本のカバーの宣伝文句にはイギリスでベストセラーになったと書かれているが、目に留まるのはドミニクの名前だけだった。写真に見えるバイオリンのイラストに、彼の名前が焼き印のように押されている。では、あの原稿を仕上げて、それから、出版社も探したのね。

店内に入ると、彼の本がフィクションの新刊本のコーナーに平積みになっていた。コンロの上の熱い皿を取るような手つきで一冊取ってみた。おずおずと。

表紙をひらき、扉をめくった。謝辞が出ている。

Ｓへ

いつまでも、きみのもの

謝辞

わたしたちを支えてくださったかたがたに、変わらぬ感謝を捧げます。エージェントのサラ・サッチ著作権事務所のサラ・サッチと編集者のジェマイマ・フォレスター、ジョン・ウッド。ならびに、ニューヨークのオープン・ロード・インテグレイテッド・メディアのティナ・ポールマン。また、ドイツ、イタリア、スウェーデン、ブラジルの出版社のみなさん、わたしたちを信じてくださってありがとう。そしてもちろん、バックマン・エージェンシーのローズマリー・バックマンと、コンヴィル&ウォルシュのキャリー・カニアの信頼できる仕事ぶりに。

訳者あとがき

ほかの人にはこんな気持ちを抱かないの。のめりこんでいるみたいな。こんなふうに感じる相手はあなただけ……。

前作『エイティ・デイズ・イエロー』で、サマーはロンドンで謎めいた男ドミニクと運命の出会いを果たし、高価なバイオリンを提供されるかわりに刺激的な愛の世界に誘われました。サマーが一心にバイオリンを弾く姿を見たドミニクは、彼女のなかで燃えている官能の炎を見抜いたのです。彼自身、紳士的な大学教授とみだらな男という二面性を備えていました。抑えつけてきた性衝動を解放したサマーはバイオリニストとして成功し、ニューヨークのオーケストラに迎えられます。本作『エイティ・デイズ・ブルー』では主な舞台をニューヨークに移し、ソリストとして海外ツアーを敢行するサマーの姿も描かれます。華々しい活躍のいっぽう、同居を始めたばかりのドミニクとは気持ちがすれちがうばかり。さらに、彼女に執着する男の罠に落ち、性の奉仕を強いられてしまい……。

本作は単純な支配と服従のロマンスではありません。サマーは完全な従属者《サブミッシブ》には程遠く、プライドが高く、自由奔放に振る舞います。ドミニクも支配者《ドミナント》でありながら彼女のすべてを受け入れ、つねに一歩下がったところで見守っています。お互いを束縛しない、本来は理想的な関係であるはずのふたりが離れ離れに暮らしたことで、周囲の人々の善意にも悪意にも翻弄されていくのです。ふたりのエロスの世界は「ふつうの人」とはちがっているかもしれませんが、相手を恋しく思い、あらぬ嫉妬に駆られるのは変わりありません。サマーはある役割を与えられることをあくまでも拒否して、自分らしくありたいと戦います。その過程でいくつも失敗をしますが、とても潔いヒロインです。読者のみなさんにも共感していただける部分があるのではないでしょうか。

著者ヴィーナ・ジャクソンについては、前作でご紹介したとおり、ふたりの匿名の作家が合作する際に使用するペンネームです。本シリーズでは大胆な性描写やＳＭプレイの場面に目を奪われがちですが、ヒロインの心の動きが細やかに描かれているのも魅力です。また各地の風景の描写がすばらしく、ことに活気あふれる大都会ロンドンとニューヨークは、国際色豊かな登場人物たちとともに名脇役と言えるでしょう。

さて、第三作『エイティ・デイズ・レッド』では舞台がヨーロッパに戻ります。サマーは大切なバイオリンを紛失してしまい、ドミニクとともにその行方を追う、ちょっとしたサスペンス仕立てです。ご紹介できる日を楽しみにしています。

二〇一三年五月

著者紹介

ヴィーナ・ジャクソン（Vina Jackson）

二人の作家の共作時のペンネーム。どちらもロマンスや官能の分野で出版歴がある作家という以外、経歴は明かされていない。ロンドン郊外で行われた文学フェスティバルに向かう電車の中で偶然向かい合わせに座ったことがきっかけで本書を執筆することになったという。共作での第一作となる本書は《サンデー・タイムズ》紙のベストセラーとなった。

訳者略歴

木村浩美（きむら・ひろみ）

神奈川県生まれ。英米文学翻訳家。主な訳書にアンドル『再会は熱く切なく』、デブリン『テキサスの夜に抱かれて』、ヘインズ『愛と情熱の契約結婚』（以上すべて早川書房刊）他多数。

RIVIERA

エイティ・デイズ・ブルー

2013年6月20日　初版印刷
2013年6月25日　初版発行

著者　ヴィーナ・ジャクソン
訳者　木村浩美《きむらひろみ》
発行者　早川　浩
発行所　株式会社早川書房
東京都千代田区神田多町2-2
電話　03-3252-3111（大代表）
振替　00160-3-47799
http://www.hayakawa-online.co.jp

印刷所　株式会社亨有堂印刷所
製本所　大口製本印刷株式会社

Printed and bound in Japan

ISBN978-4-15-209382-0 C0097

乱丁・落丁本は小社制作部宛お送り下さい。
送料小社負担にてお取りかえいたします。